KB186139

역사저널

그날

8

역사저널
그날
8
순조에서 순종까지
KBS 역사저널 그날 제작팀
민음사

서문 '역사를 바꾼 그날'로 들어가 보는 즐거움

우리 역사 속에서 '역사를 바꾼 결정적 그날'로 언제를 꼽을 수 있을까? 왕건이 궁예를 몰아낸 날, 이성계가 위화도회군을 한 날, 세종이 훈민정음을 창제하고 반포한 날, 이순신 장군이 명량해전에서 승리를 거둔 날, 안중근 의사가 이토 히로부미를 사살한 날 등 많은 날을 떠올릴 수 있을 것이다. 그리고 이처럼 역사적인 그날이 있기까지 많은 정치적·사회적 모순과 그것을 극복하려는 인간의 대응이 있었다.

「역사저널 그날」은 다양한 패널이 우리 역사를 바꾼 그날로 들어가서 당시 상황을 소개하고 자신의 소회를 피력하는 독특한 형식의 프로그램으로 출발했다. 그동안 KBS에서는 「TV 조선왕조실록」, 「역사스페셜」, 「한국사傳」 등 많은 역사 프로그램을 제작해 왔지만, 토크 형식으로 역사를 이야기하는 시도는 처음이었다. 다행히 '역사와 이야기의 만남'은 역사를 보는 새로운 관점을 제시하였고, 「역사저널 그날」은 역사 교양 대표 프로그램으로 자리 잡아 가고 있다. 이 책은 '그날'의 배경을 먼저 서술하여 독자의 이해를 도운 후 방송의 내용을 체계적으로 정리하는 방식을 취한다. 주요 내용을 압축한 소제목을 제시하여 사건의 흐름을 파악하기 쉽게 했고, 필요에 따라 관련 사료와 도판을 삽입하여 방송에서 다룬 영상을 좀 더 구체적으로 전달하고자 했다.

이번 책에서는 효명세자와 신정왕후 부부의 생애를 시작으로 강화 도령 철종이 왕이 된 과정을 통해 안동 김씨의 세도정치에 맞서고 좌절했던 시도들을 보여 준다. 그리고 1882년의 임오군란, 1884년의 갑신정변, 1894년의 동학농민운동 등 근대의 중요한 사건들을 흥선대원군과 명성황후, 김옥균 등 주요 인물들을 중심으로 살펴봄으로써 전통과 근대의 갈림길 앞에서 고심했던 격동의 역사를 담았다. 또한 황제의 자리에 올라 자주국임을 강조하고 외교적 노력을 기울였으나, 나라가 기우는 것을 막지는 못한 고종의 노력을 서술한다. '효명세자, 세도정치에 칼을 겨누다'는 순조를 대신해 정사를 돌보며 왕실의 위상과 권위를 회복하고자 노력했던 효명세자의 행보를 보여 주고, 효명세자의 뜻을 이어받은 신정왕후의 삶을 다룬다. '강화 도령 이원범, 왕이 되다'는 강화도에 유배되어 농사를 짓던 이원범이 철종으로 즉위하는 과정과 임술 농민 봉기 등을 통해 19세기 세도정치의 단면과 모순을 드러내 보인다. '명성황후 실종 사건'은 흥선대원군이 임오군란을 기회로 삼아 명성황후의 국장을 선포한 사건을 통해 시아버지와 며느리의 극심한 갈등이 근대로 가는 길에 어떠한 영향을 미쳤는지 살펴본다. '삼일천하 갑신정변, 그들은 무엇을 꿈꾸었나'는 김옥균을 비롯한 급진 개화파가 추구했던 정치 노선과 개혁 내용, 한계 등을 소개했다. '났네, 났어, 난리가 났어! 동학농민운동'은 동학농민운동이 일어난 원인과 함께 동학농민군이 반봉건에서 벗어나 반외세를 추구한 과정을 밝힌다. '고종, 아버지 장례식에 불참한 날'은 고종이 흥선대원군의 장례식에 참석하지 않을 정도로 아버지와 아들의 관계가 틀어진 배경을 추적해 간다. '찹쌀떡 장수가 외부대신 되던 날'은 제국주의의 그림자가 드리운 근대 격동기의 상황 속에서 고종의 외교정책이 보인 한계를 친일파로 변신하는 관료들의 모습을 통해 담았다. '고종 황제의 비자금이 사라진 날'은 고종의 비자금을 시작으로 헤이그 특사, 대한제국의 선포 등을 통해 고종을 재조명해 본다.

이 책이 탄생할 수 있었던 데에는 역사학자들의 논문이나 저서를 두루 섭렵하고 영상 매체로 역사를 쉽게 전달하기 위해 노력한 역사저널 그날 제작팀의 열정과 노력이 무엇보다 큰 역할을 했다. 특히 방송의 시작부터 지금까지 대중의 눈높이에 맞춰 쉬운 언어로 대본을 써 준 김세연, 최지희, 홍은영, 김나경, 김서경 작가들의 노고가 없었다면 이 책은 탄생하기 어려웠을 것이다. 또한 현재까지 함께 진행하는 최원정 아나운서와 류근 시인을 비롯하여, 「역사저널 그날」에 출연하여 다양한 지식과 정보를 제공해 주셨던 전문가 선생님들께도 감사의 말씀을 드리고 싶다.

필자는 「역사저널 그날」의 기획 단계에서부터 참여하여 지금까지 출연하고 있는 인연 때문인지 이 책에 대한 애정이 누구보다 크다. 이 책을 통해 역사를 바꾼 결정적인 '그날'의 역사로 들어가 당시 인물과 사건을 만나고 이야기하면서 현재의 역사를 통찰해 보기를 권한다.

건국대학교 사학과 교수
신병주

차례

일러두기

- 이 책의 본문은 KBS 「역사저널 그날」의 방송 영상과 대본, 방송 준비용 각종 자료 등을 바탕으로 하되, 책의 형태에 맞도록 대폭 수정하고 사료나 주석, 그림을 보충하여 구성했다.
- 각 장의 도입부에 있는 '그날을 만나면서'는 신병주(건국대학교 사학과)가 집필했다.
- 본 방송에서는 전문가 외 패널이 여러 명 등장하나, 가독성을 고려해 대부분 '그날'로 묶고 꼭 필요한 경우에만 이름을 살렸다.
- 본문에서 인용한 사료는 『국역 조선왕조실록』 등을 바탕으로 하되, 본문의 맥락에 맞게 일부 축약·수정하였다. 원본 사료는 국사편찬위원회의 '조선왕조실록' 홈페이지(sillok.history.go.kr)나 한국고전번역원의 '한국 고전 종합 DB'(db.itkc.or.kr) 등을 통해 확인할 수 있다.
- 실록 등 사료에 표시된 날짜는 해당 문헌에 쓰인 날짜이다. 예를 들어 실록의 날짜는 양력이 아니라 음력이다.
- 이 책의 26, 34쪽 배경에 사용된 그림은 일러스트레이터 붓질의 작품이며, 48, 64, 158, 174쪽 배경에 사용된 그림은 일러스트레이터 잠산의 작품이다.

1

효명세자, 세도정치에 칼을 겨누다

안동 김씨의 세도정치가 기승을 부리던 19세기 초반, 순조는 기존의 노론 벽파를 제거하고 시파를 대거 등용하면서 국정을 직접 챙기고 전국에 암행어사를 파견하는 등 왕의 국정 주도권을 확립하고자 노력했다. 그러나 김조순으로 대표되는, 순조의 처가 안동 김씨의 벽은 너무나 두꺼웠다. 안동 김씨의 세력은 지방 수령에 이르기까지 포진해 있었고, 왕권은 점차 허약해져 갔다.

이때 효명세자가 역사의 무대에 등장했다. 효명세자는 최근에 드라마 「구르미 그린 달빛」을 통해 잘 알려졌지만, 그전에는 대중에게 잊힌 인물이었다. 순조는 정치적 위기를 타개하고자 개혁 성향을 지닌 아들 효명세자에게 정치의 실무를 맡겼다. 대리청정을 통해 왕실의 권위를 회복하려고 했던 것이다. 효명세자는 1827년 2월 18일에 인정전에서 하례식을 마친 후 정무를 보기 시작했다. 그리고 1830년 5월 6일에 급서하기까지 약 3년 3개월 동안 대리청정했다. 순조의 대리청정 명령에 조정의 신하들이 보인 반응을 보면, 영민하고 학문을 좋아하는 세자의 혁신 정치에 기대가 컸음을 알 수 있다. "왕세자께서는 뛰어난 덕망이 날로 성취되고 아름다운 소문이 더욱 드러나니, 목을 길게 늘이고 사랑하여 추대하려는 정성은 팔도가 동일합니다. 지금 내린 성상의 명을 삼가 받들되 …… 신 등은 기뻐서 발을 구르며 춤출 뿐입니다."라는 『실록』의 기록이 대표적이다. 효명세자의 부인 신정왕후는 조만영의 딸로서, 풍양 조씨 가문은 안동 김씨의 세도를 견제할 수 있는 대안이기도 했다.

대리청정 시절, 효명세자는 안동 김씨 세력의 핵심 인사들을 정계에서 축출하는 한편, 남인과 소론 등 반외척 세력을 정계로 복귀하게 해 안동 김씨의 권한을 견제하고 약화하는 데 주력했다. 그리고 자신을 길들이려는 조정의 대간들과 삼사에 맞서 강인한 군주의 위엄을 보여 주었다. 효명세자는 경기 일원에 있는 역대 왕의 능을 자주 참배했는데, 능행을 정조와 마찬가지로 민심을 파악하고 군사를 훈련하는 기회로 삼았다. 군복을 입고 행차해 야간 훈련을 시행하는 등 군권을 강화하고자 노력을 기울이는가 하면, 백성들이 국왕에게 청원하는 방식이던 상언과 격쟁 등의 제도를 적극적으로 활용했다. 대리청정 기간에 473건이나 되는 상언을 받았는데, 그중 절반 이상이 대리청정 첫해에 접수되었다. 그만큼 효명세자의 대리청정에 거는 백성들의 기대가 컸음을 말해 준다.

효명세자는 대리청정 기간에 아버지 순조와 어머니 순원왕후를 위한 크고 작은 잔치를 총 11회에 걸쳐 열었는데, 예악 정치의 일환으로 궁중행사를 직접 관장하면서 궁중 무용인 정재무를 비롯해 악장과 가사를 상당수 만들었다. 따라서 궁중 연회는 단순한 잔치가 아니라, 왕 중심의 지배 질서를 확립하고 왕의 위상을 높이려는 정치적인 의도에서 비롯된 것이었다.

그러나 효명세자의 생은 너무나 짧았다. 효명세자는 1830년 윤4월 22일부터 각혈하기 시작하여 12일 만에 22세의 나이로 창덕궁 희정당에서 숨을 거두었다. 사망하기 전날인 5월 5일에 정약용을 불러들였지만, 이미 손을 써 볼 수 없는 상태였다. 헌종이 즉위한 후에 효명세자는 익종으로 추존되었으며, 고종 대인 1899년에는 문조로 추존되었다. 순조 사후 효명세자의 아들인 헌종이 8세에 즉위하면서 왕실의 권위는 더없이 추락했다. 효명세자의 요절은 19세기에 조선 왕조가 연달아 겪은 불운의 한 장면이었다. 효명세자는 불에 타서 4분의 1 정도만 남은 초상화와 성균관 입학을 기념하는 의식을 그림으로 정리한 「왕세자 입학도」에 어렴풋한 흔적만을 남겨 둔 채 역사 속으로 사라지고 말았다.

효명세자 부부의 운명이 갈린 날

1954년, 부산 용두산 화재에서 건진 어진 한 점.
대부분이 불타 얼굴의 형체조차 알아볼 수 없다.

오른쪽 위에 있는 표제로 밝혀진 어진의 주인공은
조선 제23대 왕 순조의 아들인 효명세자.

아버지를 대신해 정사를 돌볼 정도로 총명했으며,
정권을 장악한 안동 김씨를 견제하고자
개혁 정책을 펼쳤다.

또한 예악을 통해 왕실의 권위를 높이면서
강력한 친위 세력을 키운다.

그런데 1830년, 효명세자는 갑작스러운 각혈에 시달린다.
그리고 13일 후, 돌연 숨을 거둔다.
스물두 살의 세자가 남긴 건 어린 아들과 세자빈뿐.

효명세자의 죽음은 세자빈의 삶을
전혀 다른 방향으로 이끌기 시작한다.

순위	이름	남편	사망 당시 나이
1	신정왕후	효명세자	83세
2	정순왕후	단종	82세
3	헌경왕후(혜경궁 홍씨)	사도세자	81세
4	효정왕후	헌종	73세
5	순정효황후	순종	73세

조선 왕조의 장수한 왕비들

고단한 삶을 산 신정왕후

최원정　조선 후기에 격동의 삶을 살았던 한 부부를 통해서 역사를 들여다볼까 합니다. 바로 효명세자와 신정왕후인데요. 효명세자는 순조의 아들이고, 신정왕후는 효명세자의 부인이죠.

류근　신정왕후라고 하면 모르는 사람이 많을 거예요. 보통은 조 대비로 알려져 있죠. 그리고 효명세자는 조선 말 역사에서 결코 간과할 수 없는 지점을 차지하는 인물이어서 새롭게 발굴할 필요가 있다고 생각합니다. 교과서에는 아직 언급조차 안 되죠?

최태성　교과서에 없죠. 전혀 없습니다.

신병주　효명세자는 요절했는데 신정왕후는 아주 장수했죠. 조선에서 가장 장수한 왕비가 누구일까요?

그날　가장 장수한 왕은 잘 알아도 왕비는 누가 가장 장수했는지 모르겠어요.

신병주　바로 신정왕후에요. 신정왕후는 영조와 마찬가지로 83세까지 살았습니다. 두 번째가 단종의 왕비였던 정순왕후이고요. 세 번째는 사도세자의 빈이자 정조의 어머니로 잘 알려진 혜경궁 홍씨(헌경왕후)입니다.

그날 근데 신정왕후는 오래 살았다고는 하지만, 그렇게 행복한 인생을 살았던 것 같지는 않아요.

김문식 신정왕후의 생애를 상상해 보면, 우선은 남편이 일찍 죽었고, 그 다음에 아들인 헌종도 오래 살지 못하고 사망하면서 대단히 어려운 시기를 계속 보냅니다. 그러니까 밝기보다는 어두운, 매우 고단한 삶을 살았을 가능성이 크죠.

그날 마음이 짠하네요.

최태성 왕성하게 활동해야 할 남편 효명세자가 너무 일찍 세상을 떠났죠. 효명세자를 먼저 살펴봐야 할 것 같아요.

효명세자는 누구인가?

그날 효명세자의 어진을 보면 정말 안타깝지 않아요? 일찍 세상을 떠난 것으로도 모자라서 어진까지 불에 탔어요.

이윤석 그리고 하필이면 얼굴 부분이 타면서 얼룩이 져서 마음이 더 아파요.

최태성 저 어진이 정말 많은 이야기를 담은 것 같아요.

그날 효명세자의 외모에 관한 기록이 혹시라도 남아 있나요?

신병주 효명세자가 사망한 후에 쓰인 지문(誌文)의 기록을 보면 "세자는 이마가 융기한 귀상이다. 귀한 얼굴 형상에다가 용의 눈동자를 하고 있고, 그 전체적인 모습이 아주 빼어나고 아름다워서 정조를 빼닮았다."라고 되어 있습니다. 그 당시에 정조의 얼굴을 본 적이 있는 사람들이 효명세자를 가리켜서 할아버지를 닮았다고 한 겁니다.

김문식 어진에 관해 남은 기록을 보면 '효명 대왕 18세 어진'이라고 나와 있거든요. 즉 대리청정하기 전인 열여덟 살 때 그려진 겁니다. 얼굴형이 갸름한 게 보이죠? 요즘은 정조가 좀 통통하지 않

문조(효명세자) 어진 국립고궁박물관 소장.

「**왕세자 입학도**」 효명세자가 여덟 살이 되던 해에 성균관에 입학하고자 궁을 나서고 있다. 국립고궁박물관 소장.

을까 하고 상상하는데, 효명세자는 적어도 18세 때는 대단히 갸름한 얼굴이었던 것 같습니다. 그런데 외모도 중요하지만, 사실 세자에게는 성품과 자질도 중요하잖아요. 우선 효명세자가 대단히 유리한 점이 뭐냐면, 정식 왕비 소생의 적자라는 겁니다. 그러니까 순원왕후라는 왕비가 친어머니인 거죠.

그날 대단히 오랜만에 태어난 적자네요.

김문식 숙종 이후로는 처음이죠. 그래서 효명세자가 태어났을 때 아버지인 순조가 "국조에서 100년 만에 처음 있는 경사다."[†]라고 표현할 만큼 매우 기뻐합니다. 그다음에 대단히 정상적인 단계를 밟아 교육을 받아요. 국왕으로서 지녀야 할 자질들을 잘 갖춰 나간, 준비된 세자였다고 이야기할 수 있죠.

류근 효명세자가 어린 시절에 지은 것으로 추정되는 「잠룡」[1]이라는 시가 있는데, 그 시를 보면 이미 어려서부터 국왕의 자질을 보였음을 알 수 있습니다. 잠깐 읽어 드릴게요. "남녘 연못에 잠긴 용이 있으니/ 구름을 일으키고 나와 안개를 토하더라/ 이 용이 만물을 키워 내리니/ 능히 사해 물을 움직이게 될 것이다." 이 시만 봐도 '내가 언젠가 왕위에 오르면 천하를 구제하겠다.'라는 의지가 강하게 드러납니다.

그날 군왕의 DNA가 느껴지네요. 그런데 세자가 있는 곳을 동궁으로 부르잖아요. 왜 남녘 연못이라고 했을까요? 동쪽 연못에서 용이 되어야 하지 않나요?

류근 왕은 늘 남면하는 거예요. 남쪽을 바라보잖아요.

† "오늘의 경사는 곧 국조에서 100년 이래 처음 있는 경사이므로 직접 전궁(殿宮)께 하전(賀箋)을 올렸고 이어 대정(大庭)에서 축숭(祝嵩)을 받았다. 천일(天日)이 맑고 화창하여 신인이 서로 기뻐하고 있으니, 이런 때에 견휼(蠲恤)하는 정사가 의당 중외의 백성들에게 미쳐야 한다. 제도(諸道)의 구환(舊還)과 증렬미(拯劣米) 5분의 1, 각공(各貢)의 지난 것이 남은 것은 1만 석까지, 시민의 요역

은 1개월까지, 현방속(懸房贖)은 30일까지를 탕감함으로써 기쁨을 기억하고 경사를 함께하는 뜻을 보이라."
—『순조실록』 9년(1809) 8월 15일

풍양 조씨 집안에서 간택된 세자빈

그날 지금까지 나온 정보를 보면 인물 좋지, 총명하지, 그야말로 일등 신랑감인데, 언제 결혼하나요?

신병주 가례를 올리는 게 1819년이니까, 효명세자가 열한 살이고 신정왕후가 열두 살일 때입니다. 지금으로 치면 초등학교 4학년과 초등학교 5학년이 혼례식을 치른 거죠. 조선 시대에는 아무래도 지금보다 평균수명이 낮으니까 빨리 왕세자를 책봉하고 혼례를 올리게 해서 왕실을 좀 더 안정하게 하려고 했던 것 같아요.

그날 순조 때는 안동 김씨가 세력을 떨쳤을 때인데, 자연히 세자빈도 안동 김씨 집안에서 구해야 한다고 했을 것 같거든요. 그런데 신정왕후는 풍양 조씨잖아요. 어떻게 그 시기에 풍양 조씨 집안에서 세자빈이 나올 수 있었을까요?

김문식 정치적으로 봤을 때 풍양 조씨와 안동 김씨가 협력하는 시기가 있어요. 결정적인 사건이 1812년에 일어나는데, 풍양 조씨 집안의 조득영이라는 사람이 호조판서로 있던 박종경을 공격합니다.† 그런데 박종경이 누구냐면 바로 순조의 외삼촌이에요. 역시 외척인 셈이죠.

그날 박종경이라면 홍경래의 난 때 붙은 격문에 나왔던, 나라를 잘못 이끌고 있다는 두 명 중 한 사람 아닙니까?

김문식 그렇죠. 그러니까 한때는 반남 박씨가 안동 김씨와 비슷한 세력을 가지고 권력을 장악했었는데, 풍양 조씨의 공격으로 반남 박씨의 세력이 쇠퇴합니다. 그러니까 안동 김씨 쪽에서 봤을 때는 정적인 반남 박씨를 제거해 준 풍양 조씨가 자기들과 같이 갈 수 있는 세력이라고 판단했던 거죠.

그날 일종의 파트너 교체네요. 안동 김씨가 반남 박씨는 너무 컸으니까 제쳐 버리고 풍양 조씨를 새 짝으로 삼은 거예요.

최태성 순조가 '안동 김씨와 원만한 관계를 유지하려면 어떻게 해야 할까?' 하고 고민하면서 '안동 김씨를 견제할 수 있는 대안은 뭐가 있을까?'라고 저울질하는 과정에서 풍양 조씨를 선택한 거죠.

신병주 아직 풍양 조씨는 발톱을 내밀지 않았거든요.

그날 그런데 왕권을 강화하려면 외척이 아니라 자기 사람들을 키우는 게 중요한 거 아닌가요?

김문식 1811년에 홍경래의 난이 일어나죠. 이 시기에는 자연재해도 대단히 잦습니다. 그다음에 1812년에 반남 박씨 세력이 쇠퇴했잖아요. 그러니까 안동 김씨가 세력을 더 키우는 상황이 되죠. 그러니까 순조로서는 할 수 있는 일이 매우 제한되는 상황이 전개됩니다.

최태성 어떻게 보면 그 시기의 순조는 운이 좀 없지 않았을까 하는 생각이 들어요. 한재에다, 재해에다, 전염병까지, 백성들이 살기가 너무 어렵잖아요.

그날 사람들이 좀 도와주지 않으면 날씨라도 도와줘야 했는데…….

최태성 그렇죠. 하늘이라도 도와줘야 하는데 말이죠.

† "외척 박종경은 요행히 지극히 가까운 친척에 의탁하여 많은 은택을 후히 입었으니, 진실로 조금의 이성(彝性)이라도 있다면 마땅히 100배나 겸양하고 두려워해야 할 것인데도 그는 어찌하여 심술(心術)이 바르지 못하고 수단이 더욱 교활해야 합니까? …… 아! 저 박종경이 무슨 재능과 덕망이 있고 무슨 식견이 있습니까? …… 삼가 원하건대, 외척 박종경에게 엄중히 물리치는 법을 쾌히 시행하여 영원히 보전하는 은혜를 내리소서."

—『순조실록』 12년(1812) 11월 7일

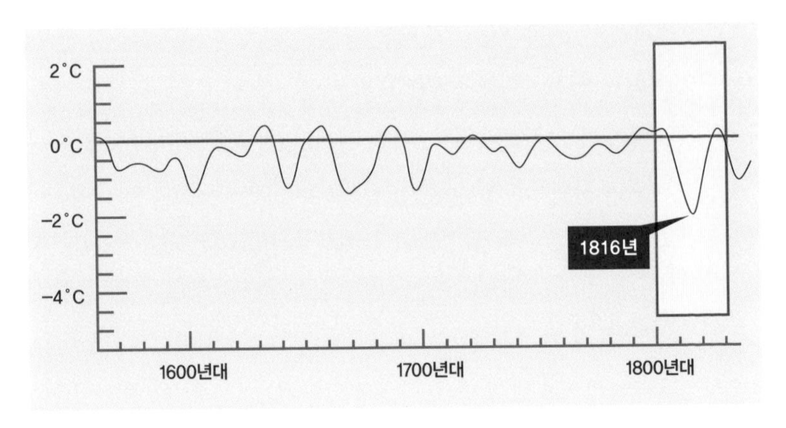

여름이 없었던 해, 1816년

1810년대, 가장 서늘했던 시기

그날 그래서 성군은 하늘이 내린다고 하잖아요. 이 당시면 자연재해 앞에서는 속수무책이었을 텐데 말이죠. 이런 날씨가 과연 역사에 어떤 영향을 미쳤을지, 김문기 교수님을 통해 좀 더 자세히 알아보겠습니다. 순조 때 수재와 한재가 특별히 심했었나요?

김문기 1810년대는 지난 600년을 통틀어서 여름이 가장 서늘했던 시기였습니다. 우리나라의 옛 기후에 관한 최근에 연구에서도 19세기 초반의 조선에서 이상 저온 현상이 현저했음이 분명히 드러납니다. 그래서 순조 때는 모내기해야 할 봄에 가뭄이 들거나, 농작물이 한참 자라야 할 시기에 홍수가 나는 일이 많았습니다. 이 때문에 토지를 벗어난 굶주린 백성들이 유리걸식[2]하면서 전국적으로 불안이 야기됐습니다. 기근의 영향이 보여 주는 극단적인 형태는 민란입니다. 순조가 재위했던 기간은 이른바 민란의 시대로 접어드는 시작점이었고, 그 배경에는 기근이 있었습니다.

그날 서늘했던 시기라고 하네요. 한재로 여름도 대단히 추웠다고 하잖아요. 이렇게 큰 자연재해가 일어났을 때 조선의 국왕들은 어떻게 대처했습니까?

김문기 유교 국가인 조선에서는 하늘의 기상 현상은 군주의 도덕성과 관련되었다고 믿었습니다. 그래서 기상이변이나 재해가 일어나면 군주는 스스로 두려워하고 수양하며 반성했습니다. 반찬을 줄이고, 죄수를 풀어 주기도 했습니다.

그날 왕 노릇 하는 것도 쉽지가 않은 것 같습니다. 자연재해도 본인이 책임져야 하니까요. 그래서 왕들이 기우제를 지내잖아요.

김문기 조선 시대를 통틀어 가장 많이 행해졌던 것이 바로 기우제입니다. 순조 때도 가뭄이 심했던 1809년에는 아홉 차례, 1814년에는 열 차례, 그리고 홍경래의 난이 일어났던 1811년에는 무려 열네 차례나 행해졌습니다. 또한 특별한 의식을 하기도 했습니다. 용을 닮았다고 생각한 도롱뇽을 독에 넣고 주문처럼 노래를 부르면서 비를 내리게 하라고 위협하는 석척기우(蜥蜴祈雨)를 행하기도 하고, 용이 있다고 믿는 강과 호수, 연못에 호랑이의 머리나 뼈를 던져 넣어 용을 자극하여 비를 내리게 하는 침호두(沈虎頭)라는 의식을 하기도 했었습니다.

그날 호랑이로서는 당황스러웠겠어요. 비가 안 온다는 이유로 갑자기 자기를 사냥해 머리나 뼈를 던지겠다고 하니까 말이죠. 그만큼 가뭄이 호랑이보다 무섭다는 뜻이에요.

김문식 용이 움직여야 비구름이 일어나고 비가 내리거든요. 그리고 도롱뇽이 용 대신이니까 도롱뇽을 건드려서 화나게 해서 움직이게 하는 거고요.

그날 오죽 답답하면 그랬을까요. 생존과 직결되는 문제잖아요.

최태성 기후변화는 조선에도 영향을 미쳤지만, 당시 다른 나라에는 또 어떻게 영향을 미쳤을까요?

© Jialiang Gao

탐보라 화산의 분화구 탐보라 화산의 폭발은 전 세계에 차가운 여름을 불러왔다.

김문기 세계적으로도 1815년에 인도네시아 탐보라 화산이 폭발하면서 흐릿한 날씨가 이어졌습니다. 이 기간에 유럽과 아메리카에서는 한여름에 눈과 서리가 내렸고, 식량을 구할 수 없게 되자 물가는 폭등하고 곳곳에서 폭동이 일어났으며 전염병이 유행했습니다. 이런 환경적 위기 속에서 유럽은 석탄이라는 새로운 에너지를 이용하여 전근대라는 터널을 헤쳐 나갈 수 있었는데, 동아시아는 그러지 못했습니다. 이처럼 기후변화에 인간이 적절히 대응하지 못할 때 기후는 결정적으로 작용하기도 합니다. 따라서 역사에서 기후의 영향력을 결정하는 것은 인간의 대응이라고 할 수도 있습니다.

최태성 19세기는 서세동점(西勢東漸)이라고 해서 서양 제국주의 세력이 서쪽에서 아시아로 밀려오는 시기였잖아요. 그런데 공교롭게도 그 시기를 보면 동아시아가 기후적으로 열악해져서 집권 세력이 매우 불안해지는 상황으로 맞물려 들어가는 것 같아요.

그날 재해에 홍경래의 난에 안동 김씨까지 이렇게 세를 뻗치고 있으니, 순조로서는 그야말로 구석으로 몰리는 느낌이었을 것 같습니다. 정말로 순조롭지 않은 상황이에요.

신병주 설상가상으로 1813년 무렵부터 순조의 건강이 상당히 안 좋아져요. 그래서 정치에서 한발 물러설 수밖에 없었고요. 순조 스스로 이런 정국을 돌파해 나가기가 참 어렵다고 느꼈던 것 같아요. 그래서 생각한 게 점차 잘 장성하는 아들, 즉 효명세자가 매우 총명하고 능력이 있다고 판단해서 1827년, 그러니까 효명세자가 19세가 되던 해에 대리청정을 명합니다.†

† 왕세자에게 서무(庶務)를 대리하라고 명하였다. 비망기를 내리기를, "내가 신미년(1811) 이후부터는 정섭하는 중에 있던 때가 많았고, 비록 혹 약간 편안하다고는 하나 때로는 항상 기무(機務)에 정체됨이 많았으니, 국인이 근심하는 것은 곧 내가 스스로 근심하는 바이다. 세자는 총명하고 영리하며 나이가 점차 장성하여 가니 요즘 시좌(侍坐)하거나 섭향(攝享)하게 하는 것은 뜻이 있어서이다. 멀리는 당나라를 상고하고 가까이는 열성조(列聖祖)의 대리청정하는 일을 본받아 내 마음이 이미 정하여졌다. 한편으로는 노고를 분담하여 조양(調養)을 편하게 하는 것을 돕게 하고, 한편으로는 밝게 익혀서 치도(治道)를 통달하게 하는 것이니, 이는 종사와 생민(生民)의 복이다. 조정에 나와 있는 여러 사람에게 이에 대계(大計)를 고하니, 왕세자의 청정은 한결같이 을미년(1775)의 절목(節目)에 의하여 거행하게 하라." 하였다.
—『순조실록』 27년(1827) 2월 9일

효명세자의 예악 정치

1827년, 대리청정을 시작한 효명세자는
국정을 돌보는 틈틈이 궁중무용 창작에 몰두한다.

맥이 끊겨 가던 궁중무용은
효명세자의 노력으로 활기를 되찾고,
왕의 공덕을 칭송하는 장엄한 무용은
흔들리던 왕실의 권위를 바로 세워 나간다.

어머니의 탄신을 축하하기 위한 춘앵무,
나라의 평화를 기원하는 첩승무.

효명세자가 다양한 궁중무용을 탄생시키며
궁중무용에 특별히 애착을 보인 이유는
과연 무엇일까?

춤을 사랑한 효명세자

그날 세자가 춤에 관심을 보였다는 게 신기하지 않아요? 궁중 안무가 역할까지 했네요.

신병주 효명세자가 한국무용이나 궁중무용을 연구하시는 분들에게는 이름이 상당히 알려져 있어요. 왕실 잔치에서 공연하는 궁중무용을 정재(呈才)라고 하는데, 오늘날에는 쉰세 가지 정도가 남아 있습니다. 그리고 그중에서 상당수가 바로 효명세자가 직접 만든 작품이죠.

그날 궁중무용 창작자로 밝혀진 왕실 사람이 또 있나요?

김문식 국왕이나 세자 등 왕실에 속한 사람 중에서 안무를 만든 사람이 있다는 기록은 없어요. 효명세자가 유일하다고 할 수 있습니다. 궁중무용은 지금도 완전히 복원이 안 되어서 계속 복원하는 중이고요.

그날 국립국악원 자료를 보면 춘앵무[3]에 관해서 "우아하고 미려하고 춤사위가 다양한 특징이 있다."라고 나와 있어요.

김문식 춘앵무는 효명세자가 스무 살 때, 순원왕후의 탄신 40주년을 기념해 만든 거거든요. 아들이 어머니를 위해 안무를 만들어서 공연하게 한 거죠. 이때 잔치에서 효명세자는 공연에 쓰일 노래 가사, 오래 사시라고 바치는 글 등을 전부 직접 지었어요. 마치 1795년에 혜경궁 홍씨의 회갑 잔치를 할 때 정조가 한 것처럼 말이죠.

신병주 춘앵무가 공연되었던 곳이 바로 창덕궁 안에 있는 연경당(演慶堂)이라는 곳입니다. 연경당이라는 건물이 지어진 배경도 상당히 흥미로운데, 바로 효명세자가 대리청정 시기에 아버지 순조를 위해 지은 건물입니다. 그래서 이름에 펼 연 자, 경사 경 자를 써서 경사를 연출하는 집이라는 뜻을 담았죠.

창덕궁 연경당 보물 제1770호.

그날　효도도 좋고, 예술도 좋고, 다 좋은데, 그렇게 잔치 벌이고 건물 짓는 게 다 돈이 들어가는 사업이잖아요. 백성들은 이상기후 때문에 굶주려서 죽어 가는 형편인데, 현실과 너무 동떨어진 행동 아닙니까?

김문식　정치적으로 해석하면 순조가 힘을 못 쓰는 상황에서 아버지와 어머니인 순조와 순원왕후를 행사의 주인공으로 삼고 잔치를 크게 해 줌으로써 왕과 왕비를 권위를 높여 주는 거죠. 세자가 부모에게 효를 보이면, 신하와 백성은 임금에게 그렇게 해야 해요. 그게 충이고요. 그러니까 세자가 효를 보여 준다는 것은 사실은 자기 밑에 있는 신민들에게 충을 요구하는 거죠.

그날　일종의 통치 행위라고 할 수 있어요.

최태성　실제로 예술을 정치적으로 활용하는 사례가 역사에서도 매우 많

1653년, 궁중 발레를 추고자 아폴론으로 분장한 루이 14세

이 등장합니다. 프랑스의 루이 14세가 주인공으로 등장하는 영화를 보면, 루이 14세가 즉위했을 때 나이가 어리니까 주위 사람들이 매우 업신여기거든요. 그래서 루이 14세가 춤을 직접 만들어요. 그리고 그 춤의 주인공으로 등장하면서 관료들을 춤으로써 하나씩 제압하는 장면이 나오거든요.

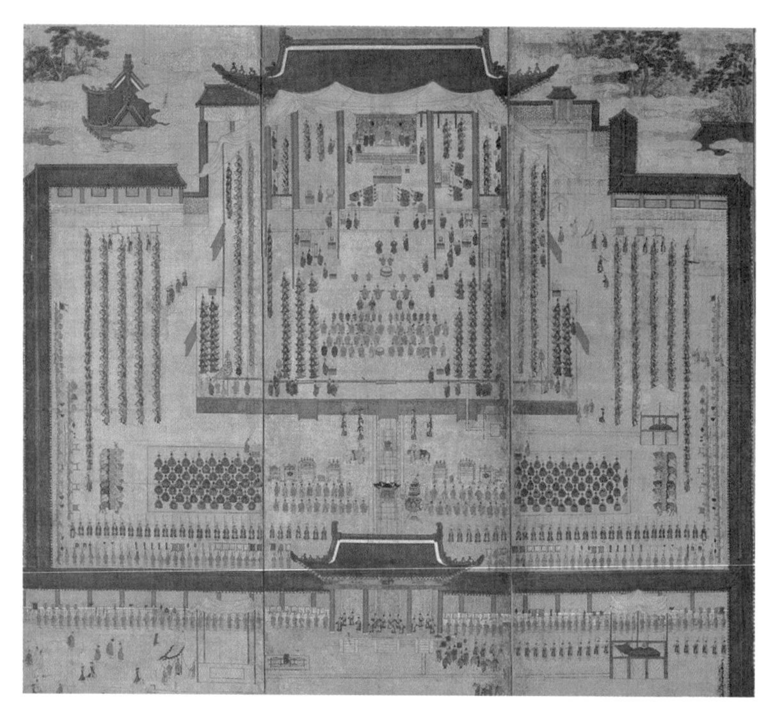

순조의 즉위 30주년을 기념하는 1829년의 잔치 국립중앙박물관 소장.

그날 효명세자의 사례와 비슷한 얘기네요. 춤도 그렇고, 음악도 그렇고, 사람의 마음을 움직이는 힘이 있잖아요. 왕실만 할 수 있는 종묘제례와 같은 것들을 악사 수십 명이 나와서 연주하면 외척들에게 왕의 지엄한 권위도 보란 듯이 과시할 수 있는 거죠. '너희는 아무리 까불어도 이런 의식은 할 수 없는 사람들이야.' 하는 의도가 아니었을까 합니다.

최태성 너희와 난 다르다는 거죠.

그날 그렇다고 세자로서 무용 공연만 매일 할 수는 없잖아요. 또 다른 일을 한 건 뭐가 있을까요?

세도정치를 타파하라! 효명세자의 개혁 정책

김문식　왕이든 세자이든 정치하려면 뭐가 필요할까요?

그날　돈과 사람 아닙니까?

김문식　그렇죠. 사람이 필요하죠. 돈도 필요하고요. 그래서 효명세자도 대리청정을 시작하면서 자기 세력을 키워요. 그러면서 당시에 제일 번성하던, 외가인 안동 김씨를 견제하는 조처를 합니다. 주로 어디를 장악하느냐면 재정 분야를 장악해요. 호조판서와 선혜청 등 주로 국가 재정 분야를 장악하면서 기반을 서서히 구축해 가요. 그래서 상대적으로 안동 김씨는 조금씩 밀려납니다.

그날　그래도 천하의 안동 김씨인데, 쉽게 물러났을 것으로 보이지는 않거든요.

최태성　안동 김씨 때문에 찬밥 신세가 되었던 세력들이 있잖아요. 예를 들어서 남인, 북인, 소론 같은 계열의 사람들을 당시의 언론기관, 즉 양사라고 하는 사헌부와 사간원에 집중적으로 배치하는 거예요. 그러면 그들이 안동 김씨 등 유력한 세력들의 약한 부분, 즉 부정부패한 부분들을 공격해 들어갑니다. 정치적으로 안동 김씨의 힘을 약화하는 거죠.

그날　재정과 언론과 사정 기능까지 다 장악하는 것인데, 효명세자의 나이가 절대 많지 않잖아요.

김문식　19세에서 22세 사이에 주로 활동했죠.

그날　그런데도 대단히 노련한 정치 행위를 구사할 줄 아네요. 젊은 혈기에 피바람을 불게 할 수도 있었을 텐데, 그야말로 시나브로 안동 김씨를 차차 눌러 주는 겁니다.

최태성　어찌할 수 없는 상황을 만들어 주는 거죠.

신병주　효명세자가 그렇게 할 수 있었던 기반에는 순조의 지지가 있었어요. 순조가 대리청정을 명하면서 효명세자에게 확실하게 힘을 실어 줬죠. 상당히 중요한 점인데, 영조와 비교해 볼 수 있습니다. 영조는 두 번이나 대리청정을 명합니다. 사도세자뿐만 아니라 나중에는 세손인 정조에게도 대리청정하게 하거든요. 그런데 영조는 인사권만큼은 자신이 행사해요. 전권을 주지 않은 거죠. 그에 비해서 순조는 권한 대부분을 효명세자에게 맡겼고요.

김문식 1830년이 효명세자가 사망한 해인데, 이때가 되면 효명세자가 국정을 장악한 것으로 보입니다. 『실록』을 보면 세자가 국정을 거의 다 주관합니다. 국왕 역할을 하죠. 형벌의 시행을 공정하게 하라고 명령하면서 한 발언이 매우 강한데, 이런 표현이 나옵니다. "지금 이 자리에서 명령을 한 이후에 한 사람의 당상관이나 낭관이라도 어김이 있으면 내가 용서하지 않을 것이다."† 정조를 보는 듯하죠. 이때 스물두 살인데, 국정을 거의 다 장악했다는 느낌을 주는 발언입니다.

최태성 그뿐만 아니라 새로운 인재를 뽑아야 하니까 과거 제도에 문제가 있으면 확실히 고치라고 명령합니다. 또한 놀라운 건 뭐냐면, 왕실의 위엄을 보여 주고자 경복궁 중건 사업을 계획하기도 합니다.

그날 계속 이렇게 가다가 효명세자가 순조의 대를 이었다면 우리가 아는 19세기 조선의 역사는 조금 다른 길로 가지 않았을까 하는 생각이 드네요.

최태성 하지만 안타깝게도 이런 정책이 오래가지 못했죠.

† 왕세자가 윤대관(輪對官) 및 예조판서 홍기섭 그리고 전곡(錢穀)을 소유하고 있는 각 아문의 낭관을 소견하여 영하기를, "근래에 전곡을 소유하고 있는 각 아문의 낭관이 직분을 다하여 전수(典守)하는 도리를 잘하지 못해서 점차로 빈 장부로 속하게 하니, 어찌 한심스럽지 않겠는가? 비록 확실하게 지목해서 나열하지는 못한다 하더라도 간교함을 환히 알 방법이 있다. 낭관부터 이 책임을 면하지 못하는데, 어찌 아예(衙隷)들의 법을 무롱(舞弄)하는 행위를 못 하도록 할 수 있겠는가? 이번의 연유로 영칙(令飭)한 뒤에 옛날의 습관을 통렬히 고쳐 다시는 멋대로 굴거나 모람된 폐단이 없도록 해야 한다. 만약 혹시라도 어김이 있

으면 결단코 용서하지 않는다는 내용을 전곡을 소유하고 있는 각 아문에 써서 게시하고, 묘당으로 하여금 각별히 감독하여 경계하도록 하라." 하였다.
—『순조실록』 30년(1830) 윤4월 11일

신정왕후, 짝을 잃고 홀로 남다

그날 효명세자가 대리청정을 얼마나 했어요?

최태성 결국 왕이 돼 보지도 못하고 죽으면서 3년 3개월 만에 끝납니다.

그날 짧은 기간이었지만, 조선을 희망으로 부풀게 하기에 충분한 자질이 있는 인물이었는데 왜 갑자기 사망한 거예요? 지병이 있었어요? 각혈하는 건 왜일까요?

김문식 지금도 사인은 밝혀져 있지 않아요. 『실록』을 보면 효명세자가 갑자기 각혈했다는 내용이 나와요.† 그러고 나서 계속 치료받습니다. 무슨 약을 먹었는지 약 이름에 관한 기록만 나오면서 한 열흘 정도 끌다가 사망하고요.

그날 10년을 함께 산 부인인 신정왕후로서는 얼마나 참담했겠어요. 갑자기 선강했던 남편이 급사한다는 상황이 말이죠. 효명세자가 죽은 후에 얼마나 슬펐던지 음식도 들지 않고 슬피 울어 "곁에서 감히 볼 수가 없었다."라고 기록되어 있거든요. 오죽했을까요? 말 그대로 청상과부에 홀어머니가 된 거잖아요. 그 암담한 심정이 여염[4]이나 왕실이나 다를 게 뭐가 있었겠어요. 게다가 시아버지는 힘이 없죠, 시어머니는 안동 김씨죠, 아이는 네 살이죠. 남편이 죽어서 끈 떨어진 연 같은 신세가 되었네요. 든든한 파트너를 잃어버렸어요.

† 약원(藥院)에서 왕세자의 진찰을 청하였는데, 예후가 각혈이 있고 불편했기 때문이었으며, 가미육울탕(加味六鬱湯)을 올렸다.
—『순조실록』 30년(1830) 윤4월 22일

헌종이 즉위하다

효명세자가 세상을 떠난 후,

세자빈은 네 살배기 아들과 단둘이 남겨진다.

그로부터 4년 후, 순조마저 세상을 떠난다.

뒤를 이어 왕위에 오른 이는 여덟 살의 세손.

조선 제24대 왕 헌종이다.

어린 왕을 대신해 이루어진 수렴청정.

하지만 발 뒤에 앉은 사람은

어머니 신정왕후가 아닌 할머니 순원왕후였다.

모든 상황을 숨죽여 지켜볼 수밖에 없었던 신정왕후.

시간은 아직 신정왕후의 편이 아니었다.

남편 없는 하늘 아래

그날 신정왕후로서는 자기 아들인데, 수렴청정도 못 한 거네요. 수렴청정은 헌종의 할머니인 순원왕후가 한 거예요. 순원왕후는 두 번째로 수렴청정하는 거잖아요.

신병주 엄격하게 보면 효명세자는 왕이 아니라 세자 신분으로 사망했죠. 그러니 신정왕후는 왕대비가 될 수 없는 상황입니다.

그날 그런데 우리는 신정왕후라고 부르잖아요. 남편은 세자인데 아내는 왕후인 건가요?

신병주 이런 사례가 좀 있는데, 헌종 때 효명세자를 왕으로 추존해서 익종으로 높여 줍니다. 그래서 세자빈도 왕후로 인정해 준 거죠.

김문식 남편을 따라가는 거죠. 남편이 왕이 되면 아내는 자동으로 왕비가 되는 거예요. 사후에라도 왕으로 추존되면 왕비가 되는 거죠.

그날 그러면 여기서 관전할 부분은 풍양 조씨와 안동 김씨가 어떻게 가문 간의 균형을 이루는가 하는 문제인 것 같은데, 어떻게 되나요?

신병주 안동 김씨 세도정치의 중심축이 순원왕후입니다. 순원왕후가 헌종의 첫 번째 왕비를 안동 김씨 가문에서 들이고, 안동 김씨에 위협이 될 만한 인물들, 즉 효명세자의 대표적인 측근들을 다 제거합니다.

그날 효명세자에게 뜨겁게 데인 후라서 국혼을 절대 양보하지 않겠다는 의지를 보이는 것 같아요.

아들마저 잃고 친정이 풍비박산 나다

최태성 신정왕후가 남편을 잃었지만, 아들이 있단 말이에요. 그런데 안타까운 게 헌종도 일찍 죽습니다. 스물세 살의 나이로 사망하죠. 더구나 중요한 건 헌종에게 후사가 없어요.

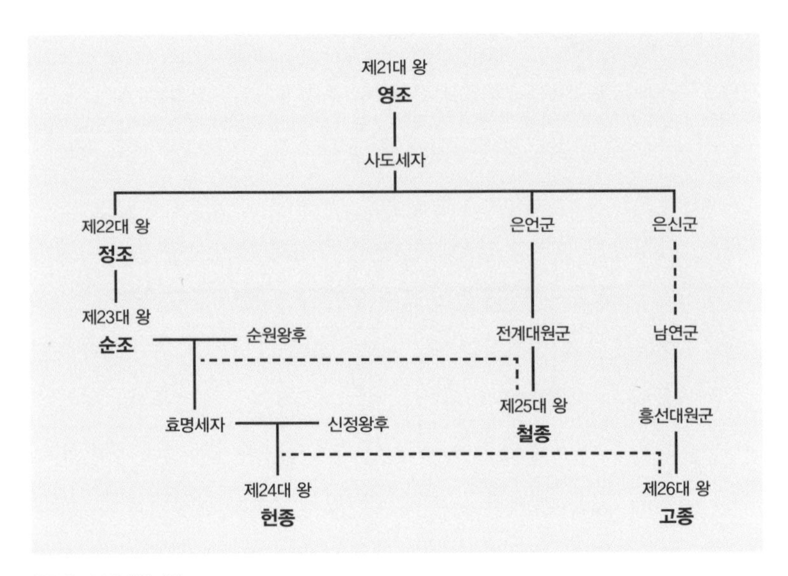

철종과 고종의 왕위 계승

그날 고립무원이에요, 고립무원.

최태성 안동 김씨의 세상에 완전히 갇혀 버리는 형국이 되는 거죠.

그날 이거 참 기막힙니다. 이럴 때 신정왕후에게 힘을 실어 줄 만한 사람이 후사로 들어오면 괜찮아지는 건데, 누가 옵니까?

김문식 철종, 즉 강화 도령을 데려오죠. 양자로 삼아서 왕위를 잇게 합니다. 그런데 문제는 철종이 바로 이전 왕인 헌종을 계승하는 게 아니라 순조를 계승하게 해요. 그러니까 순원왕후가 철종을 자신의 양자로 받아들인 거죠.

최태성 철종이 순원왕후의 양자가 되면 효명세자랑 같은 항렬이 되는 거예요.

그날 참으로 이상한 구도네요.

김문식 철종이 순조의 아들로 들어온 셈이니까 효명세자와 같은 격이 되는 거죠. 헌종은 철종보다 더 아래 세대, 즉 조카뻘이 되고요.

왕위 계승의 흐름이 거꾸로 올라간 거죠.

그날 그렇게 해도 되는 겁니까?

김문식 무리이긴 했지만, 저렇게 만들었어요.

그날 그럼 헌종의 위상은 어떻게 되는 거예요?

김문식 새로운 왕인 철종이 계보상으로 순조와 순원왕후의 아들이 되었으니까, 효명세자와 헌종으로 이어지는 왕통은 끊겨서 곁가지가 된 거죠.

그날 신정왕후는 원래 시누이들밖에 없었는데, 팔자에도 없던 아주버님이 생겨버린 거네요. 의도적인 것으로 봐야 하겠죠? 안동 김씨가 이런 기회를 그냥 넘겼을 것 같지 않은데요?

신병주 철종이 왕위에 오르면서 풍양 조씨 세력이 탄압받게 돼요. 탄핵으로 사사되기도 하고요.† 그러면서 안동 김씨 세력의 완전한 독주가 시작되는 형국이 됩니다.

김문식 안동 김씨의 세도정치가 가장 나쁜 모습을 드러낸 때가 철종 시기죠. 그야말로 독주하는 모습을 보입니다.

그날 신정왕후로서는 친정까지 정치적으로 위협받는 상황이니까 숨도 깊게 못 쉬었을 것 같아요. 남편이 죽었을 때도 힘들었겠지만, 아들이 죽었을 때는 피눈물을 흘리지 않았을까 싶네요.

† 대왕대비가 지도(智島)의 가극(加棘) 죄인 조병현에게 사사하라 명하였다.
—『철종실록』 즉위년(1849) 8월 23일

마침내 권력의 정점에 서다

그날 그럼 언제 신정왕후는 숨통을 트게 되나요?

최태성 철종 8년에 순원왕후가 사망합니다. 신정왕후가 왕실에 들어온 지 약 40년 만에 드디어 왕실의 최고 어른이 된 거예요. 그러고 나서 6년 뒤에 철종이 죽습니다.

그날 그런데 철종도 후사가 없죠.

최태성 왕실의 최고 어른인 신정왕후가 드디어 역전과 반전의 기회를 잡는 거예요.

그날 후계자 지명권을 갖겠네요. 중요한 지명권입니다.

최태성 예전에는 순원왕후가 있어서 후계자 지명권을 행사하지 못했는데, 드디어 가지게 되는 거예요. 신정왕후가 선택했던 후계자가 누굴까요?

그날 그 유명한 고종 아닙니까? 고종은 누구의 양자가 되나요?

김문식 신정왕후가 후계자 선택에서 제일 힘을 썼잖아요. 그래서 고종을 철종의 양자가 아니라 신정왕후 자신의 양자로 받아들입니다. 순조에서 효명세자로 이어지는 왕통을 고종이 잇는 거죠. 다시 왕실의 계통이 바뀝니다.

그날 시어머니가 했던 걸 그대로 따라 한 거잖아요. 자기가 당한 걸 그대로 돌려준 셈이네요. 신정왕후의 처지를 보면 "강한 자가 살아남는 것이 아니라, 살아남는 자가 강한 것이다."라는 말이 떠오릅니다. 오랜 기다림 끝에 권력의 정점에 선 신정왕후인데, 양자인 고종을 통해서 어떤 일들을 해 나갈까요?

신정왕후, 반격에 나서다

1863년, 철종이 후사 없이 사망하고
새로운 왕이 즉위한다.

흥선대원군의 아들로
열두 살의 나이에 왕위에 오른 고종.

고종을 양자로 삼아 왕위에 올린 신정왕후는
친아들 헌종 때는 미처 앉지 못했던
발 뒤에 앉아 수렴청정에 나선다.

4년간에 걸친 수렴청정 기간에 신정왕후는
부정부패로 유명무실해진 과거제를 정비하고
경복궁 중건을 계획한다.
모두 효명세자가 추진했던 정책이었다.

권력의 정점에서 효명세자의 뜻을 이어간
신정왕후의 반격이 시작된 것이다.

효명세자의 뜻을 이은 신정왕후

그날 경복궁 중건은 흥선대원군의 업적으로 생각했는데, 그 뒤에 신정왕후가 있었습니다.

류근 처음 안 사실입니다. 교과서에 당백전[5] 나오잖아요. 흥선대원군의 치적 겸 그늘이기도 한데, 배후에 신정왕후가 있었네요.

신병주 간판으로는 흥선대원군을 내세웠던 거죠. 신정왕후는 "이처럼 중대한 일은 나의 정력으로는 미치지 못하는 것이므로 일체를 대원군에게 위임하니 모든 일은 반드시 의논해서 결정하라."라고 하지만, 뒤에서 실질적으로 주도했던 인물은 신정왕후라고 할 수 있습니다.

그날 왕실의 권위를 세우고자 경복궁을 중건한 것일 텐데, 돈도 많이 들고 시간도 많이 드는 어려운 일이잖아요. '다른 방법은 없었을까?' 하는 생각도 들거든요.

김문식 경복궁 중건은 조선 후기 내내 과제였어요. 영조 때부터 경복궁을 재인식하기 시작하거든요. 경복궁은 태조가 세운 조선의 기본이 되는 정궁이잖아요. 그래서 경복궁이 지닌 이미지를 효명세자가 활용하려 합니다. 대리청정 시기에 두 번에 걸쳐서 경복궁 터에 방문하고요.[†] 그러니까 신정왕후가 고종을 통해서 경복궁을 중건한 것은 효명세자의 정책을 계승했다고 볼 수 있죠.

최태성 신정왕후가 수렴청정한 게 4년 정도인데, 교과서에 나오는 흥선대원군의 개혁이 본격적으로 추진된 시기가 바로 그 4년이거든요. 수렴청정 기간에 신정왕후가 내놓았던 정책들을 보면 경복궁 중건, 과거제의 폐단 시정, 서얼의 허통(許通) 등이 있습니다. 효명세자가 시행하려고 했던 개혁들을 다 실행에 옮기는 거죠. 다시 말해 세도정치 이후에 추진된 개혁을 흥선대원군의 개혁이라고들 이야기하지만, 사실은 그 출발점이 효명세자에게 있다는 얘기입니다.

그날　신정왕후가 효명세자의 정치적 계승자 역할을 하는 거네요. 가슴에 맺힌 한을 개인적으로만 푸는 게 아니라, 개혁적인 정책들로 풀어낸 것은 인정해야 하지 않나 생각합니다. 그런데 신정왕후는 안동 김씨에게 개인적인 원한이 있을 텐데, 보복 조치 같은 건 없었을까요?

최태성　상징적인 조치를 합니다. 그 유명한 비변사 혁파가 있죠. 비변사라는 건 19세기 세도정치의 핵심적인 기구잖아요. 모든 권력이 다 집중된 기구인데, 비변사에 집중된 권력을 나누게 합니다. 의정부와 삼군부로 나누고 나중에 비변사를 의정부에 통합하면서 비변사를 혁파하는 역할을 하죠.

그날　교과서를 보면 비변사 혁파는 흥선대원군이 했다고 배웠는데 말이죠.

최태성　우리가 1860년대 후반을 볼 때, 흥선대원군을 통해서 바라볼 수도 있지만, 신정왕후를 통해서 다르게 바라볼 수도 있다는 거죠.

그날　정말 충격이네요. 역사는 다각도로 봐야 해요. 신정왕후와 흥선대원군의 관계가 복식조일까요, 아니면 감독과 선수의 관계에 가까울까요?

김문식　복식조가 더 맞을 것 같아요. 표면적으로는 여성이 나서기가 어려우니까 흥선대원군이라는, 안동 김씨와는 확실하게 다른 세력인 사람을 끌어들인 거고, 정책에서는 협의가 필요했겠죠.

그날　개혁 성과로만 본다면 환상의 복식조가 맞는 것 같네요.

신병주　혼합복식이죠.

최태성　왕이나 사대부가 죽은 다음에 공덕을 평가하거나 기리고자 짓는 게 시호입니다. 그리고 기념식이 있다든지 의미 있는 일이 있을 때 올리는 이름이 있어요. 그걸 존호라고 합니다. 근데 신정왕후는 존호가 길어요. 쉰여섯 자나 됩니다.

신병주 신정왕후가 왕비 중에서는 제일 많은 존호를 받았어요. 고종은 자신을 왕으로 만들어 준 신정왕후에게 행사가 있을 때마다 존호를 올립니다. 신정왕후가 살아 있을 때도 올리고 사망한 후에도 올려서 쉰여섯 자가 되었죠. 좋은 한자가 다 들어가 있습니다. 아이들 이름 지을 때 저기서 뽑아서 이름을 지으면 됩니다.

김문식 존호는 두 글자씩 올리거든요. 두 글자가 여러 번 모여서 쉰여섯 자가 된 겁니다.

그날 시어머니인 순원왕후의 존호를 찾아봤는데, 스물여덟 자에요. 딱 반이에요. 효명세자와 신정왕후가 20대 꽃다운 나이에 운명이 갈렸잖아요. 신정왕후가 효명세자의 유지는 받들었지만, 안타까워요.

† 대왕대비가 전교하기를, "돌이켜보면, 익종(효명세자)께서 정사를 대리하면서도 여러 번 옛 대궐에 행차하여 옛터를 두루 돌아보면서 개연히 다시 지으려는 뜻을 두었으나 미처 착수하지 못하였고, 헌종께서도 그 뜻을 이어 여러 번 공사하려다가 역시 시작하지 못하고 말았다." 하였다.
—『고종실록』 2년(1865) 4월 2일

시대적 모순에 저항한 두 사람

김문식 두 사람은 사후에 다시 만납니다. 구리에 있는 동구릉 입구에서 오른쪽으로 갈 때 제일 먼저 만나는 무덤인 수릉에 합장되어 있습니다.

신병주 합장된 사례가 그렇게 많지는 않아요. 사도세자와 혜경궁 홍씨가 묻힌 융릉, 정조와 효의왕후가 묻힌 건릉 등이 있죠. 효명세자와 신정왕후는 60년 만에 재회한 겁니다.

최태성 효명세자와 신정왕후 부부의 삶은 19세기 조선 역사의 한 단면을 보여 준 게 아닌가 하는 생각이 듭니다.

수릉 사적 제193호.

그날 흔히 세도정치 시기를 가리켜 정치는 실종되고 권력만 추구했던 시대로 평가하지 않습니까? 효명세자와 신정왕후는 비록 역부족이긴 했지만, 시대적 모순에 본능적으로 저항했던 인물들이 아닌가 하는 평가를 내려야 할 것 같아요.

김문식 19세기라고 하면 세도정치 시기라고 해서 가라앉는 시기나 망하는 시기라고 이야기하는데, 그 당시에도 뭔가 상황을 개선하고 개혁해 보려는 시도가 있었거든요. 물론 완전히 성공하지는 못했지만 말이죠. 효명세자와 신정왕후 부부의 이야기도 그런 시도 중 하나입니다. 그때가 백성이 성장하는 시기이기도 하지만, 왕실 내에서도 나름대로 개혁을 하려는 시도가 끊임없이 있었다는 점을 기억해 줬으면 좋겠습니다.

2

강화 도령 이원범, 왕이 되다

19세기에 세도정치가 전개된 원인을 대부분은 어린 왕의 즉위에서 찾는다. 하지만 순조 이전에도 어린 왕이 즉위한 사례는 꽤 있었고, 특히 성종이나 숙종은 신하들의 보필을 받아 왕권이 외척의 힘에 절대 휘둘리지 않았다. 그런데 19세기에만 유독 세도정치가 극성했던 까닭은 무엇일까? 세력 있는 가문이 정치 집단화하고, 17세기와 18세기에 존재했던 붕당 간의 견제와 균형이 무너졌기 때문이다. 특히 왕실과 맺은 정략적인 혼인은 외척 세력에게 권력의 날개를 달아 주는 중요한 기반이 되었다.

안동 김씨의 세도정치는 강화 도령 이원범, 즉 철종의 즉위로 절정을 이룬다. 헌종 사후에도 여전히 생존했던 순원왕후는 사도세자의 아들이자 정조의 이복동생인 은언군의 후손을 왕위에 올리니, 바로 철종이다. 철종의 선조들은 정조 대에 정순왕후 세력에 의해 역모에 연루되었고, 1844년에는 철종의 형 회평군이 처형되면서 집안 모두가 강화도로 유배되었다. 그러다가 1849년에 조정에서 농사꾼으로 살던 철종을 왕으로 모시러 온 것이다. 철종을 왕위에 올린 것은 허수아비 왕을 대신해 순원왕후로 대표되는 안동 김씨가 마음대로 정치를 좌지우지하겠다는 계산이 빚어낸 결과였다. '능력이 없는 국왕 추대하기'는 19세기 중반에 벌어진 엄연한 현실이었고, 세도정치가 이런 일을 가능하게 했다. 그러나 세도정치에서 파생된 정치 기강의 문란과 부정부패의 피해는 고스란히 힘없는 백성들의 몫으로 떨어지고 말았다.

1862년, 진주 등 삼남 지방을 중심으로 대규모 농민 항쟁이 일어난 것은 세도정치에서 파생된 정치의 부패와 타락상이 백성들의 삶을 더욱 곤궁하게 했기 때문이다. 초기에 미온책으로 일관했던 조정은 농민들의 반란이 예상외로 거세지자 수습에 나섰다. 먼저 농민들을 무력으로 진압하기보다는 선무사와 안핵사, 암행어사 등을 파견해 지방의 실정을 조사하고 원한의 대상이 되는 수령을 처벌함으로써 농민층을 무마하려 했다. 진주 민란의 원인과 피해 상황을 조사하고자 조정에서 파견된 안핵사 박규수는 자신이 봉기한 농민을 처벌하러 온 것이 아님을 주지하게 하고 농민 반란의 분위기를 진정하는 데 역점을 두었다. 1862년 5월에 박규수의 건의를 받아들여 삼정이정청을 설치한 것도 반란을 일단 무마하기 위해서였다. 19세기에 농민들을 가장 괴롭혔던 전정·군정·환곡의 삼정의 잘못을 바로잡는다는 명목으로 삼정이정청이 설치되자 농민 봉기는 잠시 진정되는 듯했다. 그러나 삼정이정청은 단지 농민 부담을 완화하는 데 그쳤지, 농민들이 안고 있는 근본적인 사회 문제를 해결하는 조처가 되지는 못했다. 반란을 진정하기 위한 미봉책에 그치고 말았던 것이다. 1862년 8월에는 '삼정이정절목'을 발표해 삼정 중에 농민의 원성이 가장 컸던 환곡 제도를 철폐한다고 발표했으나, 이 조치도 2개월 후에 폐지했다.

조정의 정책은 중심을 잡지 못했고, 미온적인 대처는 제2, 제3의 진주 민란을 불러왔다. 당시 농민반란의 근본적인 원인은 세도정치로 말미암은 정치 기강의 문란에서 파생한 탐관오리와 아전들의 농민 착취였다. 그러나 허약한 왕실과 부정부패가 이미 관습화된 관리들에게 문제 해결을 더는 기대하기 어려웠다. 이제 조선 사회는 점차 기울었고, 왕권은 해결 능력을 상실했다. 이후에도 농민 반란이 계속 일어난 것은 국가가 근본적으로 농민 문제를 해결하지 못했음을 여실히 보여 주었다. 흥선대원군의 집권기인 1869년의 농민 반란을 위시해 1871년 이필제의 난은 모두 1862년 임술 농민 봉기의 연장선에 있었던 농민 반란이었다. 그리고 1894년에 일어난 동학농민운동으로 농민 반란은 그 대미를 장식한다.

강화 도령 이원범, 왕이 되다

1849년, 조선 제24대 왕 헌종이
후사를 남기지 못하고 사망했다.

조정에서는 대를 이을 왕손으로
강화도에서 귀양살이하던 이원범을 낙점한다.

정조의 이복동생인 은언군의 손자로,
집안이 역모에 휘말리면서
평민의 삶을 살던 이원범.

강화 도령을 궁으로 모셔 오던 그 날,
마치 새 임금을 반기기라도 하듯,
하늘에는 오색 무지개가 뜨고
양 떼가 와서 꿇어앉아 문후했다.

평민과 다름없는 삶을 살다가
하루아침에 왕이 된 강화 도령.
바로 조선의 제25대 왕 철종이었다.

다음 왕은 누구인가? 순원왕후의 선택

최원정 조선의 왕이 스물일곱 명이고, 그중에 적장자 출신이 일곱 명 맞죠? 그런데 철종의 즉위는 정말 대단히 특이한 사례 아닌가요?

이해영 농사지으며 평범하게 살다가 어느 날 눈 떠 보니까 왕이 돼 있더라는 인생 대반전 이야기는 너무 동화 같고 비현실적으로 느껴질 정도인데, 실제로 있었네요.

신병주 19세기의 조선 왕실을 보면 준비된 왕세자가 왕위를 계승하는 게 아니라 연이어서 의외의 변수가 발생하죠. 효명세자가 요절하면서 순조의 뒤를 손자인 여덟 살의 헌종이 잇고, 헌종 사후에는 아예 후계자가 없어서 전 지역에 있는 왕족들을 수배해서 결국은 철종을 데리고 오는, 상당히 비정상적인 후계자 계승이 이루어집니다.

그날 후계자를 지목할 수 있는 권한은 대왕대비인 순원왕후에게 있었잖아요. 근데 철종이 되는 이원범 외에도 여러 후보가 있었다면서요?

최태성 후보에 오를 가능성이 있었던 사람들을 제가 한번 조사해서 보여 드리겠습니다. 먼저 기호 1번, 남연군의 아들 흥선군 이하응 외 세 명입니다. 이하응은 당시에 30세였고요. 기호 2번, 선조의 아버지 덕흥대원군의 종손인 이하전[1]이 있습니다. 나이는 여덟 살로 좀 어려요. 다음 기호 3번은 은언군의 손자 이경응으로 이원범의 둘째 형입니다. 나이는 22세고요. 마지막으로 기호 4번, 은언군의 손자 이원범, 나이는 19세입니다.

류근 그런데 이상하네요. 아니 무슨 후보가 저렇게 집단으로 출마합니까? 이하응 외는 또 뭐예요?

노대환 이하응은 형제가 많았습니다. 그래서 이하응의 형제들은 다 후보군에 있을 수 있죠. 다만 이하응은 형제 중에서 막내인데도 나

철종 어진 보물 제1492호. 국립고궁박물관 소장.

이가 이미 30세였고, 종친부[2]를 실질적으로 이끌어가는 고위층 인물이었습니다. 게다가 인품도 좋고 능력이 있었던 인물이니까 이하응을 왕위로 옹립하는 것은 매우 꺼림칙했을 거예요.

그날 만약에 여러분께서 유권자라면 소중한 한 표를 누구에게 행사하실 것 같아요? 이하응?

류근 당연히 이하응이죠. 이후의 행적이나 정치력을 본다면 말이죠.

신병주 근데 이때는 유의해야 할 게, 국민이 투표하는 게 아니라 왕실에서 정하는 거예요. 유권자가 왕실인 셈이죠.

노대환 객관적으로 본다면 제일 유력한 후보는 기호 2번 이하전입니다. 나이도 여덟 살에 지나지 않았으니까 왕이 되기에 가장 적절한 나이였고, 가까운 친척도 없는 외아들이었으니까 가장 유력한 후보로 생각할 수 있는 인물이죠.

신병주 왕실에서는 이하전을 먼저 염두에 뒀어요. 왕실 계보로 보면 이하전은 헌종의 조카뻘이거든요. 이경응이나 이원범은 헌종의 삼촌뻘이어서 항렬이 올라가 버리죠. 그러다 보니까 한말의 비사 관련 기록을 보면 이하전이 거의 내정되어서 인손이라는 이름도 받았다고 나와요.

그날 왕실에서 이름까지 지어 줄 정도라면 차기 왕위에 가까이 다가갔다는, 상당히 중요한 신호로 받아들일 수 있는데, 왜 갑자기 후보에서 탈락시키고 강화 도령으로 마음을 바꾼 건가요?

노대환 순원왕후 측에서 본다면 당장에 적합한 인물이 필요한 게 아니라, 장기적으로 마음대로 조종할 수 있는 인물이 더 필요했을 겁니다. 이하전은 여덟 살인데도 상당히 똑똑했던 것 같아요. 19세기 중반의 유명한 척사론자인 이항로[3]가 평가한 것을 보면 매우 비범한 능력을 갖추어서 나중에 귀하게 될 것으로 얘기했다고 하거든요. 그런 걸 보면 이하전이 나이가 들었을 때 안동 김씨에게 대단히 불안한 존재가 될 수 있겠다고 생각하지 않았을까 여겨집니다.

이해영 조금이라도 똑똑해 보이면 나중에 국정에 관여하려고 들 수 있으니까, 다루기 쉬울 만한 인물을 원한 것 같아요. 그렇게 따지면 농사짓던 저 순박한 강화 도령이 안동 김씨에게는 적역이었을 것 같고요.

그날 그럼 여러 후보 중에서 왕으로 낙점됐다는 건 어떻게 보면 자존심 상하는 일이잖아요.

이해영 가장 능력이 떨어졌기 때문에 선택당한 것이라고 할 수도 있네요.

철종, 왕이 된 남자

그날 당사자에게로 시선을 돌려 보겠습니다. 농사짓고 나무하고 살다가 하루아침에 왕이 된 철종의 기분은 어땠을까요? 상상이 되십니까?

이해영 싫었겠죠. 자기가 하고 싶은 대로 더우면 옷도 벗고 해야 하는데, 왕이 되면 할 일도 많고 예법이나 외워야 할 것도 많아서 불편하지 않았을까 싶은데요?

최태성 전 언어생활에도 문제가 좀 있었을 것 같아요. 왜냐면 일단 제일 중요한 게 말하는 거잖아요. 예를 들면 왕의 얼굴도 용안이라고 하고, 밥상도 수라상이라고 하고, 말할 때마다 "그것은 아니 되옵니다."라고 얘기하면 저는 정말 말을 못할 것 같아요.

그날 군대 같은 데 가면 안 쓰던 말을 써야 하잖아요. 하물며 군대도 그런데 왕이라면 훨씬 더했겠네요.

노대환 순원왕후와 대신들이 철종을 접견하는 장면이 나오는데, 그때 대신들이 철종에게 질문합니다. 그런데 철종이 어렵고 해서 대답을 안 하니까 아주 어색했겠죠. 그랬더니 대신이 철종에게 "다음부터는 질문을 하면 꼭 대답하십시오."라고 말합니다. 이런 이야기를 보면 철종에게는 아주 간단한 예법도 큰 벽처럼 느껴졌을 거예요.

이해영 약간 굴욕적으로 느껴지네요. 아주 평범한 사람이 갑자기 자기 의지와 상관없이 왕이 된다는 게 진짜 쉽지 않은 일이었을 것 같은데 말이죠.

절대 권력의 상징, 왕의 복장

그날 자리가 사람을 만든다는 말이 있잖아요. 철종이 궁궐에 들어와서 처음엔 적응을 못 하다가 곤룡포를 입으면서 진짜로 왕이 되었다는 느낌을 받지 않았을까 하고 상상해 봅니다. 왕은 평상시에 정사를 볼 때도 입는 옷 종류가 엄청나게 많잖아요. 옷이 왕의 권위를 상징하기도 하고요. 그래서 오늘 왕의 복장에 관해서 자세히 알아보는 시간을 가져 볼 텐데요. 이해영 감독님을 오늘의 왕으로 지명하겠습니다. 그럼 궁궐 복식에 관해서 연구하시는, 한국학중앙연구원의 이민주 연구원님 모셔 보겠습니다. 왕의 복장에 관해서 자세하게 알아볼 텐데, 이해영 감독님은 어떤 복장을 해 보는 건가요?

이민주 감독님이 입으실 옷은 의대(衣襨)라는, 법복 중에서도 면복에 해당하는 옷입니다. 최고 법복인 면복은 면류관[4]과 공복(公服)으로 구성되는데요. 옷을 입기 전에 머리를 해야 합니다. 조선 시대 남자들은 상투에 매우 신경을 썼어요. 상투를 틀 때 머리를 좀 더 차분하게 하고자 바르는 게 있는데, 왕실에선 뭘 발랐을까요?

그날 머리에 참기름이나 동백기름을 바르잖아요.

이민주 동백기름은 왕실과는 거리가 있는 사대부 정도 되는 사람들이 발랐다고 말씀드릴 수 있을 것 같아요. 자, 향을 맡아 보시죠.

조씨 삼형제 초상 관자놀이 부분이 파인 것을 확인할 수 있다. 보물 제1478호. 국립민속박물관 소장.

이해영 어? 이거 참기름인가요? 대단히 고소하네요.

이민주 네, 맞아요. 참기름이에요. 『탁지정례』를 보면 매달 올리는 물품 중에 머릿기름으로 진유(眞油)라는 걸 올리는데, 그게 바로 참기름입니다.

이해영 그런데 원래 이렇게 상투를 꽉 조이나요? 머리가 약간 아파요.

이민주 사대부들이 망건 때문에 편두통이 있었다고 하잖아요.

이해영 편두통이 진짜로 올 것 같아요.

이민주 망건을 쓴 사대부들을 그린 그림을 보면 눈꼬리가 올라가 있습니다. 관자놀이 부분이 움푹 파였고요. 망건을 썼기 때문에 조여서 그런 것이 아닌가 생각되지요. 왜 이렇게 꽉 조이게 썼느냐면 그 위에다 관모나 갓을 썼을 때 한마디로 말해서 모양새가 난다는 거죠.

그날 그런데 양말의 색이 빨가네요? 빨간 양말이에요.

이민주 네, 왕을 상징하는 빨간 버선, 즉 적말(赤襪)입니다. 아무나 신지 못해요. 적말은 왕만 신을 수 있습니다. 그리고 왕의 철릭[5]은 초

면류관을 쓴 모습

록색이에요. 근데 오늘은 빨간색이 준비된 관계로 일단 입혀보겠습니다. 철릭은 융복이라고도 하거든요. 유사시에 입는 옷이에요. 그래서 소매를 뗐다 붙였다 할 수 있게 매듭단추로 연결되어 있습니다. 상해를 당했다면 소매 부분을 풀어서 붕대로 쓰는 거예요.

그날 혼자서는 절대 입을 수 없는 복장이네요. 화장실 한 번 다녀올 때도 누군가와 함께 가야겠어요.

이민주 상투관 쓰셨죠? 그다음에 면류관을 쓰겠습니다.

그날 어? 면류관이 저렇게 커요? 진짜 엄청 크네요.

이해영 너무 무거워요. 면류관 무게가 몇 킬로그램 정도 되나요?

이민주 위에 얹힌 판은 오동나무인데, 판과 구슬을 다 합하면 약 2.3킬로그램 내외입니다. 이 면류관을 쓸 때 앞을 숙이고 뒤를 들어가게 하는 전면후앙(前冕後仰)으로 쓰면 면류관에 달린 줄 아홉 개가 눈을 가려요. 눈 밝음을 가리는 거죠. 그리고 옆을 보시면 옥구슬 두 개가 귀 곁으로 내려와 있거든요. 청광충이(青纊充耳)라고 하는데, 귀 밝음을 가립니다. 왕이 자기의 눈과 귀는 가리되 타인, 즉 신하들의 상소나 충언 같은 것을 보고 듣는다는 의미와 함께 스스로 경계한다는 의미가 담겨 있습니다. 이제 석(舃)을 신으시고 마지막으로 규[6]를 드시면 되겠습니다.

그날 임금이 되는 길이 멀고도 험하네요.

최태성 보는 것도 힘들어요.

그날 하다가 중간에 포기할 수도 있을 것 같아요. 이해영 감독님, 지금 면복 입은 소감이 어떠세요? 아주 힘드세요?

이해영 일단 생각보다 너무 무거워요. 중심을 잡기가 매우 어렵고 대단히 덥고요. 이 복장이 사람을 약간 경직되게 하네요.

이민주 왕의 복식은 입고 싶어서 입는 옷이 아니라 왕이기 때문에 입어야 하는 옷입니다. 그래서 철종도 이해영 감독님처럼 힘들었겠지만, 그래도 입어야 했겠죠.

그날 강화 도령이 면복을 입고 즉위식을 거행했을 때 실제로 왕으로서 지녀야 할 마음가짐을 느끼지 않았을까 생각해 봅니다.

비운의 왕족, 강화 도령

노대환 그런데 당시에 이원범의 집안은 역모에 연루되어 있었습니다. 요즘으로 치면 정치범 내지는 사상범의 집안이죠. 은언군의 아들인 상계군이 이원범의 큰아버지인데, 역모에 연루된 상황에서 사망합니다.[†] 그때 이원범의 아버지도 같이 연루되어서 강화도로 쫓겨나죠. 그리고 이원범의 할머니와 큰어머니, 즉 은언군의 부인과 상계군의 부인은 세례받은 천주교 신자였습니다. 그래서 은언군과 같은 해인 1801년에 사형당합니다.[‡] 따라서 이원범은 당시로 보면 도저히 왕위에 오를 수 없는, 매우 위험한 집안의 자제죠.

「강화행렬도」

그날 그러네요. 1급 사상범 집안의 사람인 거예요.

신병주 이원범을 왕으로 올리려면 명분이 있어야 하니까. 순원왕후가 순조와 자기의 아들로 입적하게 해요. 그리고 왕실의 직계가 되었다는 논리를 내세워 덕완군이라는 군호를 내리면서 태도를 바꾸죠.

이해영 가세도 약하고, 학문과도 거리가 좀 있어 보이는, 문제가 있는 집안 출신인데, 세도정치에 걸림돌만 되지 않는다면 명분 같은 건 상관없이 어떤 선택이든 할 수 있다는 거잖아요.

그날 강화 도령 이원범을 모시러 간 날을 그린 그림이 있대요.

노대환 서울에서 이원범을 모시기 위해서 가는 모습이죠. 김포에서 강화도로 들어가는 모습인 듯한데, 매우 장엄한 행렬의 모습과 함께 주변에서 구경하는 백성들의 모습도 보입니다. 저 그림은 북한에 있는데, 사진으로 찍어 와서 이렇게 소개할 수 있죠.

류근 저 그림을 처음 보기도 했지만, 정말 상상외입니다. 드라마 같은 것을 보면 대여섯 명이 와서 좀 초라하게 모셔 가잖아요. 근데 그게 아니네요. 엄청난 장관이네요.

그날 이 정도면 서울에서 강화도까지 간 게 아니라, 서울에서 강화도까지 줄을 서 있는 것 같아요.

류근 근데 정작 문제는 관원들이 장차 왕이 될 이원범의 얼굴을 몰랐다고 해요.

그날 당연히 몰랐겠죠. 사진이 있는 것도 아니니까요.

신병주 철종을 맞이하러 갔던 책임자인 정원용[7]이 『경산일록』이라는 일기를 남겼는데, 그때 상황을 정확하게 기록했습니다. "갑곶진에 이르렀다. 나는 왕의 생김새와 연세조차도 몰랐다. 이름자를 이어 부르지 말고 한 글자 한 글자 또박또박 말씀해 달라고 하니까 한 사람이 원 자, 범 자, 그리고 나이는 열아홉입니다." 이렇게 이름을 듣고 나서야 철종을 알아봤다고 합니다.

그날 이원범으로서는 역모로 죽임당한 가족들의 사례도 있으니 갑자기 엄청난 행렬이 와서 이원범이 누구냐고 찾으면 본인을 해치러 왔다고 착각하고 겁을 크게 먹었을 것 같아요.

신병주 철종으로서는 트라우마가 있을 수 있죠. 철종의 큰형도 역모 혐의로 연루되어 죽었거든요. 그런데 궁궐에서 보낸 엄청나게 많은 사람이 몰려오니까 다시 잡으러 온 것으로 잘못 판단해 철종의 둘째 형은 도망가다가 높은 곳에서 떨어지는 바람에 뼈가 부러졌다고도 합니다.

최태성 철종의 가족들로서는 긴박한 상황이었네요.

류근 웃을 수 없는 해프닝이에요. 비극적인 가족사입니다.

† 왕대비(정순왕후)께서 빈청에 언문으로 하교하기를, "기해년(1779)에 이르러 홍국영과 같은 흉악한 역적이 또 나와 감히 불측한 마음을 품었다. 그리하여 주상의 나이 서른이 채 차지도 않았는데 감히 왕자를 둘 대계를 저지하고 상계군 담을 완풍군으로 삼아 가동궁(假東宮)이라고 일컬으면서 흉악한 의논을 마음대로 퍼뜨렸다. 주상이 그의 죄악을 통촉하고 그 즉시 쫓아내자, 흉악한 모의가 더욱 급해져서 밤마다 그의 집에 상계군을 맞이하여 놓고 널리 재화를 풀어 무식한 무리와 체결하였으므로 잠깐 사이에 변이 일어나게 되었다. …… 이때 상계군이 불의에 죽었으므로 비록 그에게 무슨 아는 것이 있는지 모르겠으나 방안에서 죽어 걱정이 조금 풀린 것 같지만, 대의가 펴지지 못하고 윤강이 없어진 것은 진실로 그의 생사에 차이가 없다." 하였다.
—『정조실록』 10년(1786) 12월 1일

‡ 섬에 천극한 죄인 이인(은언군)의 처 송 씨와 인의 아들 이담(상계군)의 처 신 씨에 이르러서는 영세(領洗)까지 받았는데, 영세란 곧 사학(천주교)에서 교육받는 법이었다. 국청에 참여했던 시임 대신과 원임 대신 및 금오 당상(金吾堂上)이 서로 거느리고 구대(求對)한 다음 인의 처와 담의 처에게 사사하기를 청하자, 대왕대비(정순왕후)가 하교하기를, "선조께서는 이 죄인들에 대해 처음부터 끝까지 온전한 은혜를 베푸셨는데, 그 권속들이 이번에 부범(負犯)한 것에 이르러서는 크게 풍화(風化)에 관계되니, 단지 그 죄를 죄주어 다른 사람들을 징계함이 마땅하다. 그 집안이 이미 국가의 의친(懿親)에 관계되지만, 먼저 이 무리로부터 법을 적용한 후에야 여항(閭巷)의 필서(匹庶)들이 방헌(邦憲)이 있음을 알고 징계되어 두려워하는 바가 있을 것이니, 경들이 청한 것을 윤종(允從)하지 않을 수 없다." 하였다.
—『순조실록』 1년(1801) 3월 16일

너무나도 극적인 즉위 과정

그날 근데 철종의 즉위가 누가 생각해도 이해하기 어려운 상황이었을까요? 유독 철종의 즉위와 관련해서는 신성시하는 장면이 매우 많은 것 같아요. 오색 무지개가 뜨고 양 떼가 직접 와서 무릎을 꿇었다는 이야기에서는 철종이라는 왕의 즉위가 천명이었다고 강조하려는, 타당성을 부여하고 싶은 의지가 묻어나잖아요.[†]

신병주 현실적으로 보더라도 강화도에는 목초지가 없어서 양 떼가 살기에는 적합하지 않죠.

노대환 정통성에 문제가 있다 보니까 철종이 원래 왕이 될 인물이었다

용흥궁 인천광역시 시도유형문화재 제20호.

는 걸 상징적으로 보여 주려는 여러 가지 이야기가 있습니다. 철종이 왕위에 오르던 해의 봄과 여름 사이에 하늘에서 내려온 아주 상서로운 빛이 강화도의 남산 위에 비치는 것을 보고 백성들이 제사를 지냈다는 기록이 있고요. 또한 『실록』에 보면 순원왕후의 꿈 얘기가 하나 나오는데, 꿈에 순원왕후의 아버지인 김조순이 나타나서 웬 아이를 하나 주면서 잘 보살피라고 했답니다. 꿈이 정말 신기해서 아이의 생김새를 꼼꼼하게 기록해 놨는데, 나중에 철종이 올 때 보니까 완전히 똑같았다는 거죠.‡ 이런 얘기는 그만큼 철종의 즉위에 문제가 있다는 걸 방증합니다.

그날 동원할 수 있는 것은 다 동원했네요. 누가 쓴 시나리오인지는 몰라도 너무 작위적인 것 같아요.

최태성 자신이 정말 없었던 것 같아요.

그날 근데 생각해 보면 정말로 있을 수 없는 일이 벌어진 거잖아요. 농민에서 왕이 되는 건데, 그 정도의 극적인 장치는 필요했을 것 같아요.

신병주 철종이 살던 집이 그 당시에는 작은 초가집이었는데, 나중에는 용흥궁(龍興宮)이라는 이름이 붙어요. 용이 왕을 상징하니까 용이 일어난 궁이라는 뜻이죠. 흔히 철종이라고 하면 강화 도령이라는 이미지 때문에 어릴 때부터 강화도에 산 것으로 생각하는데, 원래 출생지는 서울이에요. 서울의 경행방에서 14년간 살았고, 강화도에선 5년을 살았어요.

그날 아니, 5년밖에 안 살았어요? 속은 것 같아 억울하네요. 그럼 강화 도령으로 부르면 안 되는 것 아니에요? 5년이면 아주 길지는 않은 시간인데 말이죠.

류근 철종이 대단히 미천한 처지였다는 걸 강조하려고 일부러 그런 것 같아요.

† 밤중마다 광기(光氣)가 잠저(潛邸)의 남산에서 보였으며, 여위(輿衛)가 갑진을 건널 적에는 오색 무지개가 큰 강에 다리처럼 가로질러 있었으며, 양화진에 이르렀을 적에는 양 떼가 와서 꿇어앉아 맞이하여 문후하는 형상을 하였습니다.
—『철종실록』 철종 대왕 행장

‡ (임금께서는) 순조 신묘년(1831) 6월 17일 정유에 경행방의 사제(私第)에서 탄생하였습니다. 이때 순원왕후의 꿈에 영안 국구(김조순)가 한 어린아이를 올리면서 말하기를, "이 아이를 잘 기르시오." 하였는데, 왕후께서는 꿈에서 깨고 나서 그 일을 기록하여 두었었던바, 그 후 임금이 궁궐에 들어오게 되자 이를 살펴보니 의표(儀表)가 꿈속에서 본 아이와 똑같았습니다.
—『철종실록』 철종 대왕 행장

칼로 도려낸 은언군 관련 기록

철종의 신분 세탁 프로젝트

그날 강화도에서 5년밖에 안 살았다는 사실은 좀 새로워요. 근데 철종의 신분은 왕족이지만, 역적 집안의 후손이고 교육도 못 받았잖아요. 순원왕후와 안동 김씨들로서는 명분 쌓기에 아주 분주했겠네요.

노대환 은언군에 관련된 모든 기록을 아예 그냥 삭제해 버립니다.

그날 신분 세탁이네요?

노대환 그렇습니다. 우리가 잘 아는 『일성록』[8]이나 『승정원일기』에서 관련된 모든 기록을 삭제하죠.

신병주 칼로 도려낸 거죠.

그날 자를 대고 오려 낸 티가 나는데요. 신분 세탁은 보통 몰래 하지 않아요? 노골적으로 하는 건 좀 곤란할 텐데 말이죠.

신병주 규장각에 있는 『일성록』 원본과 대조해 보면 참 어설프게 신분 세탁을 했다는 생각이 들어요. 게다가 『실록』은 왕의 사후에 편찬하는 데다 왕도 전혀 열람하지 못하니까 어떻게 건드릴 방법이 없어요. 따라서 『실록』과 대조해 보면 철종의 승계에 불리한 선대의 역모죄 등의 기록이 대부분 삭제된 게 확인되거든요. 순원왕후가 주도했다고 봐야죠.

그날 요즘처럼 데이터베이스로 구축되어서 검색 기능으로 찾아 삭제할 수 있는 게 아니잖아요. 하나하나 다 수작업으로 처리해야 했을 텐데, 은언군의 형인 정조 때부터 치더라도 기록이 진짜 엄청난 분량이었을 것 같아요. 그럼 세초[9]를 전담하는 부서 같은 게 따로 있었나요? 칼 대고 자르고 지우고 하는 부서 말이지요.

노대환 그런 일을 전담하는 부서는 확인되지 않습니다. 기간으로 따지면 매우 긴 기간이죠. 정조의 즉위년인 1776년에서 철종의 즉위년인 1849년까지는 74년이거든요. 게다가 인원이 많이 투입되진 않았을 것 같아요. 조심스러운 작업이니까 소수 인원이 들어갔을 텐데, 진짜 힘들었을 겁니다. 관련된 기록을 다 찾기도 어렵고, 나중에 정권이 어떻게 될지 모르는 상황에서 누가 칼을 댔냐는 식으로 문제가 될 수도 있으니까요. 그래서 초기에는 열심히 칼로 도려내다가 나중에는 요령이 생겼는지 지우다가 만 것도 있습니다. 그래서 살펴보면 다 은언군과 관련된 기록들이죠.

그날 지우는 사람들도 점점 지치는 거죠. 조선은 우리가 흔히 기록의 나라라고 할 만큼 기록에 정말 충실한 나라잖아요. 근데 『일성록』과 『승정원일기』처럼 직접 사료로서 가치가 있는 왕실 기록물에 아주 치명적인 흠집을 내면서까지 명분을 쌓으려고 한 거예요. 그러니 정말 깨끗하게 살아야 합니다. 나중에 뭘 지워야 할지 몰라요.

김문근의 딸을 철종의 왕비로 삼다

철종이 보위에 오른 뒤,
전국에 금혼령이 내려졌다.

아직 가례를 치르지 않은 철종을 위해
순원왕후가 혼인을 서두른 것이다.

삼간택 끝에 최종적으로 결정된 왕비는
순원왕후와 팔촌 간인 김문근의 딸이었다.

이로써 안동 김씨 집안은 순조와 헌종에 이어
철종까지 3대에 걸쳐 왕비를 배출한다.

안동 김씨, 국혼으로 권력을 이어가다

그날　안동 김씨가 다시 한 번 국혼으로 권력을 굳히네요. 왕도 지목했는데 왕비 자리 정도야 당연히 차지하겠죠. 이런 말이 있어요. "어느 시대건 권력을 잡기 위해선 정승도 충신도 필요 없이 왕비 하나면 된다." 안동 김씨가 왕비를 배출해서 권력을 다져가는 거예요.

노대환　당시에는 보통 10대 초반에 결혼하는데, 철종은 열아홉 살이었습니다. 일반 사가의 남자로서도 늦은 나이인데, 왕실에서는 대단히 급했을 겁니다. 금혼령을 내리면 그 기간이 길어야 5개월인데, 철종의 혼인을 위한 금혼령은 1년 가까이 이어집니다. 고심 끝에 김문근의 딸을 부인으로 맞아들이고요.

그날　1년 정도 이어진 금혼령을 통해 안동 김씨 집안의 딸을 들이기 위한 시간을 번 셈이었네요. 철종의 측근이 될 수 있는 외가와 처가를 전부 안동 김씨로 완벽하게 구성해 버렸어요.

신병주　결과적으로 수렴청정의 주역이었던 순원왕후, 그리고 철종의 외숙부격인 김좌근이 최고 핵심 인물이 되어서 안동 김씨의 세도정치를 주도합니다.

최태성　안동 김씨의 세도정치가 절정에 이른 거예요. 철종에게는 안동 김씨의 세도를 제어할 힘이 없고요. 백성들은 굶어 죽어 나가는 상황에서도 안동 김씨는 매관매직 등을 통해 호화찬란한 생활을 누리는 거죠. 안동 김씨가 하도 호화판으로 사는 모습을 보이니까 안동 김씨 가문에서 기르는 말들에 관해 "혜당댁 나귀는 약식을 잘 자시고, 호판댁 큰 말은 약과를 많이 잡숫는다."라는 말이 돌면서 비난하기도 합니다. 혜당은 김수근을, 호판은 김좌근을 가리키죠.

그날　일반 백성들은 쌀 한 줌이 없어서 굶어 죽는 판에 말이 약식을 먹는다니, 뇌물을 얼마나 받았기에 이런 얘기가 나오는 겁니까?

부정부패의 온상, 환곡

노대환 조선 시대에 부정 축재를 하는 방법은 여러 가지가 있지만, 특히 19세기에 가장 일반적인 방법은 환곡을 이용하는 거죠. 본래 환곡은 춘궁기에 곡식을 나눠 줬다가 가을에 10분의 1 정도 되는 이자를 붙여서 돌려받는 구호 정책으로 시작된 겁니다. 그런데 조선의 재정 상태가 열악했기 때문에 나중에는 환곡을 지방재정에도 이용하고 중앙에도 올려 보내거든요. 환곡이 조세와 비슷한 역할을 한 겁니다.

최태성 19세기 세도정치에서 가장 큰 문제가 뭐냐면 삼정, 즉 전정, 군정, 환곡의 문란이죠. 전정은 토지세에 관한 것이고, 군정은 군역에 관한 것인데, 가장 큰 문제는 환곡입니다. 쌀을 대출해 주면서 백성들의 고혈을 쥐어짜는 모습이 나타나죠.

그날 가장 대표적인 복지 정책인데 왜 문제가 돼요?

최태성 제가 환곡의 부정적인 사례를 보여 드릴게요. 이해영 감독님이 백성이 되시고, 저는 관리가 되겠습니다. 저는 매관매직을 통해 관리가 된 거라 소명이 있어요. 바로 돈을 뽑아내야 해요. 관직을 사느라 돈을 많이 썼기 때문에 그걸 메우는 과정에서 제가 관아에 있는 곳간을 건드렸거든요. 그래서 곳간을 채워 넣어야 해요. 할 일이 많죠. 첫 번째 사례입니다. 환곡을 원하는 백성, 즉 이해영 감독님에게 제가 환곡을 빌려줍니다. 그럼 이해영 감독님은 가을에 추수한 것으로 제게 갚아야 하잖아요. 자, 이자를 얹어서 갚으세요.

이해영 "제가 빌린 만큼에다가 이자도 얹어서 돌려 드리겠습니다."

최태성 여기에서 수령과 아전의 농간이 시작됩니다. 돌려받을 때 이자만 더 받아야 하는데, 관리가 권력자로서 백성을 상대로 장난치는 거예요. "당신, 부역 빠지고 싶지 않아? 부역 힘들잖아. 농사 지어야 하는데."

이해영 "그럼요. 부역 빠지고 싶어요."

최태성 "그렇지. 그럼 이자에다 더 얹어 봐. 인정이 있지. 더 얹어서 주면 부역 빼 줄게." 이렇게 하는 게 환곡을 통해서 백성을 수탈하는 방법 중 하나죠. 이자만 더 받아야만 하는데, 추가로 얹어서 받는 거죠. 그럼 두 번째 사례 보여 드릴게요. 아까는 환곡이 필요한 백성이었지만, 이번 백성은 환곡이 필요하지 않아요. 그런데도 억지로 빌려주는 거예요.

이해영 "필요 없는데요. 안 받아요. 싫어."

최태성 "어디서 건방지게! 쓰라면 쓰는 거지." 이렇게 말하고 억지로 쌀을 빌려줍니다. 그럼 제가 빌려준 쌀을 한번 잘 살펴보세요.

그날 저게 뭐예요? 잡곡들이 섞여 있네요. 심지어 돌도 있어요.

이해영 돌멩이가 나왔어요, 돌멩이. "아니, 이게 뭡니까? 너무하신 거 아니에요?"

그날 위는 쌀로 덮었는데 아래는 아니네요.

최태성 돌이나 겨, 보리 등을 집어넣어서 섞은 다음에 쌀을 빌려주는 거예요. 단 가을에 제게 갚을 때는 이렇게 섞인 것으로 주면 안 되죠. 오로지 쌀로만 채워서 제게 갚아야 합니다.

그날 이 사람 나쁜 사람이네요.

최태성 아직 이것으로 끝난 게 아니에요. 세 번째 사례가 있어요. 환곡 과정 자체를 아예 없애는 방법입니다. 그냥 장부에만 기록하는 거예요. 쌀을 빌려줄 필요도 없죠. 장부상으로만 관리가 백성에게 빌려준 거예요. "가을이 되면 갚으시오." 이런 식으로 해서 제가 돈을 좀 챙겼습니다.

그날 귀에는 쏙 들어오는데, 매우 화가 나네요. 백성을 상대로 한 대부업이에요.

최태성 그렇죠. 백성들에게 돈을 꾸라고 권장해서 고리대를 뜯는 모습을 보여 드린 거예요.

그날 백성이 어려울 때 구호해 주라고 있는 제도인데, 필요하지도 않은 쌀을 무조건 빌려준다거나 하는 식의 속임수는 너무하지 않나요? 못 갚으면 어떻게 되는 거예요?

최태성 못 갚으면요? 집에 있는 애들을 노비로 만든다든지, 말이나 소 같은 가축을 다 강제로 끌고 가죠.

노대환 모든 동네가 쑥밭이 됩니다. 만약에 갚지 않고 도망가면 친척에게 갚으라고 하고, 친척이 안 되면 동네 사람에게 갚게 하니까 한 사람이 도망가면 결국은 다 도망가고요. 마을이 황폐해지죠. 게다가 다른 사람이 아니라 수령과 그 밑의 아전이 이런 일을 저지르고 주도하니까 지방 사회에는 견제할 세력도 없습니다. 이렇게 살기가 어려웠는데 철종 때는 유난히 자연재해도 잦아서 더 힘들었을 거고, 결국 죽어나는 건 백성들이죠.

그날 조선이라는 나라는 농업이 근간인 나라가 아닙니까? 농민들을 논밭에서 몰아내면 백성의 삶도 어려워지지만, 나라의 미래도 사라지는 거예요. 지배층은 그런 생각을 왜 못하는 건가요? 이쯤 되면 백성들의 분노가 폭발할 수밖에 없는 거예요.

진주에서 농민들이 봉기하다

1862년(철종 13), 경상도 진주에서
저항의 불씨가 타오른다.

과도한 조세 수탈과 양반들의 횡포를
더는 두고 볼 수 없었던 농민들.

관아를 습격해 아전을 죽이고
부유한 집을 약탈하며 불을 질렀다.

진주에서 시작된 불씨는
삽시간에 삼남 일대로 번져 가고
조정은 긴장 상태에 놓였다.

흩어진 민심을 잡기 위해
철종은 과연 어떤 결단을 내렸을까?

민란의 시대, 농민들이 일어서다

그날　지배층이 민생을 외면하면 어떤 일이 벌어지는지 보여 주는 사례네요. 탐관오리들의 횡포와 부조리한 체제로 백성들의 피를 빠는 악순환이 반복된 거잖아요. 민란을 일으킬 수밖에 없는 분노가 이해됩니다.

신병주　민란이 진주 지역에서 전국으로 퍼지는데, 최근에는 임술년에 농민들이 봉기했다고 해서 임술 농민 봉기로 정의합니다.

노대환　임술 농민 봉기의 배경에는 경상우도 병마절도사인 백낙신이라는 인물이 있습니다. 경상우도의 병사이면 고을 수령급이 아니라 도지사급인데, 탐관오리의 교과서라고 할 만한 인물이죠. 백낙신은 백성들을 상대로 환곡 장부를 허위로 기재하고 강제로 빼앗는 등 생각해 낼 수 있는 모든 수탈 방법을 고안해 내서 백성들의 피를 뽑듯이 합니다.†

그날　탐관오리의 교과서라면 어느 정도였을까요?

최태성　백낙신을 이 자리에 데려다 놓고 청문회를 해 보겠습니다.

그날　누가 나오시나요?

최태성　이해영 감독님이 백낙신 대신 대답해 주시면 됩니다. "1861년 겨울에 환곡을 거둬들일 때 착복한 게 4100냥입니다. 맞죠?"

류근　"기억이 안 납니다."라고 해야 하는 것 아닌가요?

최태성　"무기를 구매하는 데 써야 할 예산이 3800냥 있었는데, 그중 일부를 환곡으로 장난하는 데 썼어요. 3166냥의 폭리를 취했네요? 맞죠?"

이해영　"네, 그랬나 봐요."

최태성　"군사훈련장이 있었는데, 군사훈련을 하지 않는 땅이어서 농민들이 개간해 경작하니까 불법 경작으로 트집 잡아서 불쌍한 농민들에게 2000냥을 뜯어서 착복했어요. 맞죠?"

이해영 "네, 제가 그랬군요."

최태성 조사해 보니까 이런저런 명목으로 수탈을 자행해서 총 4만 냥에서 5만 냥 정도 착복했어요. 쌀로 환산하면 얼만지 압니까?

그날 얼마나 되는데요?

최태성 감이 안 오시죠? 1만 5000석이에요.

그날 1만 5000석이요? 나쁜 사람이네요. 교과서가 될 만합니다. 마른 수건도 계속 짜내는 사람이에요.

최태성 백낙신 밑에 있는 백성들은 어떻게 살 수 있었는지 모르겠네요.

그날 관리가 아니라 조직폭력배입니다. 조폭이 악덕 고리대금업을 하는 거죠.

최태성 권력을 이용해서 농민들에게 불법 경작이라며 협박해서 돈을 뜯는, 정말 있을 수 없는 관리들의 횡포를 보여 주는 거죠. 농민 봉기가 안 일어나면 이상한 거예요.

그날 그럼요, 이상하죠. 이렇게 관리들의 횡포가 기폭제가 되어서 농민 봉기가 전국적으로 확산하는데, 철종으로선 즉위하고 처음으로 맞는 큰 위기잖아요. 낭만적인 생각인지는 모르겠지만, 그래도 철종은 강화도에서 백성들의 삶을 지켜본 사람인데 이런 꼴을 보면서 가만히 있을 수 있었을까요?

† 경상도 안핵사 박규수가 포리(逋吏)를 조사하고 옥사를 다스리는 것 때문에 치계하기를, "금번 진주의 난민들이 소동을 일으킨 것은 오로지 전 우병사 백낙신이 탐욕을 부려 침학(侵虐)한 까닭으로 연유한 것이었습니다. 병영의 환포(還逋)와 도결(都結)을 시기를 틈타 아울러 거행함으로써 6만 냥의 돈을 가호에 배정하여 백징(白徵)하려 했기 때문에 군정(群情)이 들끓고 여러 사람의 노여움이 일제히 폭발해서 드디어 격발하여 전에 듣지 못하던 변란이 돌출하기에 이른 것이었습니다. 난민들의 패려한 습성은 진실로 통분스럽습니다만, 진실로 그 이유를 따져보면 실은 스스로 취한 것입니다. 그들의 직분을 더럽혀 변란을 격발한 죄를 심상하게 감단(勘斷)해서는 안되니, 묘당으로 하여금 품처하게 하소서." 하였다.

—『철종실록』 13년(1862) 4월 4일

철종, 삼정의 개혁에 나서다

노대환 말씀하신 대로 철종은 강화도에서 5년간 생활했으므로 백성들의 어려움을 잘 알았습니다. 그래서 백성들의 고통을 덜어 주려고 노력합니다. 빚을 탕감해 주는 조치는 물론이고, 공평하게 환곡을 나눠 주기도 하면서 갚기가 어려우면 납부를 연기도 해 주죠. 나름대로 최선의 조처는 했다고 생각합니다.

그날 백성들의 숨통을 트여 주고자 노력했다는 게 인상적이네요. 민란을 발판으로 삼아서 삼정을 개혁하는 기회로 삼자고 나름대로 마음을 먹지 않았을까 하는 생각도 들어요.

노대환 더구나 봉기가 전국적으로 폭발하고 장기화하니까 본격적인 개혁의 필요성도 느끼고 삼정이정청[10]이라는 관청을 설치해서 삼정 문제를 본격적으로 해결하겠다는 강력한 의지를 보입니다. 이정은 바로잡아 개혁한다는 뜻이죠.

신병주 삼정이정청에서 주력으로 하는 사업이 환곡 제도와 세금 제도의 개선, 나아가서는 토지제도의 문제점 시정 등입니다. 어느 정도 좋은 노력을 하는 모습도 철종 때 보였던 거죠.

그날 백성들이 가만히 있지 않고 시위라도 하니까 움직이는 것 같아요. 그러면 여러 가지 방안이 나왔을 것 아닙니까? 시도했거나 채택된 방안이 있나요?

신병주 환곡은 대부분은 1년이면 회수하던 것을 3년 정도의 유예기간을 주는 식으로 합니다. 이렇게 하면 국가로서는 이자 수입이 감소하겠죠. 그래서 감소분을 토지 1결당 2전씩 걷는 세금으로 충당합니다. 이렇게 토지에 세금을 부여하면 지주가 세금을 내니까 일반 농민들은 큰 부담이 없죠.

그날 과연 지주가 다 냈을까요?

신병주 일단 전체적으로는 구도는 그렇게 잡은 거죠.

그날 환곡의 폐단을 없애는 것 같지도 않고, 새로운 세금을 통해서 거둬들이겠다는 건 결국 똑같지 않나 하는 생각도 듭니다. 해소된 것 같지 않아요. 개혁이긴 한데 개혁 아닌 개혁 같은 애매한 느낌이에요.

최태성 왜 그런지 아세요? 개혁을 담당했던 삼정이정청의 담당자 명단을 볼게요. 판부사에 김홍근과 김좌근, 판돈령에 김병기, 지사에 김병국, 이런 사람들이 당상관이에요. 개혁의 대상에게 개혁을 맡긴 거죠. 되겠습니까? 한심하죠.

그날 삼정이정청도 형식뿐인 거네요. 이 사람들이 적극적으로 해결책을 마련할 리가 만무하잖아요.

노대환 이 당시 최고 권력 기구가 비변사입니다. 그리고 비변사에서 당상직을 맡은 사람들을 보면 안동 김씨를 비롯한 몇 개 성씨들이에요. 핵심 가문들이 50퍼센트 이상을 차지한 상황에서 자신들의 이해관계에 반하는 개혁, 예를 들면 토지에 세금을 매기는 것 등에는 당연히 반대할 수밖에 없죠. 가장 많은 토지를 가진 사람이 세도 가문의 사람들이니까요. 더 어처구니없는 것은 발단을 제공했던 백낙신 같은 인물도 곧 풀려난다는 사실입니다. 백낙신은 1877년에는 평안도 병마절도사를 지내죠. 경제적으로 매우 부유한 북쪽 지역으로 발령이 난 셈입니다.

그날 다시 관직에 오르는군요.

류근 일단 관직 이름이 절도사잖아요. 절도하러 가는 거예요, 절도.

그날 만화 속에서 계속 부활하는 악당도 아니고, 어떻게 오뚝이처럼 계속 살아남죠?

최태성 자기들끼리 다 연결된 거죠. "잠깐만 빠져 있어. 곧 다시 복직하게 해 줄게."라는 거잖아요.

그날 연결 고리가 다 있는 거예요.

신병주 철종은 즉위 초부터 삼정이 문란한 상황을 확실히 인식했던 것 같아요. 심지어는 침실의 벽에다 탐욕이 극심한 자들의 이름까지 쓰고 확실하게 손을 보겠다는 의지도 보였다고 해요. 즉위하기 전에 사가에 살았던 조선 왕, 즉 민생의 현장을 본 왕은 적지 않아요. 대표적으로 영조가 있죠. 10년 동안 궁궐 바깥의 사가에서 살았으므로 균역법 같은 개혁 정책을 시행할 때 참고할 수 있었겠죠. 철종은 더 특이해요. 조선의 왕 중에 유일하게 지방에서, 시골에서 민생 현장을 경험했거든요. 서울보다는 강화도가 더 살기 힘들었을 수 있고요. 그래서 철종도 삼정의 문란에 관해선 문제가 있다고 인식했을 겁니다.

아무것도 할 수 없었던 왕

노대환 흔히 철종은 어리숙하고 바보 같은 왕이었다고 생각하는데, 기록을 보면 철종이 백성에게 기울이는 관심이 대단히 큽니다. 백성을 편안하게 한다는 뜻의 '안민(安民)'이라는 두 글자를 써 놓았다고 해요. '이것은 나의 책임이다.'라는 마음으로, 제대로 된 군주가 되고 싶은 욕망이 있었던 것 같아요. 순원왕후가 세상을 떠나는 철종 8년 이후에는 정치적으로도 무언가 해 보려는 의지를 강하게 나타냅니다. 예를 들면 서울의 몇몇 집안이 과거를 제멋대로 해서 부정한 방법으로 관리가 된 것을 질타하기도 하고, 안동 김씨의 반대 세력을 끌어들이기도 합니다. 왕으로서 대단히 적극적인 의지를 보이기도 한 거죠.

신병주 흥선대원군의 대표적인 업적 중에 서원 철폐가 있잖아요. 철종도 서원의 문제점을 인식하고 바로잡으려고 상당히 노력한 것이 기록에 나와요. 이 무렵이면 서원은 이미 본연의 기능을 잃어서 후진을 교육하고 제사를 지내는 공간이 아니라 면세·면역 기능

철종 어필 "태평하고 아름다운 기운 사람이 즐겁게 누리니, 상서로운 밝은 일이 날마다 이르네."라는 뜻이다. 국립중앙박물관 소장.

을 하고 정치 세력들의 이익을 대변하는 당쟁의 온상이 되었다고 지적하거든요. 그래서 전국에 서원 철폐령을 내리는데, 여기서도 철종의 소심한 성격이 보여요. 흥선대원군은 600여 개소 중에 사액서원[11] 47개소만 남기고 폐지하잖아요. 그런데 철종은 자기가 즉위한 후에 새로 세운 서원만 없애게 하고 선왕 때 세워진 서원은 자신이 없는지 건드리지 않습니다.[†]

그날 어쨌든 뭔가를 하긴 했네요. 단순히 업혀 온 꼭두각시 왕이 아니라, 자신의 운신 폭을 넓히고자 매우 애썼다는 느낌이 드는데요. 자기 목소리도 있고 말이죠. 그런데 정말 안타까운 건 누구라도 그 구조에 갇히면 아무것도 할 수 없는 상황이 되잖아요. 안동 김씨라는 막강한 세력에 부딪히다 보니까 갈수록 의욕을 잃었을 것 같아요.

신병주 철종으로서는 처음에는 벌레 먹은 나뭇가지만 잘라 내면 될 줄 알았는데, 제대로 보니까 뿌리까지 썩은 거예요. 나무를 뿌리째 뽑지 않으면 안 될 상황이니까 거기서는 한 발짝 물러서 버린 거고요.

그날 뭔가 개혁할 의지를 가지면 가질수록 헤어날 수 없는 늪에 빠지는 것 같은 느낌이니 결국에는 국정에서 멀어졌을 것 같아요. 마음이 계속 떠났겠네요.

노대환 재위 후반기에 보면 경연 횟수가 줄어드는 걸 볼 수가 있는데, 경연이라는 것이 잘만 이용하면 중요한 신하들과 소통하는 중간고리 역할을 하거든요. 학문도 논하지만, 주요 현안도 논의하는 자리인데, 논의해도 본인의 의지대로는 아무것도 할 수 없으니까 관심이 떠나지 않았을까 생각합니다.

신병주 한계가 있었던 거죠.

† 하교하기를, "각 읍에 있는 서원 가운데 사액(賜額)한 것 이외에 경술년(1850) 이후 13년 이래로 창건한 곳은 정식(定式)에 의거하여 모두 철향(撤享)하는 일을 해조(該曹)에서 각 도에 알리도록 하라." 하였다.

―『철종실록』 13년(1862) 5월 26일

강화도를 떠나던 그날

그날　안민이라는 글자를 써놓고 다짐했다는 것에서 철종이 마냥 어리숙하고 우스꽝스러운 왕이 아니라는 걸 알았어요. 조금은 역사적인 평가를 달리해야겠다는 생각이 듭니다. 그동안은 철종이라고 하면 부끄러운 왕으로만 생각했거든요.

노대환　제가 생각할 때는 왕 노릇을 하고 싶었으나 할 수 없었던 왕, 다시 말해 정말 슬픈 왕이죠. 저는 철종의 존재가 19세기 중반 조선 사회의 민얼굴을 보여 주는 것이 아닌가 하는 생각이 들었습니다.

그날　그렇겠네요. 그런데 너무 일찍 사망하잖아요. 서른셋이라는 젊은 나이로 후손도 못 남겼고요.

이해영　짠하네요. 철종이 일찍 죽은 건 아무래도 무력감 때문인 것 같거든요. 사람을 갉아먹는 가장 강력한 것 중 하나가 무력감이에요. 왕위에 올랐는데도 손발 다 묶이고 아무것도 할 수 없으니 옛날에 농사지으며 지내던 강화 도령 시절이 얼마나 그립겠어요. 자유로웠던 그때를 그리워하며 빨리 죽은 게 아닐까 하는 생각이 듭니다.

그날　죽는 순간엔 강화도가 정말 그리웠을 것 같아요. 고향은 아니었지만, 왕이 되기 전 5년 동안을 보낸 곳이잖아요. 그동안 철종을 안동 김씨의 세도정치에 의해 조종된 꼭두각시 왕으로만 알았는데 철종 나름의 몸부림이 있었어요. 하지만 역사의 큰 줄기를 바

예릉 철종과 철인왕후의 무덤이다. 사적 제200호.

꾸지 못했다는 게 안타까운데, 한 개인으로 보면 농사꾼에서 왕이 된 건 인생이 180도 바뀐 거잖아요. 철종에게 신하들이 자기를 데리러 강화도에 왔던 그날이 어떤 날이었을까 생각하시며 소회를 말씀해 주시면 됩니다. 죽는 순간 그리워했을 강화도를 떠난 그날에 관해 어떤 소회가 나올지 기대되는데요.

류근 용의 날개를 달았으나 한 인간으로서는 손발이 묶인 날. 농사꾼에서 일약 왕으로, 용의 날개를 달았지만 안동 김씨의 세도정치라는 견고한 권력 구도 안에서 왕으로서도 인간으로서도 무력할 수밖에 없었던 여생이 시작된 날.

신병주 유명한 시조가 있죠. 김상헌이 심양에 끌려갔을 때 지은 "가노라 삼각산아/ 다시 보자 한강수야." 철종도 마치 어딘가를 볼 것 같아요. "가노라 마니산아/ 다시 보자 갑곶나루."

그날 왕이 돼서 가는 게 아니라 거의 볼모로 잡혀가는 것 같은데요.

신병주 철종으로서는 상당히 불안했던 길이었겠죠.

그날 진짜 볼모로 잡혀가는 듯하네요. 어떻게 보면 실제로도 볼모였어요. 아까 나온 말이지만, 슬픈 왕입니다. 꿈만 꾸다 간 왕이죠.

3

명성황후 실종 사건

고종은 1863년에 12세의 나이로 왕이 되었으나, 아직 혼례를 올리지 않은 상태였다. 왕이 된 직후에는 철종의 삼년상이 아직 끝나지 않아 가례를 올릴 수 없었다. 그래서 철종의 신주를 종묘에 부묘한 직후인 1866년(고종 3) 3월에 민치록의 딸과 혼인했다. 민치록은 숙종의 계비인 인현왕후의 아버지 민유중의 5대손으로서, 여흥 민씨 가문은 조선 후기 최고의 명문가였다. 그러나 민씨 집안의 위상은 민치록의 대에 이르러 상당히 낮아졌다. 더욱이 민치록은 명성황후가 8세 때 사망하여 명성황후는 7년간 홀어머니 밑에서 자랐다. 외척이 권력을 행사하는 세도정치의 폐해를 직접 경험한 흥선대원군은 될 수 있으면 한미한 집안이면서도 자신의 영향력이 미칠 수 있는 인척 집안의 딸을 며느리로 원했는데, 이러한 조건에 맞았던 인물이 바로 명성황후였다.

명성황후는 1851년 경기도 여주에서 태어났다. 1866년의 혼례 때 고종의 나이는 15세, 명성황후의 나이는 16세였다. 혼례의 주도권은 관례에 따라 수렴청정하던 대왕대비 조씨가 쥐고 있었으나, 흥선대원군의 의중이 크게 작용하였다. 혼례식의 장소가 흥선대원군의 사저인 운현궁으로 결정된 것은 이러한 점을 단적으로 반영한다. 그러나 이렇게 선택한 며느리는 뒷날 시아버지 흥선대원군을 정면으로 겨냥한다. 1873년, 10년간의 흥선대원군 시대가 끝나고 고종의 친정이 시작되었지만, 황현의 『매천야록』에는 "갑술년(1874년(고종 11)) 초에 왕이 비로소 친정을 하게 되었는데 안에서는 왕비가 주관하고 밖에서는 민승호가 힘을 썼다. 왕비는 총명하고 책략이 많아 항상 왕의 곁에 있으면서 왕이 미치지 못하는 곳을 보좌하였다."라고 하여 고종이 친정하는 과정이 절대 순탄하지 않았음을 기록했다.

명성황후와 민씨 척족이 권력을 잡으면서 흥선대원군이 추진한 쇄국은 개항으로 흐름이 바뀌었다. 1876년의 강화도조약으로 일본에 개항장을 내준 것이 대표적이다. 일본 세력이 침투하는 과정에서 신식 군대인 별기군이 창설되었고, 구식 군대들의 여건은 갈수록 열악해졌다. 결국 밀린 봉급 대신 지급된 쌀마저 선혜청 관리들이 착복하자, 1882년 6월에 구식 군인들이 폭동을 일으켰다. 임오군란이 일어난 것이다. 구식 군인들은 일본 공사관을 습격하여 불태우고 선혜청 당상 민겸호를 처단했다. 신변에 위협을 느낀 명성황후는 장호원으로 피신했고, 명성황후의 반대편에 있었던 흥선대원군이 다시 권력을 잡았다. 흥선대원군은 명성황후의 생사가 불분명한 상황에서 명성황후의 국장을 선포하는 등 명성황후의 존재를 없애려고 했다. 그러나 명성황후는 고종에게 자신의 건재함을 알리고 청나라에 지원을 요청하게 하였다. 청나라 또한 흥선대원군이 청나라에 고분고분하지 않은 인물임을 파악하고 천진으로 흥선대원군을 납치하는 강수를 두었다.

고종의 친정 체제가 회복되고, 명성황후도 피난처에서 돌아옴으로써 고종과 명성황후는 일본을 견제할 수 있는 청나라와도 우호적인 관계를 유지했다. 그러나 1894년 청일전쟁에서 일본이 승리한 후 조선에 대한 압박이 거세지자 명성황후는 일본을 견제할 수 있는 세력으로 러시아와 손잡고자 했다. 이러한 움직임에 일본은 무력 행동으로 대응했다. 1895년 8월 20일(양력 10월 8일), 일본 공사 미우라와 전임 공사 이노우에는 일본인 수비대와 경찰, 기자 등을 규합하여 암호명을 '여우 사냥'으로 하고 건청궁 곤녕합에 기거하던 명성황후를 살해하였다. 일본은 명성황후의 경쟁자인 흥선대원군까지 경복궁으로 데리고 와 조선 내부의 갈등에 의한 살해 사건으로 꾸미려 했다. 러시아 건축가 사바틴 등에 의해 일본의 만행임이 만천하에 드러났지만, 시아버지와 며느리는 마지막 순간까지 정적으로 남았다.

거짓 국상을 선포한 날

1882년(고종 19) 6월, 성난 군인들이 경복궁에 난입한다.
신식 군대보다 못한 대우로 차별받고
1년 넘게 급료를 받지 못하면서 분노가 폭발한 것이다.

궁궐을 장악한 군인들이 가장 먼저 찾은 이는
바로 왕비, 명성황후였다.

구식 군대는 모든 사태의 원인이 왕비에게 있다고 여겼다.
하지만 명성황후는 혼란을 틈타 모습을 감춘다.

하루아침에 가장 든든한 조언자를 잃은 고종.
고종은 고심 끝에 사태를 수습하기 위해
아버지인 흥선대원군을 불러들인다.

흥선대원군이 권력의 중심에 다시 선 뒤
가장 먼저 한 일은 왕비의 국상 선포였다.

하지만 왕비의 행방조차 묘연한 상태.
대원군은 찾을 수 없는 시신 대신
왕비의 옷으로 장례를 진행한다.

난리 중에 사라진 왕비는 정말 숨진 것일까?
그리고 왕비와 대원군, 두 사람 사이에는
도대체 무슨 일이 있었던 걸까?

시신도 없는 장례식을 치르다

최원정 제가 알기로 명성황후는 1895년의 을미사변 때 죽었는데, 임오군란 직후에 장례를 치렀네요? 어떻게 된 거예요?

신병주 1882년의 임오군란 직후 흥선대원군이 명성황후의 국장을 선포했는데, 명성황후가 실제로 사망한 것은 13년 뒤입니다.

류근 드라마에서는 임오군란 당시에 궁녀 복장을 한 명성황후가 무관 등에 업혀서 궁궐을 탈출하는 장면이 나오거든요. 나중에 그 무관이 엄청나게 출세하는 이야기가 진행되고요.

신병주 성난 군인들이 궁궐로 몰려드니까 신변의 위협을 느낀 명성황후가 가마를 타고 피신하려고 해요. 그런데 군인들이 가마 앞을 가로막으니까, 홍계훈(홍재희)[1]이라는 무관이 명성황후를 구하죠.

이해영 그런데 그 당시에 대원군이 명성황후의 죽음을 제대로 확인도 하지 않은 상태에서 국상을 일단 선포한 거잖아요. 어떻게 봐야 하죠? 그 정도로 명성황후를 미워했다고 이해해야 하나요?

주진오 있을 수 없는 일이죠. 그래서 당시에 대신들도 "시신도 없는데 장례를 어떻게 치른단 말입니까?"라면서 반대했어요.[†] 그런데도 대원군은 장례를 강행합니다. 대원군이 다시 집권하고 난 다음에 가장 공을 들인 것이 국상을 치르는 일이었어요. 그만큼 어떻게든지 명성황후를 죽은 사람으로 단정 짓고 싶었던 거죠.

신병주 그렇죠. 『실록』을 보더라도 대원군이 임오군란 직후부터 청에 납치당하기 전까지 약 30여 일간을 국상에 관련된 일에만 전력합니다. 며느리를 이 세상 사람이 아닌 사람으로 만들고 싶었던 겁니다.

그날 그런데 흥선대원군이 그렇게 순진한 사람이 아니잖아요? 살아있는 사람을 죽었다고 선포하면 다 해결되는 거 아니지 않습니까? 그렇게 할 수 있나요?

주진오 이런 생각이겠죠. '죽은 사람으로 완전히 만들어 버리면 지금 어딘가에 피신해 있다고 하더라도 다시 나오기가 대단히 어렵지 않겠냐?' 다시 말하자면 못을 박아 버리는 거죠. 실제로도 '만약에 대원군이 청에 납치당하지 않았다면, 명성황후가 과연 다시 등장할 수 있었을까?' 하고 한번 생각해 볼 수도 있으니까요.

† 하교하기를, "곤전(坤殿)의 체백(體魄)을 사방에 찾아보았지만, 끝내 그림자도 없으니 더욱 어찌할 바를 모르겠다. 또 그때의 형편에 대해서는 내가 목도한 사람이다. 이런 형편에 이르러서는 입던 옷을 가지고 장사를 지내는 수밖에 다른 방법이 없다. 이 문제는 극히 중차대한 일이므로 아래에서는 감히 말할 수 없지만, 이미 우리 왕조에 인용할 만한 전례가 있기 때문에 내가 말을 꺼내는 바이니 제반 시행 절차는 입던 옷을 가지고 장사지내는 것으로 마련하라." 하니, 홍순목이 아뢰기를, "이제 만일 이 하교를 받든다면 당대의 죄인이 될 뿐만 아니라 역사책에 기록되어 만대의 죄인이 될 것입니다." 하였다.
―『고종실록』 19년(1882) 6월 14일

국상을 선포한 그날의 의미

그날 어렵게 죽을 고비를 넘기고 피난을 갔는데, 멀쩡하게 살아 있는데 자신의 국상이 선포되었다면 명성황후로서는 참담하고 억울했을 것 같아요. 타의에 의해서 죽은 사람으로 취급된 거잖아요. 정말 화병이 생길 만한 일입니다. 그런데 명성황후의 국상이 선포됐다는 것이 어떤 역사적 의미를 지니는 건가요? 저 사건을 왜 살펴봐야 하는 거죠?

신병주 정치적으로 중심에 있었던 명성황후와 흥선대원군은 저 사건을 계기로 완전한 갈등 관계에 돌입합니다. 조선이라는 나라가 근대화로 나아가는 정말 중요한 순간에 장애물이 생긴 거죠.

주진오 국제적으로 본다면 우리 국내 문제에 외세가 개입하는 결정적인 사건이 바로 임오군란 이후에 벌어지죠. 그 과정에서 우리의 운명을 중국 또는 일본에 좌우 당할 수밖에 없었고요. 상당히 아쉽다고 할 수 있습니다.

그날 홍선대원군과 명성황후, 이 두 사람의 관계가 너무 극적이에요. 일부는 좀 과장된 거 같기도 한데, 등장인물들의 성격을 먼저 분석해 볼 필요가 있어요.

명성황후는 누구인가?

이해영 명성황후의 이력서를 준비해 봤습니다. 본관은 여흥, 성은 민씨입니다. 1851년에 태어났고요. 16세 때 고종의 왕비로 간택되어서 4남 1녀를 낳았습니다. 근데 대부분 건강이 좋지 않아서 다들 어린 나이일 때 잃었고, 한 명만 살아남아서 훗날 왕이 됩니다. 순종이죠. 종교는 무속 신앙으로 되어 있는데, 몸이 약한 아이들을 보살피다 보니까 굿과 점에 심취했다는 기록들이 있습니다. 고종을 도와 서양 열강 사이를 줄타기하면서 개화 정책을 추진했고, 임오군란이나 갑신정변 같은 사건 때마다 극적으로 권력을 되찾기도 했죠. 하지만 안타깝게도 한창나이인 마흔다섯에

생년월일	1851년 9월 25일		사망일		1895년 8월 20일
본관	여흥	배우자	고종	자녀	4남 1녀
외모	갸름한 얼굴, 날카로운 눈빛	취미	음악 감상	종교	무속 신앙
경력 사항					
1866년 3월	중전으로 간택				
1880년 12월	본격적인 개화 정책 시작				
1882년 6월	임오군란으로 피신				
1884년 10월	갑신정변이 일어났지만, 3일 만에 권력을 되찾음				
1895년 8월	일본 낭인들의 손에 목숨을 잃음				

명성황후 이력서

명성황후 생가 경기도 유형문화재 제46호.

일본 낭인들의 칼에 허망하게 숨졌습니다. 그런데 왕비의 이력서가 좀 평범해요. 대단한 권력 가문도 아닌 집에서 왕비가 나올 수 있다는 게 좀 특이하네요.

주진오 명성황후의 집안은 당대에 나름대로 명문에 속했습니다. 숙종 때의 왕비인 인현왕후와 같은 민씨 집안이니까요. 다만 명성황후의 아버지나 그 밖의 친척들은 크게 활약했던 사람들은 아닙니다. 지금 여주에 가면 볼 수 있는 명성황후의 생가도 원래는 그렇게 큰 집이 아니었지요.

그날 근데 그 당시에 왕비를 간택하는 절차가 매우 복잡하지 않았나요? 명성황후의 이력서를 보니까 눈에 띄는 점이 안 보여요. 뭐가 그렇게 특출 나서 왕비가 될 수 있었을까요?

왕비가 된 명성황후

조선 시대에 왕비가 되려면
세 단계의 간택 과정을 거쳐야 했다.

1866년 2월 25일,
고종의 왕비를 뽑기 위한 초간택이 거행됐다.

왕실에서는 간택에 참여한 처녀들의 식사 예절을 비롯한
여러 행동거지를 하나하나 살폈다.
화장에도 엄격한 제한을 받았는데,
분은 바를 수 있었지만, 붉은 칠은 할 수 없었다.

이날 초간택에선 민치록의 딸을 포함한
처녀 다섯 명이 후보로 선발됐다.

재간택은 나흘 뒤인 2월 29일에 창덕궁 중희당에서 거행됐다.
이날 재간택에서 뽑힌 건 민치록의 딸 한 명뿐.
원래는 세 명을 뽑아야 하는 재간택에서
실질적으로 왕비를 확정 지은 것이다.

그리고 3월 6일에 거행된 삼간택에서
민치록의 딸이 최종적으로 간택됐다.

훗날 흥선대원군에 맞서 조선의 운명을 좌우할
명성황후가 탄생하는 순간이었다.

조선에서 왕비를 뽑는 법

그날 조선 시대 사람들도 민낯을 좋아했던 건가요? 얼굴에 화장을 못 하게 했네요.

신병주 간택할 때 후보 한 명이 혼자만 얼굴을 너무 화려하게 치장한다거나 하면 공정한 심사가 되지 않잖아요. 철저하게 같은 조건에서 제대로 보겠다는 거죠.

그날 그러면 조선 시대에는 어떤 규수들이 왕비가 되었나요?

신병주 기록에는 세 가지를 본다고 되어 있습니다. 먼저 가문을 보고, 그다음에 부덕(婦德), 즉 여자로서, 부인으로서 갖추어야 할 덕을 보고, 마지막으로 용모를 봤어요. 얼굴을 통해서 마음까지도 볼 수 있다는 생각도 했겠죠.

그날 마지막 간택 때 끝내 선택받지 못한 규수들은 평생을 결혼하지 못한다는 이야기도 들었거든요. 정말 그런가요? 선택 안 되면 끝까지 처녀로만 살아야 하는 운명에 놓이는 건가요?

신병주 잘 살았다는 자료가 많이 남아 있어요. 다들 시집간 거죠.†

그날 잘 살았다니 다행이네요.

신병주 정말 그 얘기대로 해 버리면 너무 잔인하죠. 그 정도로 조선 사회가 비합리적이고 막힌 사회는 아니었던 것 같아요.

그날 그런데 명성황후는 이미 재간택에서 왕비로 확정된 거네요.

신병주 원칙적으로는 초간택에서 여섯 명 정도를 뽑고, 재간택에서 세 명, 그리고 최종적으로 한 명을 뽑아야 합니다. 그런데 초간택에서 다섯 명을 뽑고 재간택에서 명성황후 한 명만 뽑혔다고 했잖아요. 이미 명성황후가 왕비로 내정됐음을 여실히 보여 주죠.

† 중희당에서 재간택을 거행하였다. 대왕대비가 하교하기를, "첨정(僉正) 민치록의 딸을 삼간택에 들게 하고, 그 나머지는 모두 허혼(許婚)하라." 하였다.
—『고종실록』 3년(1866) 2월 29일

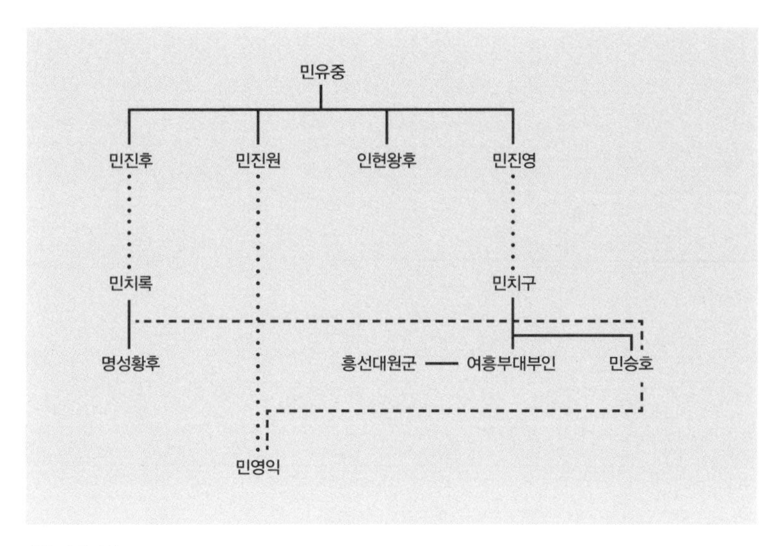

여흥 민씨 가계도

시아버지가 선택한 며느리

그날　내부 거래가 있었네요. 명성황후가 재간택 때 단독 후보가 됐다는 건 뒤에서 밀어줬던 조력자가 있었다고도 볼 수 있는 거네요?

주진오　그렇습니다. 그 조력자를 흥선대원군으로 봐야겠죠. 흥선대원군은 여주에서 어렵게 사는 아가씨를 서울까지 데리고 와서 예전에 인현왕후가 살던 감고당에 살게 해 줍니다. 명성황후에게 인현왕후의 이미지를 덧씌워 준 거죠. 사실 흥선대원군과 명성황후는 촌수를 따지면 그야말로 이상한 관계입니다. 왜냐면 명성황후가 대원군의 부인인 여흥부대부인 민씨와 같은 항렬이에요. 부대부인의 동생인 민승호[2]라는 사람이 명성황후의 집안에 양자로 들어가거든요. 그러니까 민승호는 대원군의 처남이었다가 고종의 처남이 된 셈입니다. 정말 가까운 사이죠.

그날　간단히 정리해서 얘기하면 명성황후가 왕비로 간택된 가장 결정적인 이유는 친척이어서라는 거죠?

고종과 명성황후의 가례에 등장한 흥선대원군과 여흥부대부인의 가마

주진오 그렇죠. 흥선대원군은 고종이 안동 김씨나 풍양 조씨 같은 당시의 유명한 외척 집안과 혼인하면 또다시 세도정치가 등장할 수도 있다고 경계한 것 같습니다. 그래서 자신의 처가와 관련된 민씨 집안을 외척으로 택함으로써 자신의 권력을 분산하지 않으려고 했던 것이죠.

신병주 어떻게 보면 명성황후는 왕비로 간택 받을 때부터 시아버지의 사랑을 정말 흠뻑 받은 거죠. 고종과 명성황후가 1866년 3월에 혼례식을 올릴 때의 장면을 그린 반차도를 보시면 대원군 교자라 해서 흥선대원군이 탄 가마가 나와요. 그리고 부대부인 덕응(德應)이라 해서 흥선대원군의 부인이 탄 가마도 반차도에 등장합니다. 덕응이 가마라는 뜻이죠. 조선 왕실의 혼례식에서 대원군 부부가 등장한 것은 이때가 유일무이합니다.

그날 시아버지와 며느리의 사이가 시작은 훈훈했네요. 이보다 더 뜨거울 수 없을 정도였겠는데요. 그런데 갑자기 어느 순간부터 가족끼리 이럴 수 있을까 싶을 정도로 정말 살벌한 관계가 됩니다.

명성황후와 흥선대원군의 갈등

1871년, 왕실에 경사가 찾아든다.
혼례를 치른 지 5년 만에
비로소 명성황후가 회임한 것이다.

이 소식은 시아버지인 대원군에게도 전해졌고,
대원군은 급히 아들 내외를 찾아 산삼을 전한다.

그해 11월, 명성황후는 고대하던 원자를 낳는다.
하지만 원자에게는 심각한 병이 있었다.

원자는 나흘 만에 숨을 거두었고
명성황후는 대원군이 보낸 산삼 때문이라고 생각한다.

그로부터 3년 뒤인 1874년,
명성황후의 오빠 민승호의 집에
의문의 상자가 배달된다.

상자는 민승호가 열자마자 폭발하고
명성황후의 친정 가족 전원이 목숨을 잃었다.
명성황후는 이 역시 대원군의 소행으로 생각했다.

두 사람은 왜 서로를 미워했을까?

그날 몹시 어렵게 얻은 아이가 죽었어요. 그리고 그게 할아버지가 준 산삼 때문이라고 생각하면 어머니의 마음으로는 그 울분이 이해됩니다.

신병주 사실 저 이야기는 정식 기록으로 전하는 건 아니고 일부 소설에서 흥선대원군과 명성황후의 갈등을 보여 주는 사례로 제시되는 거죠. 소설 같은 데서도 흥선대원군 쪽에서 약을 잘못 보내서 원자의 탄생을 방해했다는 식으로 나옵니다.

주진오 이런 식으로 이야기를 몰고 가는 것은 좀 지나친 소설이라고 생각합니다. 앞으로는 믿지 않으시는 게 좋을 것 같고, 다만 민승호의 폭사는 대원군이 정권에서 밀려난 이후 일어난 사건입니다. 그래서 그 당시에도 많은 사람이 사건의 배후는 대원군일 것으로 추측했죠. 민승호를 그렇게 죽여야 할 만큼 원한을 품은 사람도 없었고요.

그날 며느리 사랑은 시아버지라는 말도 있잖아요. 허물이 있더라도 다 덮어 주는 게 시아버지의 마음인데, 왜 그렇게 미워했을까요? 약간 이해가 안 가요.

주진오 아마 흥선대원군은 고종이 친정 체제를 선포하는 과정에서 명성황후에게 기대하는 바가 있었을 거예요. 며느리가 아들을 잘 설득해서 "아버님께 잘해라.", "여태까지 당신을 보살펴 준 사람이 아버님인데, 지금 와서 이러면 어떻게 하냐?"라는 식으로 얘기해 주기를 바랐겠죠.

그날 그러면 대원군으로서는 고종이 친정을 선포한 게 최익현[3]의 상소 때문이 아니라 명성황후가 뒤에서 다 조종했기 때문이라고 받아들인 것일 수도 있겠네요?

주진오 '지금 내 아들 고종이 변한 것이 진짜 변한 게 아니다. 며느리가

최익현 초상 보물 제1510호. 국립중앙박물관 소장.

뒤에서 사주하고, 자기 친정 사람들을 등용해서 그렇게 된 거다.'라고 생각했겠죠. 아무래도 아들이기도 하고 왕이기도 한 고종을 직접 나쁘다고 하기는 그러니까 며느리를 미워한 게 아닌가 생각됩니다.

그날 이런 블록버스터급 암살 시도가 야사에 나올 정도라면, 개인적으로 안 좋은 감정도 있었겠지만, 정책 갈등에도 원인이 있지 않았을까 싶어요. 많이 부딪히는 정책이 있었나요?

주진오 잘 보셨습니다. 시아버지와 며느리 사이의 인간적인 갈등으로만 봐서는 안 되죠. 그 시기 국제 정세를 바라보는 시각이나, 국내 정치를 어떻게 해야 할까 하는 견해에 따라서 아들과 아버지의 사이가 아주 많이 벌어져 있었습니다. 그러한 상황에서 며느리인 명성황후는 자기 남편인 고종을 적극적으로 지지하고 도와주는 역할을 크게 했다고 볼 수 있습니다.

권력을 장악한 명성황후와 민씨 일가

고종의 섭정을 맡은 흥선대원군은
처남인 민승호를 비롯해
처가인 여흥 민씨를 요직에 등용한다.

하지만 이들은 권력 다툼에서 고종 편에 서고
거대한 세력을 형성한 여흥 민씨들은
명성황후의 비호 아래 개화 정책을 추진한다.

특히 명성황후의 조카 민영익은
고종 내외의 총애를 받으며
조정 최고의 실력자로 급부상한다.

하지만 권력의 정점에 선 여흥 민씨는
부정부패를 일삼아 백성들의 원성을 산다.

개화를 추진한 정치 세력인가?
아니면 왕비를 등에 업은 척족 집단인가?
이들의 진정한 모습은 무엇이었을까?

호러스 뉴턴 알렌

민씨 일가의 부패상

그날　민씨 세력은 대원군 덕분에 벼슬을 받고 권력도 가졌잖아요. 근데 왜 대원군을 배신하고 등을 돌린 건가요?

주진오　대원군은 어떻게 보면 한시적 권력이지만, 왕은 한번 자리를 잡으면 그때부터는 죽을 때까지 왕이잖아요.

그날　언젠가는 올 고종의 시대를 대비한 거네요.

주진오　그렇죠. 고종과 홍선대원군이 하나일 때는 고민할 필요가 없었지만, 아들과 아버지가 갈라졌을 때 민씨들은 어느 한쪽을 선택할 수밖에 없었을 겁니다. 결국 아들인 고종 쪽을 선택했고요.

그날　민씨 척족들이 나중에 부패했다는데, 어느 정도였나요?

신병주　그 당시 민씨 척족들의 부패상을 보면 민영익[4]이라는 인물이 병이 났을 때 치료해 준 의사인 알렌[5]에게 10만 냥을 건넸다는 기록이 있습니다.

그날　10만 냥이면 어느 정도예요?

신병주　그 당시의 한 냥을 지금의 가치로 정확하게 계산할 수는 없습니다. 다만 대략 따져 보면 한 냥의 가치가 쌀 20킬로그램 정도라고 해요. 쌀마다 다르겠지만, 쌀 20킬로그램의 가격을 한 5만 원 정도로 잡아 보면 약 50억 원 가까이 되겠죠? 그리고 1895년 당시 국가 세입이 480만 냥 정도 됐는데, 그 당시에 민형식이라는 사람이 치부한 돈이 70만 냥입니다.

그날　480만 냥이 국가 세입인데, 민형식 개인이 착복한 돈이 70만 냥이라고요?

신병주　그렇죠. 국가 세입의 7분의 1 정도, 즉 14.6퍼센트 정도를 한 사람이 끌어모은 거니까 민심이 흉흉할 수밖에 없어요.

그날　국가의 돈을 그야말로 주물렀네요.

주진오　민씨 세력들의 문제가 관직을 통해서 권력을 행사하는 게 아니라. 왕비의 친정 식구라는 사적인 지위를 이용한다는 점입니다. 공식적인 국가기구에 속한 관료로서 권력을 행사하면 그나마 괜찮은데 그조차도 무너져 버린 거죠. 예를 들면 직위는 낮은데 더 실세 행세를 하는 일들이 있었고요. 그러다 보니 그 안에서 부패가 자연스럽게 나타날 수밖에 없죠.

그날　그렇군요. 명성황후와 민씨 세력에 관해서 비판적인 이야기들이 있잖아요. 당시 사람들은 구체적으로 어떻게 생각했는지 정말 궁금해요.

명성황후에 관한 당대인들의 평가

한 나라의 왕비로서 새로운 문물과 나라 밖 사정에
큰 관심을 기울였던 명성황후.

명성황후는 평소 외국인들과 가까이 지냈는데,
외국인들은 명성황후에 관해 무척 호의적인 기록을 남겼다.

> "명성황후는 누구보다도 국익을 위해 헌신한
> 기민하고 유능한 외교관이었습니다."

> "나는 명성황후의 우아함과 매혹적인 몸가짐,
> 보기 드문 지성과 박력에 놀랐습니다."

실제로 명성황후는 미국과 러시아를 통해
일본을 견제하는 등 뛰어난 외교적 수완을 발휘했다.

한편 당시 조선인들은 명성황후를 전혀 다르게 바라보았다.
『매천야록』의 저자 황현은 국고를 탕진한 여자로 비판했고,
『서유견문』을 쓴 개화사상가 유길준은 다음과 같이 말했다.

> "우리의 왕비는 세계 역사상 가장 나쁜 여자입니다.
> 마리 앙투아네트보다 더 나쁩니다."

명석하고 노련한 외교가와 나라를 망친 인물이라는
극과 극의 평가 중 무엇이 명성황후의 진정한 모습이었을까?

릴리어스 언더우드(왼쪽), 이저벨라 버드(가운데), 유길준(오른쪽) 명성황후를 언더우드 부인은 유능한 외교관으로, 버드는 지성과 박력을 지닌 인물로, 유길준은 마리 앙투아네트보다 더 나쁜 인물로 평가했다.

서양인들이 본 명성황후

그날　마리 앙투아네트보다 더 나쁜 여자라는 얘기까지 나왔어요. 국내의 평가와 외부에서 보는 평가가 완전히 엇갈리네요.

류근　명성황후가 외국인들에게만 잘해 줬거든요. 시의(侍醫)였던 언더우드 부인은 결혼할 때 선물로 100만 냥을 받았대요. 국가 세입이 480만 냥이라는데 100만 냥이면 요즘 돈으로 500억 원을 선물로 준 셈이니 나쁜 말이 나올 수가 없죠.

그날　외교력이 좋았기 때문에 평가를 받는 부분도 있지 않을까요? 무조건 돈으로 환심을 살 수는 없잖아요. 돈 때문만은 아니었을 겁니다. 정말 좋은 이미지가 있어서 그랬을 거예요.

주진오　서양 사람들이 봤을 때 조선은 문명과는 거리가 있는 나라예요. 그런데 조선의 여성인 명성황후가 자신들과 대화를 나누는 과정에서 총명함을 보이며 자신들을 사로잡았다는 겁니다. 외교적 능력을 보여 준 거죠.

암탉이 울면 집안이 망한다?

신병주 유교 정치 이념의 잣대로 보면 명성황후를 비판적으로 볼 수밖에 없죠. 『매천야록』도 철저하게 전통적인 유학자의 기준에서 쓴 책이고요. 그러다 보니까 명성황후로서는 억울한 측면이 분명히 있습니다. 명성황후는 상당히 냉철하고, 정치적 판단력도 있었고, 외교적인 부분에서도 능력을 발휘했죠. 그런 긍정적인 측면도 우리가 함께 보아야 합니다.

그날 그런데 이상하잖아요. 교수님, 조선이라는 나라는 수렴청정이라는 제도를 통해서 왕실 여인들이 얼마든지 합법적으로 정치에 참여할 수 있는 통로를 열어 놓은 나라 아닙니까? 그런데 유독 왜 명성황후에게만 비판의 잣대를 들이대는지 모르겠어요. 모순 아닌가요?

주진오 대비, 그러니까 왕의 어머니나 할머니로서 정치에 관여할 수는 있습니다. 그런데 명성황후는 왕이 살아 있는 상황에서 왕비로서 정치에 관여했죠. 조선의 정치 질서 속에서는 아주 특이한 사례이므로 안 좋은 평가도 많이 받습니다.

신병주 그리고 대비라 하더라도 지나치게 정치에 개입하면 욕을 얻어먹어요. 대표적으로 문정왕후도 수렴청정할 때 아들인 명종을 때렸다는 기록†까지 나올 정도로 관여하다 보니 사관들이 문정왕후를 아주 비판합니다. "암탉이 울면 집안이 망한다는 『서경』의 기록도 있다."‡라며 교훈으로 삼아야 한다는 거죠.

그날 내부의 평가와 외부의 평가가 분명하게 갈리는 건 똑똑한 여성들이 겪는 안타까운 운명이라는 생각이 들어요. 21세기에도 반복되는 일이잖아요? 유리 천장이라는 표현도 있고요.

류근 저는 좀 다르게 생각합니다. 명성황후가 위태로운 조선의 입지를 다지고자 외교를 활용했다고 보이기도 하지만, 제가 봤을 때는 그때그때 자기 권력의 강화에 필요한 수단으로서 외세를 이용한 것이 아닌가 하는 생각이 든단 말이죠. 저는 그래서 사교적 감각이 뛰어난 걸 외교적 감각이 뛰어난 것으로 잘못 알 수도 있겠다는 생각이 들어요.

이해영 보통 모든 외교는 사교에서 시작되지 않나요?

류근 사교와 외교는 엄밀하게 말해서 다르죠.

그날 결국은 일본에 의해 살해됐다는 것도 외교 실패로 볼 수 있죠.

주진오 다르게 볼 수도 있습니다. 일본이 무리해서라도 명성황후를 죽여야만 명성황후의 정치적·외교적 영향력을 사라지게 할 수 있었다는 말이거든요. 명성황후가 그만큼 감각과 능력이 있었다는 얘기죠. 능력이 없으면 굳이 그런 만행을 저지르면서까지 죽일 이유가 없잖아요.

† 문정왕후는 버럭 화를 내어, "네가 임금이 된 것은 모두 우리 오라버니와 나의 힘이다." 하였다. 어떤 때는 때리기까지 하여 임금의 얼굴에 기운이 없어지고 눈물 자국까지 보일 적이 있었다.
—『연려실기술』 제10권 명종조 고사본말

‡ 『서경』에 "암탉은 새벽에 울지 않는다. 암탉이 울면 집안이 망한다."라고 하였다. 당시에 모후(문정왕후)가 안에서 국정을 잡고 외척이 밖에서 권력을 휘둘러, 임금은 위에서 고립되고 중들은 아래에서 날로 번창하였다. 음양이 뒤바뀌고 요얼이 거듭 이르는데도 군신 상하가 멍청히 두려워할 줄 모르니, 아, 통탄할 일이다.
—『명종실록』 14년(1559) 10월 24일

명성황후의 호칭 논란

그날 말이 나온 김에 호칭에 관해서도 정리가 필요할 것 같습니다. 예전에는 명성황후가 아니라 주로 민비로 불렀거든요. 민비라는 호칭이 입에 붙어서 아직도 많은 사람이 그렇게 부르고요.

주진오 그 당시 일본 사람들의 기록을 보면 민비라는 호칭을 쓰지만, 우리나라 사람들 기록에서는 민비라는 호칭을 찾아볼 수 없습니다. 우리나라에서는 왕비를 지칭할 때 앞에다가 굳이 성씨를 붙여서 부르지는 않아요. 그냥 왕비인 거죠. 살아 있을 때는 그냥 왕비이고 중전입니다. 그러다가 죽고 난 다음에 명성황후 같은 시호를 붙이는 거고요.

그날 그럼 민비는 잘못된 표현이겠네요? 낮추어 부르는 것 같은 느낌이 있어요.

주진오 그렇죠. 왕비라는 존재 자체를 특정 성씨에 가두어 둠으로써 의미를 제한해 버리려고 하는 거죠.

그날 그럼 뭐라고 부르는 게 제일 정확한 건가요?

신병주 대한제국이 선포되기 이전의 시호는 명성왕후입니다. 그런데 1897년에 고종이 황제가 되면서 명성황후로 추존되죠. 그래서 우리는 최종 호칭인 명성황후로 부르는 거고요.

그날 명성황후로 부르는 게 맞군요. 근데 충격적인 사실은 명성황후가 우리가 아는 가장 유명한 왕비이고 중요한 인물인데도, 이렇게 중요한 인물이 어떻게 생겼는지 잘 모른다는 점입니다.

신병주 명성황후의 사진에 관해서는 진위를 둘러싼 논쟁이 상당히 많습니다.

진짜 명성황후는 누구인가

격변기, 흔들리는 조선과 운명을 함께한
명성황후의 진짜 얼굴은 베일에 가려져 있다.

명성황후를 찍은 것으로 알려진 사진은 모두 석 장.
그중 가장 먼저 국내에 알려진 사진은
이승만의 저서 『독립정신』에 소개된 사진이다.

하지만 명성황후를 모셨던 상궁들은
이 사진이 진짜가 아니라고 답했다고 한다.

다음으로 대중에 널리 알려진 사진은,
언더우드의 책에 소개된 사진이다.

언더우드는 이 사진을 가리켜
정장을 갖추어 입은 한국 여인이라고 설명했다.

가체를 하고 부채를 든 여인의 사진 역시
여러 해외 출판물에 궁녀로 소개된 사진이다.

전혀 다른 사진 석 장을 둘러싼 진위 논란.
명성황후는 잃어버린 얼굴을 되찾을 수 있을까?

명성황후를 찍은 것으로 거론되는 사진들

명성황후의 진짜 얼굴을 찾아라

그날 　명성황후를 찍었다고 알려진 사진이 석 장 있는데, 어쩌면 저렇게 다 다를 수 있죠? 몇 장은 교과서에서 본 것도 같아요. 나중에 왕비가 아니라 기생을 찍었다고 발표된 사진도 있지 않나요?

주진오 　궁녀의 사진으로 알려진 것도 있죠.

그날 　확실한 거예요? 그래도 저 석 장 중에 진짜 명성황후의 사진이 있지 않을까요? 우리가 모를 수도 있잖아요.

주진오 　저는 저 중에 명성황후의 사진은 없다고 생각합니다. 명성황후가 왕비의 복장이 아닌 평복 차림으로 사진을 찍었을 이유가 없고, 버선발로 앉아 있을 리도 없죠.

그날 　실내에서는 버선발로 있을 수 있지 않나요?

주진오 　그렇지 않습니다. 저런 때에는 신발을 신죠. 게다가 표정이라든가 얼굴에서 풍기는 분위기 등을 보면 문서로 전해진 명성황후에 관한 묘사들과 전혀 어울리지 않아요.

그날 　얼굴 전문가를 모시고 명성황후의 얼굴에 관해서 자세한 얘기를 들어 보겠습니다. 명지대학교의 최창석 교수님 나오셨습니다.

최창석 　외국인들이 남긴 기록을 좀 분석해 봤는데, 명성황후의 얼굴에 관한 구체적인 언급이 있어요. "눈은 갸름하고 얼굴은 길다." 그렇다면 북방형 얼굴에 가깝습니다. 북방형 얼굴은 길죠. 타원형 얼굴이에요. 구체적으로 살펴보면 이마는 넓고 눈썹은 좀 흐리고 눈은 가늘어요. 코는 길고, 입은 좀 작고 가늡니다. 턱은 뾰족하고요.

그날 그런 특징들을 살려서 명성황후의 얼굴을 기술적으로 재현해 낼 수는 없나요?

최창석 전체적인 얼굴형은 짐작할 수가 있는데, 조금 더 구체적인 서술이 없다 보니 많은 것을 짐작하기는 어렵습니다. 예를 들면 미각이 발달한 사람은 턱이 넓고, 맛을 잘 못 느끼는 사람들은 턱이 좁습니다. 그래서 명성황후의 미각 등과 관련한 서술들이 있으면 좀 더 구체적으로 재현할 수 있지만, 지금까지 나와 있는 기록으로만 보면 세부적으로 짐작하기는 어려울 것 같습니다.

그날 사진이 남아 있지 않다면 그래도 초상화 정도는 그렸을 법한데, 초상화도 없는 거예요?

주진오 초상화도 남아 있지 않습니다. 우리가 일반적으로 접하는 명성황후의 영정은 후대에 상상해서 그린 거죠. 그 당시에 있었던 그림이 아닙니다.

신병주 조선 시대에는 왕의 초상화라는 어진이라고 해서 남겨 뒀는데, 왕비의 초상화는 그린 전례가 없습니다.

그날 원래 안 그렸군요. 그래도 그때는 개화기니까 그릴 수도 있지 않았을까 싶은데요.

주진오 아무래도 얼굴이 노출되면 위험에 빠질 수도 있으므로 자기 얼굴을 노출하지 않으려고 극도로 애썼을 가능성이 있습니다.

그날 그럼 사진이나 초상화를 남기지 않은 게 충분히 이해되네요.

신병주 그리고 당시는 사진이 처음 들어왔던 때인데, 여러 가지 기록을

민영익 민승호가 아들과 함께 사망했으므로, 민영익이 민승호의 양자로 입적되어 명성황후의 조카가 되었다. 그 후 명성황후는 살해되는 것을 두려워해 외부에 노출되는 것을 꺼렸다. 실제로 박영효 등이 명성황후를 암살하려는 계획을 세우기도 했다.

보면 많은 사람이 사진을 거부하는 경향을 보여요. 특히 어떤 사람들은 사진을 찍으면 영혼을 뺏긴다는 이야기까지 합니다. 이런 분위기 속에서 아무리 한 나라의 왕비라도 쉽게 외국 사진사 앞에서 자신의 사진을 찍는다는 것은 상상할 수 없는 일이죠.

을미사변

1895년 10월 8일, 고요하던 궁궐에
일본 낭인들이 들이닥친다.

그들은 일본이 조선 내정에 간섭하는 데
걸림돌이었던 명성황후를 제거한다.

명성황후가 일본인들의 손에
비참한 죽음을 맞이하던 그 시각,
뜻밖의 인물이 궁에 들어온다.
바로 홍선대원군이다.

사건 다음 날인 10월 9일,
《한성신보》에는 충격적인 기사가 실린다.

명성황후 살해 사건의 배후에
대원군이 있음을 암시한 기사였다.

명성황후가 살해당한 참혹한 순간,
있어서는 안 될 곳에 있었던 홍선대원군.
그날 왜 그 자리에 있었던 것일까?

장충단비 을미사변 당시 명성황후를 보호하려다 살해당한 홍계훈과 이경직 등을 기린 비. 서울특별시 유형문화재 제1호.

그날 그 자리, 가장 가까운 곳에서

그날　대원군이 일본군을 시켜서 명성황후를 살해했다는 얘기가 있는데, 일본 측의 주장이죠?

주진오　그 당시 일본은 을미사변, 즉 명성황후 살해 사건을 대원군이 사주한 것으로 몰고 가려 했죠. 그리고 실제로 서울에 있었던 서양 외교관들도 처음에는 그렇게 믿었어요. 다들 대원군이 한 짓으로 생각했습니다. 그런데 점차 생각들이 달라져요. 일본이 한 짓이라는 것을 알게 되죠. 대원군은 분명히 을미사변 때 왕궁에 들어갔습니다. 그러나 음모가 있다는 건 알았어도 명성황후를 죽이는 일이 벌어지는 것은 몰랐던 것 같아요.

신병주　사실 이때 흥선대원군도 입궐을 상당히 망설였다고 해요. 일본이 생각했던 시간보다는 늦게 도착합니다. 흥선대원군이 뭔가 낌새를 알아차렸는지 늦게 출발하는데, 그때 흥선대원군의 손자였던 이준용을 일본이 위협해서 어쩔 수 없이 갔다는 이야기도

1897년, 대안문(대한문) 앞 명성황후의 국장 행렬

전하지요.

주진오 흥선대원군은 이번에 또 나가서는 안 된다는 것을 알았어요. 상당히 망설였는데도 입궐할 수밖에 없었던 큰 이유는 이준용을 해치겠다는 일본의 위협이고요. 그러나 위협에 못 이겨서 가기는 했지만, 두 시간을 끌었거든요. 일본의 원래 계획은 야밤에 모든 사건을 다 마무리 짓고 철수해서 누가 했는지 모르게 하는 것이었습니다. 근데 대원군이 두 시간을 끄는 바람에 해가 밝아 버리죠. 그래서 일본 낭인과 군인들이 궁궐에서 나오는 것이 사람들 눈에 띌 수밖에 없게끔 되었어요.

그날 두 시간 정도 끄는 게 대원군의 전략이었을까요?

주진오 그렇지는 않은 것 같고, 매우 고뇌했던 거 같아요.

신병주 결과적으로 을미사변의 진실을 알리는 데에는 어느 정도 공을 세웠죠.

그날 임오군란 직후 흥선대원군이 국상을 선포한 그날로 돌아가서 질문을 드릴게요. 명성황후가 피신한 상황에서 대원군은 청나라로 잡혀가잖아요? 그 후 두 사람이 언제 어떻게 다시 만났는지에 관한 기록이 있나요?

주진오 지금 남아 있는 기록에는 이후 두 사람의 만남에 관한 내용이 없는 것 같아요.

그날 아예 안 만나나요?

신병주 공식적으로 만난 기록은 없죠. 만날 이유도 없고요.

그날 그래도 흥선대원군이 궁궐을 오가다 보면 왠지 어색한 만남의 순간이 있지 않았을까 하고 기대했는데, 기록에는 없군요?

신병주 역설적으로 1895년에 을미사변이 일어났을 때가 아마 두 사람이 가장 가까운 곳에 있었던 순간일 겁니다.

주진오 1894년에 몇 달간 대원군이 궁궐을 출입했거든요. 실질적인 권력을 행사하던 명성황후로서는 그때 마음만 먹었다면 만날 수 있었겠지만, 만나야 할 이유가 없죠.

명성황후와 흥선대원군이 화합했다면?

그날 조선 왕실의 비극이 아닐까 싶어요. 두 사람이 그토록 대립했다는 게 참 안타깝네요. 만약에 명성황후와 흥선대원군의 사이가 좋았다면, 그래서 손을 잡았다면 우리 역사가 달라졌겠죠? 정말 아쉬운 가정이지만, 어떻게 생각하세요?

이해영 일단은 고종이 훨씬 더 강력하고 훌륭한 왕이 될 수 있었을 것 같아요. 그리고 더불어서 순종도 좀 더 존재감이 있는 왕이 되었을 것 같다는 생각이 들어요. 망국이 오지 않았을 거라고 확신하기는 어려울지 모르겠지만, 페이드아웃[6] 되는 영화의 한 장면처럼 스산한 느낌을 주면서 허무하게 망하는 일은 없지 않았을까 하는 생각이 듭니다.

류근 축구팀으로 따진다면 대원군은 탁월한 수비수 같고, 명성황후는 아주 능란한 공격수 같습니다. 이 두 선수가 잘 화합했다고 한다면 월드컵도 제패할 수 있었을 것이라는 생각이 들어요.

주진오 확실히 홍선대원군의 역할은 대단히 중요했어요. 홍선대원군이 있었기 때문에 그동안 세도정치의 여러 가지 폐해를 정리하고 왕실 중심의 국가 체제를 수립할 수 있었거든요. 고종 혼자서는 할 수 없었을 거예요.

신병주 홍선대원군에게 그런 공은 분명히 있지만, 외교적으로 대응하는 문제라든가 국제 정세를 보는 시각에서는 부정적인 면이 있죠. 반면에 명성황후는 상당히 국제적 안목도 있고 시대의 변화에 대응하는 움직임도 보입니다. 위기의 순간에 두 사람이 가지는 긍정적인 면이 잘 조화를 이루어서 시너지[7] 효과를 내었다면 가장 좋았을 텐데, 결국 서로 화합하지 못함으로써 근대사가 부정적으로 흘러간 것은 매우 아쉬운 측면이죠.

4

삼일천하 갑신정변, 그들은 무엇을 꿈꾸었나

1884년 12월 4일(음력 10월 17일), 우리나라 최초로 근대적 우편 업무를 위해 설치된 우정총국의 개국을 축하하는 낙성식이 열리고 있었다. 그러나 잠시 후 축하연은 피비린내가 진동하는 난장판이 되었다. 우정국 초대 총판이었던 홍영식을 비롯해 신진 관료였던 김옥균, 박영효, 서재필 등 급진 개화파가 이날을 거사일로 잡고 보수파 수구 대신들을 살해한 것이다. 여세를 몰아간 급진 개화파는 창덕궁에 거처하던 고종과 명성황후까지 경우궁으로 납치하여 자신들의 개혁안을 발표하게 한다. 1884년에 일어난 이 정변은 갑신년에 일어난 정변이라 하여 '갑신정변'으로 칭한다. 그러나 급진 개화파의 권력 장악은 원세개가 지휘하는 청나라 군대의 개입으로 3일 만에 그쳤기 때문에 '삼일천하'로 부르기도 한다. 급진 개화파들은 갑신정변을 통해 어떤 세상을 만들려고 했을까?

급진 개화파가 내건 혁신 정강은 김옥균이 쓴 『갑신일록』에 모두 14개 조로 기록되어 있다. 주요 내용은 "청과 조공 관계를 청산하고 대원군을 모셔 온다.", "양반 신분제도와 문벌제도를 폐지하고 인재를 등용하여 인민 평등을 실시한다.", "입헌군주제에 가깝도록 내각을 강화한다.", "모든 재정을 호조에 귀속해 단일화한다.", "탐관오리를 처벌한다." 등으로 일본의 메이지 유신에 영향을 받아 서양의 근대적 시민 국가를 모델로 한 것이다. 그러나 일본과 손잡고 일본의 지원 속에 정변을 도모한 것은 가장 큰 한계였다. 정변의 주체 세력 또한 30대의 김옥균을 제외하면 모두 20대의 젊은이로서 지나치게 이상적으로 정변을 추진했다. 결국 청나라 군대가 적극적으로 개입하고 일본이 쉽게 물러서면서 정변은 허망하게 끝났다. 홍영식과 박영교 등은 피살되었고, 김옥균과 박영효, 서재필 등 핵심 세력은 일본으로 망명했다. 갑신정변으로 조선에 대한 청나라의 우위가 확인되자 일본도 가만히 있지 않았다. 일본은 갑신정변 때 일본 공사관이 불타고 공사관 직원이 희생된 것을 빌미로 조선에 사죄를 요구하여 1885년 1월에 한성조약을 맺었다. 고종은 일본의 무력시위에 굴복하여 사죄와 더불어 10만 원의 배상금을 지급했다. 그리고 일본은 청나라를 상대로 1885년 4월에 천진조약을 맺어 조선에서 청과 일본 양국의 군대를 철수하게 하고, 군대를 파견할 때는 사전에 서로 알리기로 협약하였다. 천진조약으로 청나라와 일본 간의 세력 균형이 어느 정도 이루어졌으나, 10년 후 청일전쟁의 원인 또한 잉태되었다.

1894년 3월, 상해의 한 호텔 방에서 한 방의 총성이 울렸다. 고종이 보낸 암살자 홍종우는 일본에 망명 중인 김옥균을 상해로 유인한 후 살해했다. 홍종우는 프랑스에서 유학하고 귀국한 후 김옥균의 매국 행위를 응징하고자 암살자로 나선 것이었다. 당시 일본인 화가가 그렸다는 그림에는 도포 차림에 총을 든, 김옥균을 암살한 직후의 홍종우가 묘사되어 있다. 조선으로 송환된 김옥균의 사체는 다시 서울 양화진에서 능지처참 형을 받고 효수된다. 나머지 정변 가담자의 최후도 비참했다. 그뿐만 아니라 가족들의 불행도 이어졌다. 홍영식의 아버지로 영의정을 지낸 홍순목은 며느리(홍영식의 부인), 손자와 함께 자결했으며, 김옥균의 어머니와 누이도 자결하는 길을 택했다.

갑신정변에서 주목할 것은 진보를 꿈꾸던 소수 엘리트만이 아니라, 많은 하층민도 적극적으로 참여했다는 점이다. 그리고 갑신정변은 삼일천하로 끝나고 말았지만, 갑신정변에서 주장했던 개혁안들의 내용이 정확히 10년 후인 1894년의 갑오개혁에서 거의 채택되어 실행되었다는 점이다. 그만큼 갑신정변은 당대의 시대적 과제를 해결하는 데 충실했던 정변이라고 말할 수 있다.

삼일천하 갑신정변, 그들은 무엇을 꿈꾸었나

근대적 우편 업무를 위해 설치된
우리나라 최초의 우체국인 우정총국.
갑신정변의 무대가 된 곳이다.

서양 문명의 유입과 더불어 개화의 바람이 불던 1884년,
조선 정계 거물들과 외국 공사들이 참석한 가운데
우정국 완공을 축하하는 연회가 열렸다.

그때, 정변이 일어났다.
우정국 초대 총판이었던 홍영식을 비롯해
신진 관료였던 김옥균과 박영효 등
급진 개화파 인사들이 거사를 일으킨 것이다.

이때 조정의 인사권과 병권을 쥐고 있던
명성황후의 조카 민영익이 칼에 찔려 중상을 입는다.

이어 정변 세력들은 대신들을 죽이고 정권 장악에 나섰다.
조선의 자주독립과 근대화라는 명분 아래 일어난 갑신정변.
하지만 이들에게 허락된 세상은 3일뿐이었다.

실패로 끝난 갑신정변에 대한
세상의 평가는 여전히 엇갈린다.

"저는 역적이 아닙니다.

갑신년의 거사는 나라를 위한 거사였습니다.

지금 전하께선 어떤 방책을 가지고

나라를 이끌어 가십니까?"

삼일천하로 끝난 갑신정변.

그들은 과연 무엇을 꿈꾸었을까?

우정총국 사적 제213호.

조선을 뒤흔든 마흔여섯 시간

최원정 "저는 역적이 아닙니다." 이 말이 매우 절절하게 다가오네요. 망명 생활을 하던 김옥균이 고종에게 올린 상소 내용이라고 합니다. 갑신정변이라는 사건을 어떻게 규정하느냐에 따라서 역적일 수도, 아닐 수도 있는데, 갑신정변에 관해 어떻게 알고 계세요?

이해영 저는 상식적인 선에서 알고 있는데, 수구와 진보의 긴장 속에서 엘리트들이 벌인 쿠데타 정도로 알고 있습니다.

류근 삼일천하라는 말로 잘 알려져 있잖아요. 모범 답안을 내놓자면, 결국 3일 만에 실패로 끝난 정치적 사건이었다고 할 수 있죠.

박은숙 세계열강들이 한반도에 침략의 손길을 뻗치던 19세기 말에 조선의 근대화와 자주독립을 목표로 개화파 관료들이 일으킨 정치적 사건이라고 볼 수 있겠습니다. 흔히 갑신정변이라고 하면 방금 말씀하신 대로 삼일천하를 떠올리지만, 개화당 세력이 실제로 정권을 잡고 행사한 시간은 마흔여섯 시간으로 채 이틀이 안 되는 짧은 기간이었습니다.

그날 우정총국[1]에서 일이 벌어졌다고 했잖아요. 지금으로 치면 우체국인데, 왜 하필이면 우체국에서 사건이 일어난 건가요?

신병주 그날 열린 연회는 우정총국의 완공을 기념하고자 많은 조정 대신이나 외국의 공사 또는 영사들도 참여하는 큰 자리였습니다. 외국 외교관들도 참석하는 큰 잔치에 변란이 일어날 거라고는 생각 못 했다는 점을 노린 것이죠.

그날 정변에 가담한 사람 사이에 암호가 있었다면서요?

박은숙 하늘 천 자를 암호로 사용했습니다. 이 천 자에는 아마도 '천하를 도모한다.' 또는 '천하를 바꾼다.'라는 의미가 담겼겠지만, 천 자를 연달아 발음하면 '천천'이 되거든요. 그러면 '천천히'라는 말과 비슷해지죠.

그날 아, 침착하게 하라는 뜻이군요. 서두르지 말라는 말이에요.

현대인이 생각하는 갑신정변

그날 현대인들은 갑신정변에 관해서 어떻게 생각하는지 송길영 교수님의 소셜 빅 데이터 분석을 통해서 알아보겠습니다.

송길영 조선의 근대에는 많은 사건이 있습니다. 병인양요[2]와 신미양요,[3] 임오군란 등 수많은 사건이 있는데, 그중에서 갑신정변은 우리 마음속에 어느 정도의 무게로 남아 있을까요? 먼저 조선의 근대에 일어났던 사건들에 현대인들이 보인 관심의 순위를 분석해 보았습니다. 1위는 을사늑약,[4] 2위는 러일전쟁입니다. 그렇다면 갑신정변의 순위는 몇 위일까요?

그날 청일전쟁도 순위에 들어가야 할 것 같은데, 갑신정변은 몇 위 정도 되나요?

송길영 놀랍게도 근대의 사건 중에서 갑신정변은 5위를 차지했습니다.

순위	사건	인물	개혁 관련 인물
1	을사늑약	고종	고종
2	러일전쟁	흥선대원군	흥선대원군
3	갑오개혁	명성황후	명성황후
4	청일전쟁	이완용	김옥균
5	갑신정변	박영효	박영효
6	병인양요	김옥균	김홍집
7	동학농민운동	안창호	전봉준
8	임오군란	전봉준	서재필
9	을미사변	최익현	홍영식
10	아관파천	서재필	서광범

'근대'라고 하면 떠올라는 사건과 인물

동학농민운동이나 을미사변보다도 높은 순위를 보여 주었습니다. 그럼 계속해서 '근대'라고 하면 떠오르는 인물에 관해서 알아보겠습니다. 갑신정변의 주역들인 김옥균과 박영효,[5] 서재필[6] 등이 모두 10위 안에 듭니다. 재미있는 것은 개혁이라는 키워드로 봤을 때는 김옥균이 고종과 흥선대원군, 명성황후의 뒤를 이어서 4위라는 점입니다. 그뿐만 아니라 여기에도 갑신정변에 관련된 인물 대부분이 10위권 이내에 포진하고 있습니다. 다시 말해서 갑신정변은 현대인들에게 개혁이라는 하나의 키워드로 응집된 사건으로 인식된다는 점을 짐작할 수 있습니다.

갑신정변의 핵심 인물은 누구인가?

그날 갑신정변에 참여한 네 사람의 이력을 보니까 그야말로 잘 배운 양반집 자제라고 할 수 있겠네요. 정말 모든 것을 가진, 부러울 게 없는 사람들 같은데 공통점이 있다면서요?

김옥균, 홍영식, 박영효, 서재필(왼쪽에서 오른쪽으로)

이름	이력
김옥균	22세 때 장원급제, 승정원 우부승지, 참의교섭통상사무, 이조참의, 호조참판, 외아문 협판
홍영식	영의정 홍순목의 차남, 일본 육군성 시찰, 갑신정변 당시 우정 총국 책임자
박영효	철종의 사위, 근대식 신문 발간, 한성 판윤
서재필	일본 육군 학교 유학, 조련국 사관장, 《독립신문》 발간, 갑신정변 당시 무력 행동 지휘

갑신정변 주동자들의 이력

박은숙 당시에 최고의 명당인, 양반 사대부들이 모여 살던 북촌 일대에 모두 거주했습니다. 지금의 정독도서관 자리에 김옥균의 집이 있었습니다. 그 옆에 바로 서재필의 집이 있었고요. 그리고 김옥균의 집에서 박영효의 집까지는 1킬로미터가 채 되지 않아요. 당대를 풍미하던 개혁파 관료들이 그 일대에 집중적으로 거주했다는 것을 알 수 있습니다.

신병주 조선 후기에 북학 사상으로 유명한, 『열하일기』의 저자인 박지원의 손자로 박규수[7]라는 인물이 있습니다. 박규수는 20대에 정계에 진출했을 때는 새로운 사상인 북학 사상을 전도하는 역할을 했습니다. 그러다가 정계에서 은퇴한 뒤에도 북촌에 살면서 김옥균과 홍영식,[8] 박영효 같은 젊은 개화파 세력을 양성하죠.

박규수

그날　북촌을 '웃대'라고 했다는데, 거주하는 사람들의 자부심이 대단했다고 해요.

신병주　청계천의 남쪽은 남촌이라고 했는데, 남산 자락에는 몰락한 양반 같은 사람이 많이 몰려 살았습니다. 경복궁 서쪽은 조선 시대에 중인들의 집단 거주지였고요.

그날　김옥균이 고종의 사랑과 신임을 받은 신하였다고 들었어요.

박은숙　고종으로서는 전통적인 시대와는 다른 새로운 시대에 접어들면서 새로운 인재를 육성해야 할 필요가 있었습니다. 해외의 좀 더 발전된 근대 문물을 보고 듣고 와서 익힌 젊은 관료가 필요했고, 다른 나라들과 연결할 수 있는 통로가 필요했던 거죠. 그래서 주목한 게 바로 김옥균이나 홍영식 같은 젊은 관료들이고요.

그날 나이도 비슷하죠? 고종과 김옥균은 또래가 아닌가요?

신병주 그렇죠. 고종과 김옥균은 나이가 거의 같죠. 고종이 1852년생, 김옥균이 1851년생이니까요.

급진 개화파 vs. 온건 개화파

그날 개화파 세력들도 의견이 나뉘던데요?

박은숙 어떤 방식으로 어떤 노선에서 개화 정책을 추진할지를 두고 의견 차이가 커 두 파로 나뉘어 있었습니다. 김옥균과 박영효 등은 급진 개화파 계열이죠. 그리고 좀 더 점진적으로 또는 조선의 법과 제도를 유지하고 그 바탕 위에서 서양의 기술을 받아들이자는 온건 개화파가 있습니다.

그날 온건 개화파를 상징하는 인물로는 김윤식[9]과 민영목, 김홍집[10]이 있네요. 급진 개화파와는 상대적으로 연령대 차이가 납니다. 급진 개화파 쪽은 20대나 30대고요. 두 파가 청년과 중년으로 갈립니다. 이렇게 나이가 갈리면 개화를 대하는 태도가 분명히 다를 것 같아요. 아무래도 젊은 사람들이 좀 더 급진적일 테고요.

신병주 역사를 보면 급진적으로 세상을 바꿔 보려는 세력들에는 20대나 30대가 많았던 거 같아요. 대표적으로 정약용이 천주교에 관심을 보인 것도 20대 때고, 박지원은 북학파에서 활약할 때가 30대였지만, 그 외의 박제가나 유득공 같은 인물들은 20대였거든요. 정도전도 혁명을 구상했을 때가 20대 후반에서 30대 초반 사이였을 거고요. 이런 사례들을 보면 시대를 불문하고 젊은 세력들이 좀 더 진보적이고 급진적이라는 공통점이 있는 것 같습니다.

그날 20대의 특권이죠. 그런데 온건이건 급진이건 간에 개화라는 큰 그림을 그린다는 점에서는 같은 처지잖아요. 왜 두 파로 나뉜 건가요?

김홍집(왼쪽)과 김윤식(오른쪽)

박은숙 일단은 청을 대하는 태도의 차이가 가장 큰 요인 중 하나라고 할 수 있겠습니다. 급진 개화파 계열의 인물들은 청나라가 종주권을 주장하며 조선을 속방으로 취급하고 정치적 개입과 간섭을 일삼는 것에 관해서 강한 거부감을 품었습니다.

신병주 온건 개화파는 기본적으로 동양의 도는 그대로 유지하면서 서양 기술을 수용하자는 동도서기(東道西器)를 주장하거든요. 반면에 급진 개화파는 동도로는 이제 안 되고 완전히 근본적으로 바꿔야 한다고 주장합니다. 동양적이고 봉건제도적인 질서를 헤쳐나가야 한다는 강한 태도를 보인 거죠.

근대화로 나아갈 기회가 찾아오다

아버지 홍선대원군의 섭정으로 자유롭지 못했던 왕 고종.
즉위 10년 만에 친정을 선포한 고종은
야심 차게 조선의 근대화 정책을 시행한다.

그런데 1882년 6월, 밀린 급료에 불만을 품은
구식 군인들이 폭동, 즉 임오군란을 일으켰다.
이로 말미암아 고종이 추진한 근대화 정책은
커다란 난관에 부딪힌다.

임오군란을 수습한다는 이유로
대원군이 정치 전면에 재등장하고
위기감을 느낀 명성황후는 청나라에 구원병을 요청한다.

청나라는 군대 3000명을 조선에 파병하고
홍선대원군을 납치해 중국 천진에 유폐한다.

난이 진압된 이후에도 청나라는 여전히 종주권을 주장한다.
조선에 군대를 주둔시켜 병권을 장악하고
외교권과 재정권까지 장악하는 등
조선의 자주독립권을 크게 침해한다.

심지어 청은 조선과 어로민 무역에 관해 체결한
조청상민수륙무역장정에서
조선을 청나라의 속방으로 명문화한다.

그리고 조선의 친청 세력과 함께
급진 개화파를 탄압하고 개화 운동을 저지한다.

그러던 중 한 가지 소식이 들려온다.
1884년 여름, 베트남의 지배권을 둘러싸고
청불전쟁이 벌어진 것이다.

청은 조선에 주둔시켰던 3000명 중 절반을
베트남으로 급히 파병한다.

청의 간섭에서 벗어나
자주적으로 조선의 근대화를 추진하고자 했던
급진 개화파에게 또 다른 국면이 찾아온 것이다.

묄렌도르프(왼쪽)와 원세개(오른쪽)

갑신정변 직전 조선의 정세

그날　조선을 속방으로 명문화한다는 것은 너무한 거 아니에요?

박은숙　조선을 속방으로 규정하고, 고종이 왕권을 행사하는 데 제약을 가하는 중요한 카드가 바로 대원군이에요.

그날　대원군이 임오군란 직후 청에 잡혀가 있었죠?

박은숙　대원군이 청나라 보정부에 있었거든요. 그래서 고종이 청의 주장이나 의견을 따르지 않는다면 대원군을 데려와서 권력을 넘기겠다는 식의 위협과 공갈, 협박을 하는 거죠.

신병주　특히 외교라든가 군사, 재정 등 모든 권한을 청의 추천을 받은 묄렌도르프[11]를 거치게 하니까, 고종이 권력을 행사하는 데 장애가 되죠. 청나라 군대를 지휘하는 원세개[12] 같은 인물은 참으로 기고만장하게 행동합니다. 갑신정변 당시에 20대 중반밖에 안 되는 젊은 나이였거든요. 그런데도 점령군처럼 행동하면서 나이가 50이 넘은 조정 대신들을 발로 차기도 했다는 기록이 있어요. 그리고 사석에서는 고종 황제에게도 무례한 어조로 "당신을 폐위할 수도 있다."라는 식으로 말하죠.

그날 요즘 말로 따지면 엄청난 '갑질'을 한 거네요. 이쯤 되면 정말 온건 개화파든 급진 개화파든 따질 것 없이 청에 반감을 품는 게 정상 아닌가요? 지금 듣는 우리도 이렇게 화가 나는데 말이죠. 속이 부글부글합니다.

그들은 왜 쿠데타를 선택했나?

이해영 김옥균 같은 사람들이 품었을 청에 대한 반감과 저항감이 얼마나 뜨거웠을지 추측되고 공감도 되네요. 근데 과연 쿠데타 같은 방식밖에 해결책이 없었을까요? 다른 방법은 없었는지 궁금해요. 왜 하필 그런 방식이었을까요?

박은숙 원래는 김옥균도 쿠데타적인 방법을 선택하려고 하지 않았습니다. 그런데 자신들이 구상해서 추진했던 정책들, 예를 들면 부국강병을 이루는 데 필수적인 신식 군대의 양성이나 도시계획, 치도 사업 등이 민씨 척족들의 계속된 방해 공작으로 중단됩니다.

그날 대체 왜 그런 거예요? 왜 이 정도까지 왔나요?

신병주 사대당(事大黨)으로도 불리는, 민영익으로 대표되는 온건 개화파는 신식 군대의 양성 같은 정책이 이루어졌을 때 자신들의 업적으로 인정받지 못할 뿐만 아니라, 김옥균과 같은 세력들이 더 커지는 것을 상당히 우려했던 거죠.

그날 그렇다면 민씨 척족으로 대표되는 온건 개화파들의 개혁 정책은 어떻게 진행된 건가요? 제대로 진행됐습니까?

박은숙 재정적인 어려움도 있었고, 당시 정치사회에서 부정부패가 매우 만연해서 현실적으로 개혁 정책을 추진하기 어려운 상황이 많이 발생해 제대로 진행될 수 없었죠.

신병주 부정부패가 터진 대표적인 사례가 임오군란 같은 사건이죠.

베트남을 두고 격돌하는 청군과 프랑스군

류근 나라가 외세에 의해서 일촉즉발의 위기에 처했는데, 이렇게 부정부패한 세력들이 생겨났다는 게 조선의 멸망을 재촉한 원인이 아닌가 하고 생각하면 지금도 울분이 들어요.

이해영 말씀하신 그 울분 때문에 김옥균 같은 사람이 극단적인 방법을 택했죠.

류근 원래 나라는 가난해서 망하는 게 아니라 부패해서 망한다고 하거든요.

그날 온건 개화파가 개화를 지지부진하게 추진하면서 급진 개화파들이 뭔가 하려는 걸 다 막는 상황이었네요. 그런데 그 와중에 변화가 생깁니다. 청불전쟁[13]으로 말미암아 우리나라에 주둔하던 청나라 군대 상당수가 빠져나간다면서요. 김옥균으로선 기회라고 생각했을 거 같아요.

박은숙 청이 베트남 전선에 군사력을 집중하다 보면 조선에서 정치적 변혁이 일어나더라도 개입하지 않을 것이고, 설사 개입하더라도 적극적이지 않을 것으로 판단했습니다. 정변을 추진하는 데 청불전쟁은 매우 중요한 계기로 작용했죠.

신병주 일본으로서는 청나라 군대가 베트남에 파견된 이때가 일본이 조선에서 주도권을 다시 행사할 절호의 기회라고 생각해서 김옥균을 회유하고 선동합니다. "우리가 군대 150명 정도를 확실하게 지원해 주겠다. 그러니 군사력 문제는 걱정하지 않고 거사할 수 있다." 이런 분위기가 김옥균이 거사를 실행하는 데 아주 큰 힘이 됐죠.

갑신정변은 어떻게 준비되었나?

그날 일본이 도와준다고 하더라도, 일단은 필요한 자금 문제가 걱정될 수도 있잖아요. 예나 지금이나 뭘 해도 자금이 항상 문제니까요. 자금은 어떻게 마련했나요?

박은숙 자금에 관해선 정확한 기록은 없지만, 박영효의 집을 팔아서 정변 자금으로 사용했다는 점이 주목됩니다.

그날 집까지 팔았어요? 가격이 어느 정도 되길래 그랬을까요?

박은숙 당시에 박영효의 집이 약 2000평이었습니다. 그 집을 팔아서 5000원을 받았어요.

그날 급진 개화파를 주축으로 일본의 도움을 받아 진행한 듯한데, 정변에 참가한 사람들의 구성은 어땠나요?

박은숙 김옥균과 박영효 등 정변 세력들이 사적으로 포섭한 행동 대원이 한 200여 명 있었습니다.

그날 200여 명이요? 행동 대원은 어떤 사람들이에요?

박은숙 백의정승 유대치, 조선 최초로 미국 대학교를 졸업한 변수, 궁녀 고대수 외에 환관, 힘을 쓰는 천하장사, 상인 등 다양한 사람이 갑신정변에 참가했습니다.

신병주 갑신정변에 참여한 사람 중에 고대수라는 인물이 상당히 주목할

변수 갑신정변이 실패한 후 미국의 메릴랜드 대학교에 들어가 조선인 최초의 미국 대학 졸업생이 되었다.

만해요. 『갑신일록』에도 나오는데, 나이가 마흔두 살이고 무수리 출신의 궁녀였습니다. 사실 고대수는 별명이에요. 『수호전』에 나오는 여장부 고대수(顧大嫂)에게서 따 온 겁니다. 돌아볼 고 자, 클 대 자, 형수 수 자를 쓰죠. 키와 덩치가 매우 큰 사람이 지나가면 길을 가다가도 한 번쯤은 돌아보잖아요. 그만큼 덩치가 큰 여장부라는 뜻인데, 궁녀 고대수도 남자 오륙 명 정도는 너끈하게 해치울 정도로 힘이 장사였다고 기록에 남아 있습니다.

그날　각계각층에서 참여했네요.

박은수　갑신정변에 참여한 행동 대원 중 일흔일곱 명 정도가 이름이 확인됩니다. 하층 양반이 한 열 명 정도 되고 중인이 다섯 명 정도 돼요. 그 외에 참여한 사람은 3분의 2 이상이 상민이나 천민인 것으로 돼 있어요.

신병주 역사를 보면 큰 변란이나 사건이 일어날 때 하층민의 참여가 두드러지는 양상이 꽤 나타나요. 대표적으로 1811년에 홍경래의 난이 일어났을 때도 상인이나 평민이 많이 참여하거든요. 신분이 낮으면 그만큼 세상이 바뀌는 걸 바라는 욕망이 크기 때문에, 갑신정변에도 상인층이나 중인 계층, 궁녀 같은 사람이 다양하게 참여했을 것으로 생각합니다.

그날 얼마나 똘똘 뭉쳤는지 밀고자가 없었다면서요? 단종 복위 운동을 봐도 그렇고, 임꺽정과 홍경래, 전봉준을 봐도 실패하고 최후를 맞는 원인은 내부의 밀고자에게 있어요. 심지어는 예수님조차 그렇고요. 그런데 이렇게 밀고자가 없었다는 것은 다시 한 번 생각해 봐야 할 문제 같습니다.

박은숙 의금부에 잡혀가서 심문받을 때 한 얘기를 들어 보면 새로운 세상이나 개화의 세상, 평등한 세상에 대한 열망과 동경, 꿈을 품었던 것이 나타나요.

그날 하층민들도 혁명의 주체로서 열심히 참여했다는 부분에서 감동이 밀려들어요. 그렇다면 우정총국을 습격한 뒤에 갑신정변은 어떻게 전개됐고, 왜 마흔여섯 시간 만에 막을 내렸는지 살펴보겠습니다.

갑신정변의 시작과 끝

우정총국 축하연에서 거사를 일으킨
갑신정변 주모자들은 먼저 일본 공사관을 찾아
일본군의 지원 여부를 다시 한 번 확인한다.

확답을 받고 나서야 창덕궁으로 향한 그들은
침전에 있는 고종을 깨워 우정국에 변고가 일어났으니
서둘러 함께 자리를 피할 것을 청한다.

창덕궁을 나선 정변 세력들은 고종과 명성황후를
창덕궁 근처의 경우궁으로 피신시킨다.

갑신정변 주모자들은 비밀리에 훈련한 사관생도들과
행동 대원 40여 명을 편전 앞에 세우고,
일본군 150여 명은 대문 앞에 배치해
경우궁 수비에 만전을 기한다.

거사 이튿날 새벽,
군사 지휘권을 가진 신군영 대장 윤태준, 이조연, 한규직과
권력의 핵심 실세인 조영하, 민영목, 민태호 등을
국왕의 이름으로 불러들여 처단했다.

고종의 만류에도 서슬 퍼런 칼날은 멈추지 않았다.
김옥균을 비롯한 정변 주도자들은
신속하게 새로운 내각을 발표한다.

개화당 인물들을 중심으로 흥선대원군 계열의 종친과
왕실 외척, 범개화 세력이 개혁 내각에 임명됐다.

한편 정변의 실상을 파악한 명성황후는
끈질기게 창덕궁으로 돌아가자고 주장한다.

이에 일본 공사는 일본군 병력으로 청군의 공격을
충분히 물리칠 수 있다며 환궁에 무게를 싣는다.
오후 5시, 결국 정변 세력들은 고종의 환궁을 결정한다.

새로운 개혁 구상을 담은
혁신 정강을 반포한 정변 셋째 날 오후.

명성황후와 비밀리에 연락을 취한 청나라 군대가
병력 1500명을 앞세워 창덕궁으로 공격해 들어왔다.
개화파의 행동 대원들은 청군에 맞서 격렬한 전투를 벌였다.

하지만 창덕궁 바깥 수비를 맡은
좌우영군 1000여 명이 청군에 합류하고
일본군이 철병하면서 청군의 공격에 속수무책으로 무너졌다.
그들의 집권은 그렇게 마흔여섯 시간 만에 막을 내렸다.

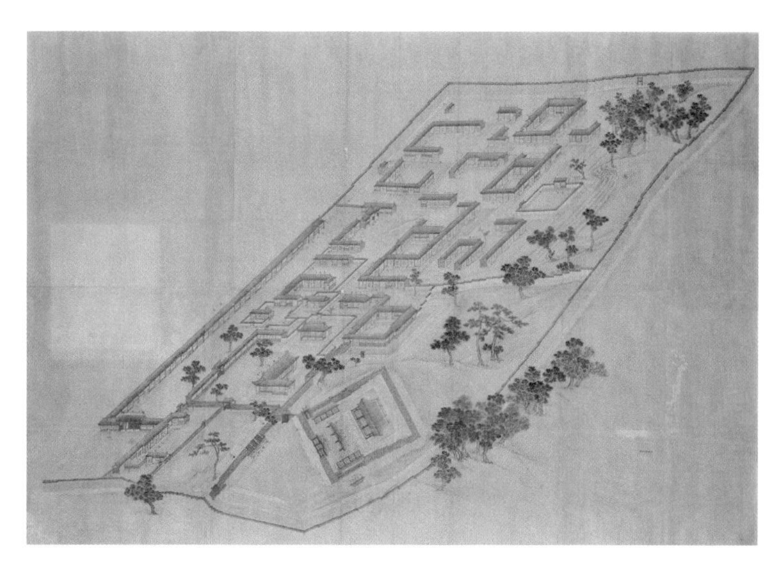

「경우궁도」 국립고궁박물관 소장.

갑신정변의 실패 원인

그날 창덕궁에 있던 고종을 경우궁[14]으로 굳이 옮긴 데는 뚜렷한 다른 목적이 있었겠죠?

박은숙 창덕궁은 방어하기에는 공간이 너무 넓습니다. 그에 반해 경우궁은 상대적으로 규모가 작아서 방어하기에 아주 유리했죠.

그날 창덕궁으로 환궁한 후 고종이 새로운 정권과 함께 혁신 정강을 발표하잖아요. 그 내용을 한번 보겠습니다. 대원군을 이른 시일 내에 모셔올 것, 청에 대한 조공의 폐지 등이 있는데, 대원군을 모셔 온다는 게 첫 조항이에요?

신병주 개화파로서는 가장 이제 중요한 것 중 하나가 반청이었거든요. 그런데 임오군란 때 청나라에 납치당한 대원군은 반청의 상징적인 존재였죠. 그래서 대원군을 이른 시일 내에 모셔올 것을 정강의 1조에 내세웠던 겁니다. 청에 대한 조공 허례 폐지도 조선의 외교 관계에서 청나라를 상국으로 대우하면서 조공을 바치는 사

대원군을 이른 시일 내에 모셔 올 것, 청국에 대한 조공 허례 폐지
문벌을 폐지하여 백성 평등권 제정, 재능에 따른 인재 등용
국가 재정은 호조가 관할, 나머지는 모두 혁파
의정부와 육조 외 불필요한 관직을 폐지하고 대신 및 참찬과 의논하여 아뢸 것

갑신정변 당시에 발표한 혁신 정강 중 일부

대 외교를 폐지하자는 주장이고요.

그날 바꿔 말하자면 자주독립 의지를 천명한 거죠. 혁신 정강을 살펴보면 그 내용대로만 했어도 근대국가의 성립이 앞당겨졌겠다는 생각이 듭니다. 그런데 이렇게 구체적인 생각을 하고 새로운 내각까지 발표했는데 어떻게 그리도 허무하고 쉽게 무너질 수가 있는 거죠?

신병주 실패한 원인 중 하나가 창덕궁으로 돌아온 것이죠. 경우궁에서 고종을 좀 더 압박하면서 정책을 발표하고 추진했으면 성공했을지도 모른다는 생각이 들어요. 그리고 두 번째 이유는 일본군을 너무 믿은 겁니다. 일본 공사인 다케조에 신이치로가 도와주겠다고 했을 때 지나치게 믿었던 것 같아요. 창덕궁으로 옮기고 나니까 청나라가 신속하게 병력을 동원해서 진압하러 옵니다. 그때 일본 공사는 그나마 적게라도 있던 일본군마저도 철수하게 해 버려요.

박은숙 청군이 공격하기 전에 일본 공사에게 편지를 보냈어요. 그 편지를 보면 일본군의 퇴로는 안전하게 보장하겠다고 하죠. 두 나라 간에 모종의 거래가 성사되었던 거고, 중간에서 급진 개화파만 붕 떠 버리는 겁니다.

그날 어쨌든 정변이라는 것은 무력 싸움인데, 청나라 군대가 1500명 있는 상황에서 겨우 일본 군사 150명을 믿고 정변을 일으킨다는

다케조에 신이치로

건 너무 어리석은 결단이 아니었을까요?

박은숙 그동안 갑신정변에 관해서는 무모한 도전이었다는 평가가 대단히 많았어요. 그러나 자세히 살펴보면 경우궁에 간 다음부터는 왕명을 이용해서 군사를 동원할 수 있게 됩니다. 그래서 네 개 군영의 군사 2000명을 왕명을 통해서 동원합니다. 당시에 청군이 1500명이었기 때문에 무력을 수로만 따지면 절대 뒤떨어지지 않죠.

그날 승산이 있었던 거네요.

박은숙 밀리는 승부는 아니죠.

그날 근데 군사력을 산술적으로 계산하면 안 돼요. 청나라는 하나로 된 군대여서 명령이 직선으로 바로 하달돼요. 반면에 급진 개화파는 군사 수만 더했을 뿐이지, 여러 세력이 모여 있는 상황이어서 소통이 원활하지 않아요.

신병주 고종이 확실하게 명령을 내려서 동원할 수 있는 모든 군대를 급진 개화파에 합류하게 해야 균형이 맞는데 말이죠.

그날 청불전쟁을 기회로 보고 거사를 도모한 건데, 청이 생각보다 조선에 관심이 매우 컸던 모양이에요. 바로 개입했잖아요. 왜 그런 거예요?

신병주 청으로서는 한반도의 지정학적 조건을 고려했을 때 조선을 절대 포기할 수 없다는 것이죠. 청불전쟁도 급하긴 하지만, 우선순위에서 조선보다 뒤에 있다는 거고요. 따라서 조선에 큰 변고가 일어나면 총력을 투입해서 진압할 수밖에 없는 상황입니다. 어떻게 보면 급진 개화파가 정세를 읽는 데는 실패한 거죠.

류근 갑신정변이 일어나기 전인 1874년에 일본이 대만을 침략했을 때 청나라가 개입하지 않았다고 합니다. 그 사례에서 자신감을 얻었던 것 같아요.

고종은 왜 등을 돌렸을까?

그날 김옥균이 미리 고종에게 얘기했다는 말도 있는 걸 보면 고종은 갑신정변이 일어날 것을 어느 정도 예견했을 거예요. 그러면 소극적으로라도 지지하거나 기대를 품었을 것 같은데, 갑자기 태도가 돌변한 것처럼 보이거든요. 왜 그랬던 거죠?

신병주 고종이 김옥균에게 품은 신뢰가 무너지는 순간이 있었던 것 같아요. 정변 직후에 김옥균이 왕명이라면서 조정 대신들을 왕 앞으로 불러온 후에 바로 그 자리에서 전부 다 잔혹하게 처단하거든요.

그날 있을 수 없는 일입니다. 잔혹하네요.

신병주 그래서 기록을 보면 고종이 그만두라고 만류하는데도 김옥균은 무시합니다.† 왕에 대한 엄청난 불경이죠. 게다가 바로 앞에서 대신들을 죽이는 걸 보면 고종으로서는 김옥균이 나를 해칠 수도 있겠다는 생각마저 할 수밖에 없죠.

그날 그래도 김옥균을 비롯한 급진 개화파와 사전에 모종의 교감이 있었다면, 단순한 이익의 추구가 아니라 부국강병이라는 사상에 동의한 거라면 고종이 끝까지 믿어 주고 지켜봐 줘야 하지 않았을까 하는 생각이 듭니다.

박은숙 갑신정변이라는 계획에 고종이 암묵적으로 동의한 것은 급진 개화파가 반청을 주장했기 때문입니다. 고종으로서는 청나라의 개입을 막으면 왕권을 제대로 행사할 수 있을 거라는 계산이 서 있었던 거예요. 그런데 실제로 진행되는 걸 보니까 왕권과 왕실 재정을 제약하고 입헌군주제적인 방향으로 나아가는 거예요. 오히려 왕권이 설 자리가 더 없어지는 위기를 느끼면서 당연히 뒤도 안 돌아보고 태도를 바꾼 것이죠.

신병주 우리 역사를 보면 비슷한 상황들이 반복됩니다. 조광조가 개혁정치를 펼칠 때 추진한 정책을 보면 내용이 의미는 매우 있는데, 이상적이고 급진적이어서 중종으로서는 절대 동의할 수 없는 내용이었으므로 결과적으로 조광조는 실각하죠. 그런 사례를 봤을 때 이상적이고 급진적인 개혁은 기존 질서와 충돌할 수밖에 없는 것 같습니다.

그날 조선의 자주 근대화라는 아주 훌륭한 기치를 내세웠는데, 결국 청군의 개입으로 일장춘몽으로 끝나고 맙니다. 갑신정변이 실패로 끝나고 나서 급진 개화파의 최후가 정말 말이 아니었다는데, 한번 보실까요?

† 김옥균 등이 생도(生徒) 및 장사들을 시켜 좌영사 이조연, 후영사 윤태준, 전영사 한규직, 좌찬성 민태호, 지중추부사 조영하, 해방 총관 민영목, 내시 유재현을 앞 대청에서 죽이게 하였다. 상께서 "연거푸 죽이지 말라! 죽이지 말라!"라고 하교하시는 말씀이 있기까지 하였으나, 명을 듣지 않았다. 이때 상의 곁에는 김옥균의 무리 십수 인만이 있었는데, 상이 행동을 자유로이 할 수 없게 하였고 심지어는 어공(御供)도 제때에 하지 못하게 하였다.
—『고종실록』 21년(1884) 10월 18일

김옥균의 최후

1894년, 상해의 한 호텔 방에
의문의 총성이 울려 퍼지고
급진 개화파의 총수 김옥균이 쓰러진다.

갑신정변 실패 후 일본으로 망명길에 올랐던 김옥균이
누군가 겨눈 총에 암살당한 것이다.

김옥균의 암살 소식은 중국은 물론
일본 신문에 일제히 대서특필된다.

김옥균을 쏜 조선인 암살자, 그는 과연 누구일까?
일본인 화가가 그렸다는 그림에는
김옥균이 암살당한 직후 모습이 자세히 담겨 있다.

도포 차림에 총을 든 인물.
김옥균과 일본에서 상해까지 동행했다는 조선인은
고종이 보낸 암살자 홍종우였다.

조선 최초의 프랑스 유학생이기도 한 홍종우.
김옥균과 같은 길을 가던 개화론자였다.

프랑스 언론에서는 당시에 홍종우를 두고
조선의 근대화를 바라는 선비였으며,
품속엔 항상 고종과 대원군의 사진을 간직했다고 전한다.

조선의 근대화를 바랐던 두 개화론자.

하지만 둘은 역적과 암살자로 만났다.

신권 중심의 개화를 원했던 김옥균과 달리

왕권 중심의 체제 개혁을 바랐던 홍종우에게

김옥균은 정변의 주범이자 처단해야 할 역적일 뿐이었다.

결국 타국에서 암살당한 김옥균.

하지만 역적으로서 치러야 할 죗값은 끝난 게 아니었다.

조선으로 송환된 김옥균의 사체는

능지처참 형을 받고 양화진에 효수된다.

혁명 주체에서 역적이 된 김옥균.

고종의 지시, 그리고 일본과 청의 묵인 아래

김옥균의 파란만장했던 삶이 끝났다.

일본인 화가가 그린 김옥균 암살 사건

실패한 풍운아의 말로

그날　아무리 역적이라지만, 저건 좀 너무한 거 아닌가요? 시체까지 능지처참[15]해야 할 정도로 그렇게 큰 역적이었나요?

신병주　갑신정변의 주동자로 당시 최고의 역적인 데다 일본에 망명까지 했으니까 고종으로서는 정말 체면이 말이 안 되는 거죠. 일반 백성들의 정서를 보아도 김옥균을 역적으로 보는 분위기가 팽배했고요. 그러니 시범적으로 보여 줄 필요가 있었던 거죠.[†]

그날　일본에서 망명 생활을 하는 동안 일본이 별다른 도움을 안 줬다면서요?

박은숙　조선에서 계속 자객을 파견하니까 골치가 아팠죠. 게다가 김옥균은 일본 말고도 미국이나 러시아를 끌어들여서 조선 문제를 해결하겠다는 얘기들을 하고 다니니까 일본으로서는 김옥균이라는 존재가 매우 부담스럽습니다. 문제만 만들고 영양가는 없는, 골치 아픈 계륵과 같은 존재로 생각하죠.

그날　일본 최남단에 있는 오가사와라라는 섬이 일본 망명 시절에 김옥균이 유배됐던 곳이라고 합니다. 그런데 저 섬 일본 영토가 맞

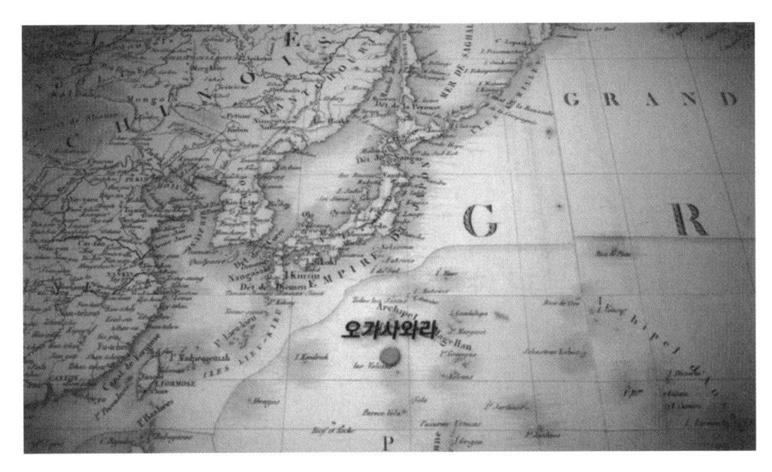

태평양의 절해고도, 오가사와라 제도

세인트헬레나에 유배된 나폴레옹

나요? 왜 이렇게 떨어져 있을까요? 정말 일본 영토라고는 믿어지지 않을 정도로 엄청나게 머네요.

박은숙 태평양의 절해고도인 오가사와라 섬은 당시 3개월에 한 번씩 정

홍종우

기선이 다녔다고 하는데, 도쿄에서 배를 타고 오가사와라까지 가는 데 일주일이 걸렸어요.

신병주　조선 시대에도 정치범들을 섬으로 유배를 많이 보내요. 제주도도 조선 시대에는 대표적인 유배지였습니다. 송시열이라든가 김정희도 제주도로 유배를 갔는데, 오가사와라 섬을 보니까 제주도는 양반이네요.

그날　나폴레옹도 세인트헬레나 섬[16]에 유배됐다가 최후를 맞잖아요. 세인트헬레나 섬이 아프리카 서해안에서 약 2800킬로미터 정도 떨어진 곳에 있다고 하네요. 김옥균이 유배된 오가사와라 섬과 거의 유사한 곳입니다.

류근　풍운아들의 말로는 고독하고 참담하다는 걸 느낍니다.

이해영 저는 홍종우[17]라는 인물이 인상적이에요. 유학을 다녀온 선비가 갑자기 암살자가 되는 거잖아요. 김옥균과 홍종우 둘 다 개화를 꿈꿨던 비슷한 엘리트로서 교감하고 이해할 수 있지는 않았는지, 꼭 그렇게 죽여야만 했는지 하는 생각이 들어요.

박은숙 두 사람의 차이라고 한다면 일단은 조선을 개혁하는 주체를 누구로 보느냐 하는 문제가 있을 수 있어요. 홍종우는 왕을 중심으로 한 체제에서 개혁을 추진해야 한다고 보았지만, 김옥균은 왕권보다는 개혁 세력이 주체가 돼서 추진해야 한다고 본 거죠.

† 시임 대신과 원임 대신이 연명으로 올린 차자(箚子)에, "아! 이 역적은 바로 천하 고금에 없는 흉악한 역적으로서 온 나라 사람들 치고 누군들 그의 사지를 찢고 그의 살점을 씹으려고 하지 않겠습니까? 그런데 외국에 가서 목숨을 부지하여 오랫동안 천벌을 받지 않았으므로 여론이 갈수록 더욱 들끓었습니다. 지난번에 상해에서 온 전보를 받고 홍종우가 사살한 거사가 있었던 것을 알았는데 역적의 시체가 이제 압송되어 왔고 그 진위를 판명하였으니 10여 년 동안 귀신과 사람의 격분이 이제 조금 풀리게 되었습니다. 비록 산채로 잡아다가 시원하게 방형(邦刑)을 바로잡지는 못하였지만 그래도 궤참(跪斬)하고 왕법을 소급하여 펼 수 있게 되었으니 반란을 음모한 무도한 큰 역적에게 부도율(不道律)을 적용하고 이괄과 신치운에게 시행하였던 전례를 더 시행하여서 천하 후세에 반역을 음모하는 역적들을 두려워하게 하소서." 하니, 비답을 내리기를, "지금 경들의 간절한 청은 피를 뿌리고 눈물을 머금고 징계하고 성토하는 의리로 이렇게 말하는 것이 당연하며 또한 귀신과 사람이 공분하고 여론이 더욱 격화되어 그만둘 수가 없다. 아뢴 대로 윤허한다." 하였다.
—『고종실록』 31년(1894) 3월 9일

가족들의 비참한 최후

그날 나머지 정변 가담자들의 최후도 만만치 않게 비참하더라고요. 집안이 완전히 풍비박산이 났지요?

신병주 그렇죠. 주모자들이 망명하고 처형당하는 것은 자신의 이상을 따르다가 얻은 결과로 본다고 하더라도, 가족들의 희생도 만만치 않았어요. 대표적으로 홍영식의 아버지가 영의정까지 지낸

홍순목과 아들들 중앙에 앉은 홍순목을 중심으로 왼쪽부터 홍만식, 홍영식, 홍정식.

홍순목이라는 사람인데, 자결을 각오하고 며느리와 손자에게 우리 다 같이 죽자고 합니다. 그런데 며느리, 즉 홍영식의 부인은 죽음이 얼마나 두렵겠어요? 그래서 아들과 같이 산속으로 들어가서 사라지겠다고 하는데도 결국 안 된다고 해서 함께 죽음을 선택했다고 해요. 김옥균의 어머니와 누이도 역시 자결하고요. 이상을 좇고 혁명을 위해서 살았던 풍운아들의 뒷면에는 가족의 비참한 죽음이 있었던 겁니다.

그날　집안이 완전히 몰락했군요. 사육신 가족들의 말로와 크게 다를 바 없어요.

신병주　그렇죠. 처형당하고 재산도 몰수당하는 거죠.

갑신정변, 혁명인가? 역모인가?

그날　꿈꿨던 것에 비해 결과가 너무 처참했던 갑신정변의 결말입니다. 이쯤에서 우리가 처음에 들었던, 망명 중에 고종에게 올린 상소 속 김옥균의 말이 갑자기 떠오릅니다. 처음 들었을 때와 지금 들었을 때의 느낌이 좀 다르죠?

이해영 매우 다르네요. 김옥균이라는 인물이 너무나 안타깝고 안쓰러워요. 야망이 있고 이상이 있었는데, 많은 사람과 많은 세력에게 너무 이용만 당한 것 같습니다.

그날 김옥균의 심정이 충분히 이해되는 시간이었는데, 갑신정변을 평가하기가 좀 어렵습니다. 아직 학계에서도 많은 논란이 있고, 평가가 진행 중이긴 하지만, 오늘 보신 갑신정변은 어떻던가요?

류근 부정적 측면도 많이 언급했는데, 전 그래도 긍정적 측면을 말씀드리고 싶습니다. 자주적으로 개혁 청사진을 그리고 실천했다는 측면에서 높이 평가해야 할 사건이라고 생각합니다.

이해영 갑신정변을 엘리트들이 수구 세력에 반대하며 진보적인 나라를 꿈꾸었던 사건으로만 봤는데, 그 안에 상민과 천민들의 바람과 희망도 함께 포함되어 있었다는 사실을 안 것은 잊어서는 안 될 아주 큰 수확이라고 생각합니다.

신병주 시대를 앞서가는 세력들은 분명히 필요합니다. 하지만 진보적이고 급진적인 개혁 또는 혁명일수록 좀 더 다양한 요소를 고려하고 나아가야 하지 않을까 하는 생각이 듭니다. 실패가 가져오는 후유증이라는 게 만만치 않다는 거죠. 어떻게 보면 늦더라도 점진적으로 나아갔을 때 얻을 수 있는 성과에 비해서 급진적으로 나아갔다가 실패했을 때 얻는 후유증은 역사의 시간을 후퇴하게 할 수 있다는 점도 고려해야 할 것 같습니다.

박은숙 갑신정변을 통해 주장했던 개혁안들은 정확히 10년 뒤에 갑오개혁[18]에서 대부분 채택되어서 실행되거든요. 그만큼 갑신정변이 당대의 시대적 과제에 매우 충실한 개혁 내용을 담았었다고 평가할 수 있습니다. 갑오개혁 이후에도 조선의 개화 자강 운동에

일본 망명 시절의 급진 개화파 인사들 왼쪽부터 박영효, 서광범, 서재필, 김옥균.

많은 영향을 미쳤다는 점에서 갑신정변은 우리 근대의 변혁 운동에 초석이 된 사건이라고 생각합니다.

그날 혈기가 앞서서 일을 그르치긴 했지만, 조선의 자주적 근대화를 꿈꿨다는 그 동기만큼은 정말 큰 의미를 부여하고 싶습니다. 오늘날까지도 극단적으로 평가가 엇갈리는 갑신정변을 여러분께서는 어떻게 평가하시겠습니까?

5

났네, 났어, 난리가 났어! 동학농민운동

1894년, 전라도 고부에서는 농민들이 저마다 낫과 죽창을 들고 녹두장군 전봉준의 지휘를 따라 분연히 일어섰다. 한 번 지펴진 불씨는 사방으로 번져 나갔다. 농민군들은 '보국안민', '제폭구민'을 구호로 내세우며 조선의 지배층에 저항했다.

1876년의 개항 이후 조정의 수탈과 더불어 일본 상인의 침탈도 커지면서 농민의 처지는 더욱 열악한 상황에 빠졌다. 특히 호남 지역은 당시 쌀 생산량의 40퍼센트를 차지하던 곡창지대였던 만큼 수탈은 가중되었고, 농민들의 불만은 폭발 직전에 이르렀다. 이러한 상황에 기름을 부은 것은 고부 군수 조병갑의 학정이었다. 조병갑은 대를 이어 농민들을 착취한 탐관오리였다. 만석보를 만들게 한 후 세금을 매겨 강제로 징수했고, 자기 부친의 공덕비에 쓸 돈도 빼앗았다. 이에 분노한 농민들은 전봉준을 중심으로 결집했으며, 여러 차례 고부 관아와 전주 감영을 찾아가 항의했다.

마침내 1894년 2월에 전봉준을 대장으로 한 동학농민군 1000여 명이 분연히 일어섰다. 놀란 조정은 조병갑에게 죄를 묻고 안핵사를 파견하여 수습에 나섰으나, 저항의 중심에 동학이 있다고 보고 동학교도들의 색출에만 혈안이 되었다. 이에 분노한 농민들은 1894년 4월에 다시 대규모 봉기에 나섰다. 주동자를 파악하지 못하도록 사발로 원을 그리고 그 주위에 이름을 쓴 이른바 '사발통문'을 돌리며 농민들을 규합했다. 동학농민군은 1894년 5월에 황토현에서 관군에 맞서 대승을 거두고, 여세를 몰아 정읍과 고창 등을 거쳐 전주 감영까지 점령하였다. 당황한 조정에서는 휴전을 제안했고, 6월에 전주 화약이 맺어졌다. 조정과 농민군은 폐정 개혁안에 합의했는데, 탐관오리의 처벌, 토지의 평균 분작, 청상과부의 개가 허락과 같은 내용이 포함되었다. 전주 화약에 따라 농민군은 전라도 53개 군에 농민 주체의 개혁 기구인 집강소를 설치하고 자치적으로 그 지역을 관리했다.

조정과 농민군의 일시적인 협력 관계는 청군과 일본군의 개입으로 새로운 양상을 맞이했다. 청나라 군대가 동학농민군과 흥선대원군이 내통한다는 이유로 아산만에 상륙하자, 일본은 천진조약을 빌미로 출동해 경복궁을 점령했다. 청군과 일본군의 대치는 청일전쟁으로 이어졌고, 동학농민군 또한 일본군의 궁궐 점령에 맞서 '척양척왜'를 구호로 하여 대규모로 일어섰다. 동학농민군의 봉기가 기존의 '반봉건'에서 '반외세' 운동으로 발전하는 순간이었다. 남접과 북접이 연합한 동학농민군은 서울을 향해 북상하다가 공주 남쪽의 우금치에서 조정과 일본의 연합군에 맞섰는데, 화력의 열세를 극복하지 못하고 큰 패배를 당했다. 전봉준은 순창에서 체포된 후 서울로 압송되어 처형당했고, 동학농민군 지도자 대부분이 체포되거나 살해되면서 1년 여 동안 조선 사회를 흔들고 새로운 사회를 열망하게 했던 농민들의 꿈도 사라져 버렸다.

동학농민운동은 동학이라는 종교 조직과 동학교도의 지도로 일어났지만, 그 중심을 이룬 것은 봉건적 착취의 모순을 그대로 체험한 농민들이었다. 그래서 '갑오농민전쟁'으로도 부른다. 특히 동학농민운동이 봉건제적 모순을 극복하는 것에만 그치지 않고, '반외세'를 봉기의 기치로 내세운 것에서 자생적 근대화의 길로 나아가는 모습도 엿볼 수 있다. 동학농민운동은 조선 왕조와 대한제국은 물론이고, 해방 이후의 교과서 등에서도 '동학란'으로 규정되면서 오래도록 그 역사적 의미를 제대로 평가받지 못했다. 그러나 최근에 들어와 동학농민운동이 활발하게 재평가되고 있으며, '동학농민혁명'으로 지칭하기도 한다. 2004년에는 동학농민운동 100주년을 맞아 희생자의 명예 회복이 이루어지기도 했다.

났네, 났어, 난리가 났어! 동학농민운동

1894년 전라도, 난이 일어났다.
농민들은 저마다 손에 낫과 죽창을 들고
녹두장군 전봉준을 따라 모여들었다.

난이 일어나자 동서남북 여러 읍이
서로 민란을 일으키기를 바라며 들썩였다.

한번 지펴진 불씨는 산과 들을 넘어
사방으로 번져 나갔다.

보국안민, 제폭구민, 광제창생.
스스로 자신들을 구하고자
농민들이 일어선 것이다.

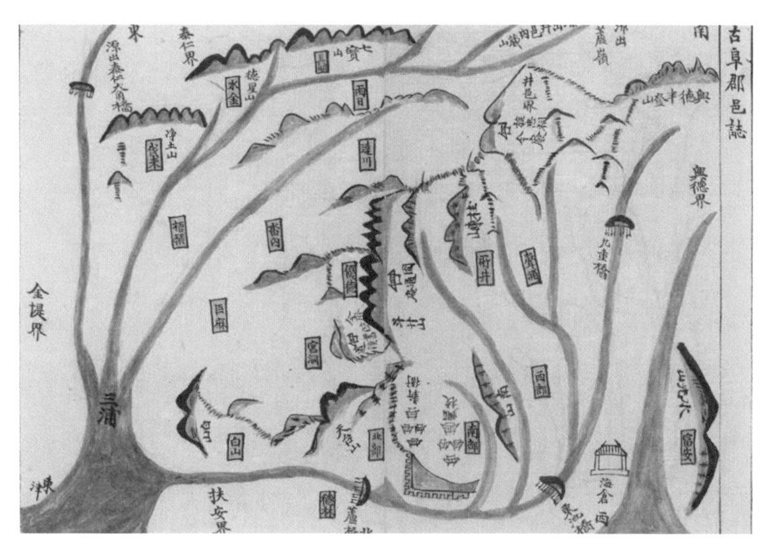

「**고부군읍지**」 고부군의 옛 지도.

탐관오리에 맞서 일어서다

최원정 1894년에 일어났던 동학농민운동에 관해서 이야기를 나누어 보겠습니다.

이윤석 광제창생(廣濟蒼生)은 무슨 뜻인가요?

신병주 널리 백성을 구제한다는 뜻이죠. 보국안민(輔國安民), 제폭구민(除暴救民)과 함께 동학농민운동의 중요한 구호입니다.

최태성 모두 시험에 나오는 거죠.

신영우 보국안민은 나라를 돕고 백성을 편안하게 한다는 뜻이고, 제폭구민은 폭정을 제거하고 백성을 구한다는 뜻이지요. 동학농민운동에서 주장하는 아주 중요한 내용이 다 들어 있습니다.

류근 임꺽정의 난과 홍경래의 난 등 다양한 민란이 있었잖아요. 이번에 농민들이 저렇게 들고 일어선 이유는 무엇인가요?

최태성 도화선이 된 사건은 전라도 고부에서 일어났습니다. 고부라는 지역이 물과 육지 모두 물산이 매우 풍부한 부자 고을이거든요.

만석보유지 농민들이 만석보를 파괴하면서 지금은 둑을 쌓았던 흔적만이 남아 있다. 전라북도 기념물 제33호.

그날 지금은 어디인가요? 정읍 정도 되나요?

신병주 네, 지금의 정읍 지역입니다.

최태성 거기에 유명한 탐관오리가 한 명 있었죠. 바로 조병갑입니다. 역사 교과서에 탐관오리의 대명사로 기록된 인물인데, 이게 쉽지 않은 일입니다.

그날 역사에 이름을 남기는 데는 여러 가지 방법이 있다니까요.

최태성 그러니까요. 대단한 탐관오리입니다. 예를 들면 세금을 면제해 주겠다고 하면서 황무지를 개간하게 해요. 그래서 농민들이 개간해 놓으면 세금을 내라고 합니다.

그날 국민을 상대로 사기를 친 거네요.

최태성 그렇죠. 하나 더 예를 들자면 이미 물을 가두는 저수지가 있는데도, 만석보라는 저수지를 만들게 해요. 그러고 나서는 만석보에 세금을 매겨서 걷는 거죠.

신병주 『오하기문』이라는 기록을 보면 징세 명목을 정말 다양하게 갖다 붙여요. 불효죄니, 친척과 화목하게 지내지 않았다느니, 투전 등 잡기를 했다는 식으로 아무렇게나 갖다 붙여서 강제로 걷어 들인 돈이 2만 냥 정도라고 나옵니다. 요즘 돈으로는 대략 4억 정도 되지요. 심지어는 자기 아버지 공적비를 세우는 데 드는 비용 1000냥까지 강제로 징수합니다. 그야말로 수탈에 관한 모든 방법을 다 썼던 인물이죠. 요즘 '갑질'이라는 말 많이 하는데, 조병갑이 '갑질'의 원조 격에 해당하는 인물이라고 할 수 있습니다.

그날 왜 자기 아버지 공적비를 세우는 데 남의 자식들에게 돈을 내라고 하나요? 전형적인 탐관오리네요. 그런데 유독 호남 지방에서 수탈이 더 심했다면서요? 왜 그런 거죠?

신병주 호남 지방이 곡창지대이다 보니 아무래도 뽑아낼 게 많았죠. 호남이 동학농민운동의 중심 지역이 되는 이유입니다.

그날 기록에 의하면 당시 전국 쌀 생산량의 40퍼센트 이상을 호남에서 생산했다고 합니다. 오죽하면 말이죠, 아들을 낳아 호남에서 벼슬살이하게 하는 것이 소원이라는 말이 서울 장안에서 유행했다고도 합니다.

이윤석 당시 조선 관리들의 행태는 올림픽 정신과 비슷하네요. 올림픽에서 추구하는 게 '더 높이, 더 빨리, 더 멀리'잖아요. 더 높이 관직에 올라가야, 더 빨리 걷어야, 더 멀리 호남까지 가야 많이 걷는다는 생각이 들어요.

파랑새와 녹두장군 전봉준

그날 억울한 일을 당한 거잖아요. 더 높은 기관에다 항의하거나 민의를 전달할 수 있는 수단이 없었나 봐요. 그래서 전봉준의 아버지가 먼저 나섰다면서요?

신영우 조세 수탈이 심하니까 전봉준의 아버지가 항의하는 문서를 만들

전봉준

어서 제출했는데, 조병갑에게 곤욕을 치렀죠.

그날 전봉준의 아버지가 항의하러 방문했다가 매를 맞고 죽었다는 얘기까지 있잖아요.

신영우 갑오년에 전봉준이 상복을 입고 다녔습니다.

그날 그럼 실제로 개연성이 있는 거네요? 조병갑과 전봉준은 악연이 있는 거예요.

이윤석 근데 전봉준에 관한 노래에 파랑새가 왜 나오는지 궁금해서 좀 찾아봤더니, 파랑새가 원래는 팔왕새라고 하더라고요. 팔왕(八王)은 여덟 팔 자에 임금 왕 자인데, 두 글자를 위아래로 합하면 전봉준의 전(全)자가 되죠. 그래서 팔왕새, 즉 파랑새에 관한 노래가 생겼다는 이야기입니다.

그날 전봉준을 녹두장군으로 부르기도 하잖아요? 왜 녹두를 갖다 붙인 거예요?

신병주 전봉준의 어렸을 때 별명이 녹두였어요. 키가 작고 몸집이 왜소했거든요. 그래서 작은 작물인 녹두가 별명이 된 거죠. 하지만 몸은 다부졌습니다.

그날 사진에 나온 전봉준의 눈매 좀 보세요. 살아 있어요.

신병주 눈이 반짝거리고 주먹이 큼지막하며 담력이 있어서 무슨 일이건 앞장섰던 인물이었죠.

그날 다시금 보게 되는데요? 저 눈빛으로 쏘아보면 움츠러들었을 것 같아요.

동학농민군이 봉기하다

그날 결국 전봉준의 주도로 고부에서 농민들이 난을 일으키는데요. 그 유명한 사발통문을 보면서 얘기를 나눠 보겠습니다.

최태성 왜 사발통문이라고 하는지 아세요?

이윤석 사발에 담아 통문을 보냈다는 뜻 아닌가요?

그날 원 모양에 힌트가 있을 것 같아요.

최태성 사발을 엎어서 올려놓고 테두리를 따라 이름을 써 나갔기 때문입니다. 왜 이렇게 했을까요?

이윤석 둘러앉아 봐야 해서가 아닐까요?

그날 성명서나 탄원서 같은 것을 쓸 때 사람 이름을 쫙 써 내려 가면 맨 위나 맨 앞에 있는 사람이 불리하잖아요. 마치 주도한 사람 같기도 하고요.

최태성 그렇죠. 그런데 사발통문을 보면 도대체 누가 주도한 것인지, 누가 지도자인지 알 수 없습니다.

그날 기준점이 없으니까요.

신병주 이런 방식을 지금도 찾아볼 수 있습니다. 회의할 때 서열이 애매

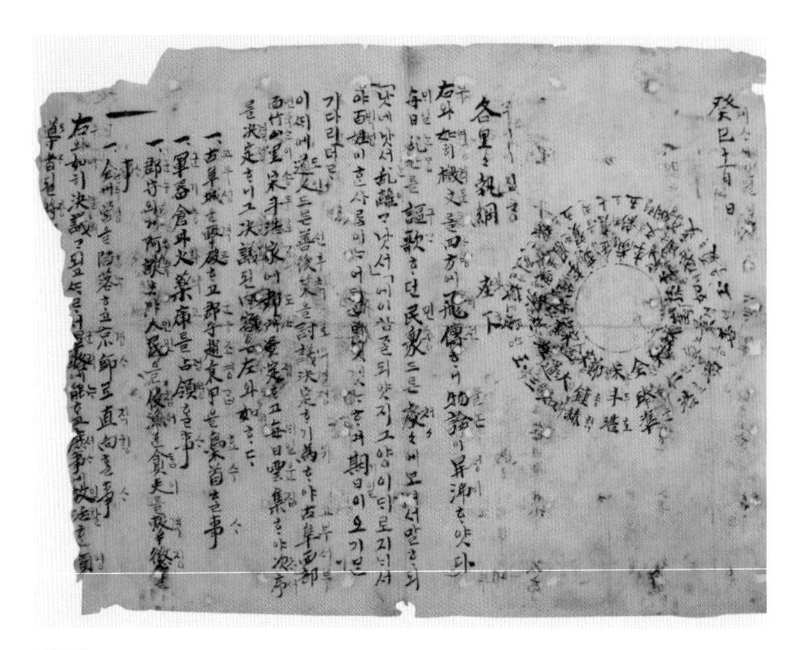

사발통문

하면 원탁으로 앉아 버리는 거죠. 그러면 누가 제일 높은지 잘 모르거든요.

최태성 제가 사발통문에 적힌 글을 읽어 보겠습니다. "났네, 났네, 동학 났어. 에이, 참 잘되었지. 그냥 이대로 지내서야 백성이 한 사람이나 어디 남아 있겠는가?" 그러면서 군수 조병갑을 효수하라는 목표를 내걸지요.

신병주 고부성을 무너뜨리고 군기창과 화약고를 점령하죠.

신영우 중요한 것은 제일 마지막에 있습니다. "전주성을 격파하고 경사로 직향할 것." 서울까지 간다는 것은 서울에 있는 권귀[1]를 제거한다는 뜻인데, 그 권귀는 바로 민씨 정권입니다. 이 시기는 대원군이 물러난 뒤로, 왕비의 절대적인 권한에 빌붙어서 수많은 민씨가 여기저기서 탐관오리가 되어 행패를 부리면서 불과

20~30년 만에 나라가 거덜 나거든요.†

그날 동학농민운동은 보통 민란과는 아주 다르네요. 치밀한 계획이 다 잡혀 있어요.

최태성 지금 이건 혁명 아닌가요? 메시지를 매우 강하게 던지잖아요.

그날 왕조를 무너뜨리겠다는 건 아니고, 민씨 정권에 대항하겠다는 거죠.

최태성 물론 그렇긴 하지만, 그래도 서울로 진격하자는 얘기를 하는 거예요.

그날 왕이 있는 곳으로 가자는 거군요.

최태성 엄청난 포부를 드러내 놓고 있습니다.

신병주 고부 민란에는 또 다른 문제가 있습니다. 조정에서 안핵사[2]가 와서 농민군이 해산만 하면 요구 조건을 어느 정도 들어주겠다고 해 놓고는 뒤에 가서는 주동한 인물을 다 잡아들이죠.‡

그날 심지어 백성들 뒤통수까지 친 거예요?

신병주 그러다 보니까 농민들로서는 도저히 안 되겠다는 말이 나오죠.

† 민씨들이 권세를 주무른 지 여러 해가 지나 국정을 날로 그릇되어 모두가 입을 모아 "이 나라가 언제 망할 것인가?"라는 한탄이 떠돌았다.
—『오하기문』

‡ 갑오년(1894) 2월 전라북도 고부 백성들이 군수 조병갑의 탐오와 횡포에 견딜 수 없어 모여서 소란을 일으켰다. 정부에서는 장흥 부사 이용태를 안핵사로 삼아 그로 하여금 진무(鎭撫)하게 하였는데 이용태는 그 무리가 많은 것을 꺼려서 병을 핑계 대고 머뭇거리면서 도리어 이 기회를 이용하여 백성의 재물을 약탈하니 민심이 더욱 격화되었다. 고부 사람 전봉준이 떨쳐 일어나 동학당에 들어가니 각지의 폭도들이 소문만 듣고도 호응하였으며, 김해 백성들은 부사 조준구를 내쫓았다.
—『고종실록』 31년(1894) 2월 15일

동학농민군, 전주성을 접수하다

고부 지역에 파견된 안핵사는 농민들과 한 약속을 깨고
동학교도의 죄를 물어 백성들을 잡아 가뒀다.
민심은 분노했다.

전봉준은 호남 최대 동학 접주였던
손화중, 김개남 등과 연대해
마침내 동학농민군을 결집했다.

농민군 1만여 명은 황토현에서 관군을 기습 공격,
최초의 승리를 거두고 이후 흥덕과 무장 등을 점령하며
파죽지세로 나아간다.

그리고 마침내 4월 27일,
조선 왕조의 본관인 전주성에
보국안민의 깃발이 높이 올랐다.

서면 백산, 앉으면 죽산

그날　조선 왕조의 본관인 전주성을 점령했다는 것은 매우 상징적이고 엄청난 사건입니다. 근데 정말 신기한 것은 농민군이 다들 논밭에서 농사짓던 사람이잖아요. 전투 경험도 없을 텐데 어떻게 이겼을까요?

최태성　이때 농민군의 수가 1만 1000명 정도 됐는데, 하얀색 옷을 입고 산에 서 있으니까 멀리서 그 모습을 보면 산 전체가 하얀색인 거예요. 근데 농민군이 손에 든 무기가 죽창이잖아요. 앉으면 죽창이 삐죽삐죽 나온 모습이 됩니다. 그래서 서면 백산, 앉으면 죽산이라는 말이 나올 정도로 농민들이 매우 많이 모였습니다. 반면에 관군의 수는 2260명 정도니까 수가 매우 적었다고 볼 수 있겠죠.

신병주　수는 적었지만, 관군들로서는 우수한 무기도 있다 보니까 상당히 방심했던 거 같아요. 그래서 자만한 관군들이 그 전날에 소를 잡고 술까지 먹으면서 취해서 잠들어 버려요. 이런 상황에서 농민군이 파죽지세로 기습 공격을 하니까 그대로 무너졌고요. 이 전투가 바로 농민군의 첫 번째 큰 승리로 평가받는 황토현 전투입니다. 황토현 고개에서 농민군의 사기가 아주 올라가죠.

동학농민군의 전술과 전법

그날　그런데 관군의 방심 말고도 또 다른 원인이 있었을 것 같아요. 나름대로 농민들만의 세부적인 지략이 작용해서 승리할 수 있지 않았나 싶어요. 박금수 박사님, 관군을 상대로 동학농민군이 어떻게 싸울 수 있었나요?

박금수　조선 정부는 1881년부터 별기군[3]이라는 부대를 조직해서 신식 화기를 도입하기 시작했습니다. 반면에 농민군은 이가 없으면

장태

잇몸이라고, 자신들의 지략으로 승부를 걸었죠. 가장 대표적인 것 중 하나가 바로 장태입니다. 농촌에서는 장태 안에 닭도 집어넣는 등 다용도로 쓰지요. 다만 당시 전투에서 썼던 장태는 훨씬 큽니다. 그 뒤로 사람이 몸을 숨길 수 있죠. 장태 안에다 짚을 채워 넣으면 탄환을 막는 용도로 쓸 수 있습니다. 당시에 농민군들은 화력에서 열세이니까, 장태를 굴리면서 관군에게 접근해서 창이나 칼로 근접전을 치렀던 것이죠.

그날 장태를 방패로 삼았네요. 뛰어난 작전이에요.

박금수 하지만 아무리 장태가 탄환을 막아 줬다 하더라도 굴리면서 관군에게 접근할 때는 매우 무서웠겠죠. 게다가 옆에서 동료들이 죽어 나가는 것을 지켜볼 때는 마음이 약해지게 마련이고요. 그래서 전봉준은 군사들에게 옷깃을 입에 물게 했습니다.

그날 좌고우면[4]할 겨를이 없었겠네요. 앞만 보게 되는 겁니다.

박금수 좌우를 못 돌아보고 묵묵히 앞만, 땅만 보면서 장태를 밀죠. 그리고 접근해서는 어떤 무기를 썼을까요? 바로 죽창입니다. 죽창을 보시면 아시겠지만, 대나무를 비스듬히 베면 그 자체가 바로 날카로운 날이 되죠. 한편으로는 매우 비과학적인 방법도 있었습니다. 바로 부적인데, 전봉준이 부적을 주면서 몸에 넣으면 총알이 피해 간다고 얘기했던 것이죠. 농민군은 실제로 부적을 몸에 넣고 그 효력을 믿으면서 앞으로 나갔을 테고요. 미신의 성격이 다분히 강했지만, 부적을 잘 활용함으로써 결과적으로는 마음을 안정하게 하는 중요한 효과가 있었던 것 같습니다.

최태성 부적을 단다고 해서 죽지 않을 것으로 믿지는 않았겠죠. 다 알면서도 미신의 힘을 빌려서라도 어떻게든 한 발을 떼려고 했던 농민들의 마음을 부적을 통해서 알 수 있을 것 같습니다.

농민과 동학의 만남

그날 예전부터 궁금했는데, 왜 동학농민운동이라고 하나요? 농민군이 모두 동학교도였나요?

신영우 유교가 인간 사회의 상하 관계와 신분 질서를 뒷받침해 주는 사상이라고 한다면, 동학은 인간 사회의 평등을 주장합니다. 사람들이 살기 어려웠던 때인데, 같이 도와 가면서 살자는 유무상자(有無相資) 사상이 매우 크게 받아들여졌겠죠.

신병주 신분 질서가 엄격하던 시대에 사람이 곧 하늘이라는 인내천(人乃天) 사상을 통해 사람들이 널리 평등할 수도 있다는 의식이 수탈의 대상이던 농민들에게 파급되었죠. 그리고 동학농민운동이라고 부르는 가장 큰 이유 중 하나는 전봉준과 손화중, 김개남[5]과 같은 지도부가 다 동학교도였다는 점이죠. 농민운동에서 동학이 했던 역할이 매우 크다는 의미로서 동학농민운동 또는 동학혁명으로 부르는 겁니다.

그날 더는 뺏길 것도 없는 백성들이 못 살겠다며 갈아엎어 보자고 봉

손화중(왼쪽)과 김개남(오른쪽)

기한 거잖아요. 백범 김구도 소년 시절에 동학에 입도했었데요. 그 이유를 물어보니까, "상놈 된 원한이 골수에 사무친 나에게 동학에 입도만 하면 차별 대우를 철폐한다고 해서 입도했다."라고 밝히거든요. 당시 기댈 것 없는 백성들에게 동학이라는 것이 버팀목이 되지 않았나 싶습니다.

최태성 기록을 보면 3월 20일의 무장봉기를 앞두고 열흘간 수만 명이 모였는데, 난민이 합한 것이 바로 이때부터라고 이야기하거든요. 동학교도들도 있었겠지만, 뜻이 맞아 함께 들고 일어났던 백성들도 힘을 합쳐서 싸우러 나간 것이죠.

1차 동학농민운동, 무엇을 얻었나?

신병주 4월 27일, 농민군 스스로 놀랄 정도로 전주성을 빨리 점령하죠. 그러니 조정에서도 매우 놀라는 거예요. 그래서 동학농민군을 진정하게 하고자 협정을 맺은 게 전주 화약입니다. 전주 화약은 우리나라 최초의 군관민 신사협정이라고 할 만하죠. 그 이후에 전라도 관찰사 김학진이 전봉준과 만나고, 전주 감영 이하 각 고을에 농민군들의 자치 개혁 기구인 집강소[6]가 설치됩니다. 그리고 국사책에 너무나도 잘 나오는 12개 조 폐정 개혁안에 합의한 뒤, 농민군은 조정을 믿고 바로 자진해서 해산합니다.

그날 여기서 잠깐 문제를 내 볼게요. 전봉준과 김옥균, 이 두 사람의 공통된 주장이 무엇인지 아세요?

이윤석 각자의 주장이 무엇인지는 그래도 좀 알겠는데, 두 사람 모두 공통으로 주장한 것이 뭔지는 모르겠네요.

최태성 어느 시대나 세금을 징수하는 문제는 심각하잖아요. 그래서 갑신정변 때도, 동학농민운동 때도 세금 징수에 관한 개혁을 주장합니다.

12개 조 폐정 개혁안과 집강소

그날 동학농민군이 봉기한 목적이라고 할 수 있는 12개 조의 폐정 개혁안을 자세히 살펴봐야 할 것 같아요. 이게 시험에 그렇게 자주 나온다면서요?

최태성 단골로 나오는 문제입니다.

그날 헷갈리죠. 그래서 대표적인 것 몇 가지를 보겠습니다. 먼저 "청춘과부의 개가 허락"인데, 이게 어떻게 폐정 개혁안이에요? 청춘과부가 개가를 못 했어요?

신병주 그때까지 과부들은 재가가 금지되어 있었어요. 조선의 헌법인 『경국대전』에 재가한 과부의 자손은 영원히 과거를 금지한다는 규정까지 있을 정도로 가혹했습니다.

그날 그런 악법이 어디 있나요?

신영우 예전에는 부모들끼리 어린아이를 두고서 서로 혼인 언약을 합니다. 그런데 돌림병 등의 이유로 결혼하기도 전에 신랑감이 죽는 일이 허다했죠. 그런데 여자 쪽에서는 "죽어도 너는 그 집 귀신이 돼라."라고 하면서 신랑감의 집으로 여자를 보내죠. 그럼 여자는 거기서 평생을 일하며 삽니다. 이런 비슷한 사례가 매우 많은데, 이건 너무 안됐다고 해서 청춘과부를 개가하게 하자고 동학에서 처음으로 주장합니다.

신병주 개가를 허락한다는 것은 갑신정변 때도 나오지 않은 개혁안인데, 동학농민운동을 통해서 처음으로 나와요. 농민군을 보면 주동자를 비롯한 대다수가 다 남자잖아요. 그런데도 여성의 안타까운 처지를 개선하려고 개혁안을 제시했다는 게 아주 중요한 점입니다.

그날 동학의 제2대 교주가 최시형[7]이잖아요. 그런데 최시형은 과부와 결혼합니다. 스스로 실천한 거죠. 동학농민운동에 여성들이 실제로 참여했나요?

신영우 네, 몇 가지 사례가 나옵니다. 홍주성 전투를 할 때 한 할머니가 조정의 진압군에게 밥해 주며 일했는데, 관군이 잘 때 총구에 물을 집어넣었답니다. 그래서 총을 사용할 수 없게 했다는 이야기도 나오죠.

그날 토지 평균 분작 같은 조항은 달성하기가 상당히 어려운 내용 아닙니까?

최태성 그건 혁명이죠. 이뤄 내려면 양반 지주들 토지를 뺏어서 나눠 줘야 하잖아요.

그날 노비 문서를 소각한다는 개혁안도 있네요. 양반 지주 세력들의 반발을 살 수밖에 없어요. 정말 혁명이에요. 그런데 저 내용을 동학농민군과 조정이 합의했다는 거잖아요. 백성들을 위한 개혁안을 내놓은 건 참 좋은데 실현이 돼야 하잖아요. 어떤 식으로 추진했을까요?

신영우 동학농민군이 장악했던 지역은 노비들이 스스로 해방됩니다. 주인집에서 살지 않고 나오죠. 그리고 균작이라는 말에서 작 자는 지을 작(作) 자거든요. 따라서 토지의 소유권을 나눠 주는 것이 아니라 경작권, 즉 소작권을 나눠 갖는 겁니다. 누구는 많이 경작하고, 누구는 적게 경작하는 일을 없애려고 한 거죠. 그 외에 양반이 빚을 많이 져 놓고서 갚지 않는다든가, 평민이 무덤으로 쓰려고 좋은 땅을 마련해 놨는데 그 자리에 양반이 강제로 자기 조상의 무덤을 쓴다거나 하는, 대단히 억울한 사연을 다 해소해 준 사례가 있습니다.

그날 집강소를 우리나라 최초의 관민 합동 통치 기구로 봐야 하나요?

최태성 농민 주체의 자치 개혁 기구로 봐야 하겠죠.

신병주 집강소를 통해 자치하던 시절에는 상하가 없이 평등하고 공평하게, 즉 양반이나 상민, 심지어는 백정과 노비까지도 신분과 관계없이 맞절하는 대등한 관계가 유지되었다고 하죠.†

그날 믿기가 어렵습니다. 그 당시에 유림들이 "향기 나는 풀을 악취 나는 풀과 함께 담을 수 없다."라는 식으로 얘기했다던데, 어떻게 그런 일이 있을 수 있는지 신기하네요.

최태성 거의 혁명적 상황이잖아요. 게다가 농민들이 그 지역을 접수한 거나 마찬가지이기 때문에 농민들의 힘이 강한 곳에서는 양반들이 안 따라올 수가 없는 거죠. 안 따라오면 큰일 나는 거고요. 반면에 농민들의 힘이 약한 지역에서는 양반이나 상전들이 집강소의 개혁을 인정하지 않는, 다소의 차이는 있었습니다. 예를 들면 강경파인 김개남이 다스리는 지역에서는 농민들의 힘이 셌죠. 그러니까 거들먹거리는 양반이 앞으로 지나가면 농민들이 양반의 갓을 벗겨서 찢어 버려요. 또한 악독한 상전들이 있으면 주리를 틀고 곤장을 때리는 모습도 나오죠.

그날 폭력적인 방법을 쓰는 건 아름답지 않지만, 오죽 시달려 왔으면 그랬겠어요. 수백 년을 내려온 원한과 설움일 텐데 말이죠. 신분제 타파라는 건 정말 조선 사회의 근간을 뒤흔드는 혁명적인 사건인데, 집강소를 통해서 민관 합의로 함께 실현하려 했다는 데 큰 의미가 있을 것 같아요. 풀뿌리 민주주의의 씨앗을 딱 뿌린 겁니다.

신병주 동학농민운동이 일어난 바로 그해에 갑오개혁이 단행되는데, 그 개혁 내용 중에 노비 제도의 완전한 폐지, 재정의 단일화 등은 농민군이 싸워서 제시했던 정책들이 반영된 사례로도 볼 수 있습니다.

최태성 과부 재가 허용도 들어갔고요.

그날 농민군의 봉기가 헛되지 않았네요.

† 귀천과 노소에 구애됨이 없이 똑같이 인사를 주고받았다. …… 노비와 주인이 함께 (동학에) 입도한 경우에는 …… 마치 벗들이 교제하는 것 같았다.
—『오하기문』

동학농민군의 2차 봉기

동학농민군 진압에 실패한 조정에서는
청나라에 파병을 요청한다.

그러자 일본에서도 출병을 단행했다.
하지만 속셈은 따로 있었다.

경복궁의 새벽을 뒤흔든 총성.
일본군이 기습 공격을 해 왔다.

일본군은 보호라는 명분 아래
고종과 왕비를 인질로 잡고
조선의 심장부를 점령했다.

뒤이어 청일전쟁을 일으키며
침략의 야욕을 드러내는 일본.

이에 삼남 지역을 중심으로
다시 한 번 깃발이 오르고
농민들이 모여들었다.

다시 일어선 동학농민군,
그들의 구호는 척양척왜로 바뀌어 있었다.

동학과 위정척사파의 차이는?

그날 구호가 척양척왜(斥洋斥倭)로 바뀌었어요. 지난번 1차 봉기 때는 수탈 때문에 일어섰는데, 이번에는 봉기의 성격이 달라졌네요.

최태성 그렇죠. 이제 봉기의 성격이 반외세가 된 거죠.

그날 반봉건에서 반외세로 구호가 바뀐 건데, 척양척왜라고 하니 왠지 최익현이나 이항로 같은 사람들이 떠올라요. 동학의 주장과 위정척사파의 주장이 좀 비슷했나요?

최태성 위정척사파는 성리학적 질서를 유지하고자 외국 세력을 배척한 거죠. 동학과는 주장이 좀 달라요. 전봉준의 공초 기록을 보면 "각 국인은 다만 통상만 할 뿐인데, 일본인은 병사를 끌고 와서 경성을 유린한 고로 우리나라 국토를 침략한 것으로 의하였다." 라고 말하거든요. 그러니까 전봉준은 서양 세력과 통상하는 것 자체를 반대한 건 아니죠. 다만 일본이 친일 정권을 만들어 군국기무처[8]를 통해서 내정에 간섭하는 것을 반대했으므로 위정척사파와는 조금 다르죠.

그날 위정척사파는 통상도 거부했는데, 동학은 통상을 거부하지는 않았군요.

최태성 그렇죠. 일본인들의 만행을 반대하는 데 주안점을 둔 거죠.

신병주 우리 역사에서 근대사로 나가는 과정을 보면 가장 중요하게 제시되는 구호가 반봉건과 반외세거든요. 그런데 위정척사파들은 반외세만 확실하게 실천하고 반봉건은 안 해요. 동학은 반외세와 반봉건 모두를 목표로 하고요.

다가오는 일본군

신영우 원래 조정에서는 동학농민운동을 진압하려고 청나라에 군대를 요청합니다. 그래서 청군이 아산만에 도착하는데, 일본도 곧바

청일전쟁 당시 일본군이 전투를 벌이는 모습

로 군대를 파견해 일본군이 인천을 거쳐 서울로 들어옵니다. 그런데 일본군은 청의 북양 함대를 피해서 인천 대신 부산을 통한 육로를 구축하려고 합니다. 그래서 부산에 상륙한 뒤 밀양에서 대구와 낙동강을 통해 서울까지, 그리고 평양까지 병참부를 설치하면서 전신선을 깝니다.

최태성 전신선로가 병참선로와 같은 노선으로 구축되면서 올라간 거죠.

그날 결국은 전선을 까는 것처럼 하면서 침략하는 길을 닦았다는 얘기잖아요. 전신선이 침략을 안내하는 차선처럼 된 거네요.

신영우 우리가 전선을 묶는 기둥을 전봇대로 부르잖아요. 그때는 전보를 쓰기 위해서 기둥을 세웠기 때문에 전봇대로 부르게 된 겁니다. 그런데 이런 전신망을 동학농민군이 끊으려고 시도함으로써, 청일전쟁 당시 후방에서 일본군에게 가장 심각하게 타격을 줬다고도 볼 수 있습니다.

신병주 기록을 보면 동래에서 내륙으로 상경하는 일본군이 지나가는 도로마다 숲을 헤치고 병참부를 설치했다는 보고가 올라와요. 또 한 7월경에는 일본군 1000여 명과 기마 70여 필이 계속해서 지나갔다는 기록도 있습니다. 그러니 당시 농민들로서는 정말 대규모로 전쟁이 일어날 것 같다는 분위기를 느꼈을 테고요.

그날 다시 전쟁이 나는 것은 아닌지 걱정됐겠어요. 공포심이 대단했겠네요.

신병주 침략을 예고하는 듯한 전주곡처럼 보였겠죠.

최태성 소름이 끼치네요.

그날 침략을 위한 시나리오가 준비되어 있다는 걸 백성들은 느꼈던 것 같아요.

동학농민군, 다시 깃발을 올리다

신영우 일본군과 조선군의 전력은 격차가 컸죠. 강화도조약[9]을 맺은 직후에 일본 첩자가 조선에 와서 몇 개월 동안 살피면서 돌아다닙니다. 그러고 일본으로 돌아가서는 "일본군 두 개 중대만 있으면 충분히 조선을 정복할 수 있다."라는 식으로 보고합니다. 그런데 1894년에는 일본군 한 개 여단이 서울에 와 있었습니다. 두 개 연대로 구성된 혼성 제9여단인데, 히로시마에 주둔하던 제5사단에서 뽑아 온 것이죠. 당시에 일본 전국에는 총 일곱 개 사단이 있었습니다. 그중 한 개 사단의 절반인 두 개 연대가 조선에 와서 경복궁을 기습한 거죠.

신병주 일본군이 경복궁을 기습해 공격한 사건은 농민군을 자극합니다. 일본군이 경복궁에 들어가서 고종과 명성황후가 있는 함화당이라는 건물 주변을 다 둘러싸요. 그리고 닥치는 대로 다 부수고 총과 칼로 저항하는 사람들 다 제거하는 있을 수 없는 일이 벌어지죠. 이 소식이 동학농민군에게까지 알려지니까 우리의 적은

경복궁을 점령하는 일본군

일본군이 되어야 한다는 목소리가 높아집니다.

그날 결국 우리나라 궁궐이 일본 군화에 짓밟히니까 반일 감정으로 똘똘 뭉친 거예요. 그런데 정말 신기한 게, 두 개 연대라는 엄청난 규모의 군대가 남의 나라 궁궐에 난입한 사건에 이름이 왜 없어요? 이름을 정해야 하는 거 아닙니까? 들어본 바가 없잖아요. 교수님 설명을 들어 보면 전대미문의 큰 사건인데 말이죠.

최태성 특별한 명칭은 없네요. 진짜 드문 사건인데 말이죠.

신영우 일본군은 경복궁을 공격할 때 조선과 전쟁을 벌인다고 생각했습니다. 처음부터 교묘하게 선전전을 펼쳤죠. 그래서 경복궁 점령에 관해 우리가 이렇게 간략하게 다루고 넘어가는 것은 어떻게 보면 일본의 의도대로 된 부분이 있습니다. 당시에 충청남도 쪽에서 유생들이 의병을 일으키려고 준비하니까 감사가 만류합니다. 집에 들어온 호랑이를 잡으려다 주인이 해를 입을 수 있다는, 즉 잘못 봉기했다가는 국왕이 해를 입을 수 있다는 논리로 의병을 못 일으키게 한 거죠. 아직은 조정이 있고 왕이 있으니까

최시형

의병을 일으키지 못하게 한 것인데, 농민군은 달랐습니다. 나라가 위기에 처하자 적극적으로 대응하려고 했죠. 이것은 임진왜란 이후에 내려온 반일 의병의 전통이 동학을 만나서 발현되었다고 얘기할 수가 있습니다.

신병주 동학농민운동이 반일, 즉 척왜로 나아갈 수 있었던 아주 중요한 원인을 일본이 경복궁에 난입하는 사건을 저지름으로써 제공했다는 사실을 확실하게 밝혀 줄 필요가 있죠.

그날 1차 봉기 때와는 달리 동학농민군의 2차 봉기 때는 어마어마한 수가 모였다면서요.

신영우 수는 정확하게 알 수 없는데, 대략 따져 본다면 우선 전라도에서 온 남접(南接) 농민군이 약 2만 명가량은 되지 않았을까 생각되고, 전봉준의 공초[10]를 보면 남접 농민군보다도, 즉 전라도 농민군보다도 다른 지역 농민군이 더 많았다고 하거든요. 그러니 적어도 3~4만 명 정도가 우금치 전투에 참여했다고 볼 수가 있죠.

최태성 그렇죠. 1차 봉기 때와는 다르게 2차 봉기 때는 교주인 최시형이 명령을 내리면서 봉기가 들불처럼 번지기 시작하는 양상이 나타나거든요.

그날 그때 최시형이 "호랑이가 지금 들어왔는데 앉아서 죽을 수 없다. 참나무 몽둥이라도 들고 나가서 싸우자."라는 얘기를 했던 것으로 압니다. 하지만 솔직히 이해가 잘 안 돼요. 동학은 조선 조정의 집요한 탄압을 받았잖아요. 그런데도 왕과 나라를 구하고자 일어섰다는 얘기인데, 이해가 가십니까?

신병주 이때 동학이 내세운 반봉건이라는 목표는 봉건제도에 의한 토지제도 문제라든가 탐관오리의 횡포 같은 것이지, 왕을 물러가게 한다는 쪽까지는 가지 않죠.

그날 일단 나라를 바로잡고자 일어선 거잖아요. 그러려면 일단 나라는 있어야 하니까 침략을 막아 내는 게 더 급했겠죠.

우금치에서 녹두꽃이 지다

일본의 동학농민군 토벌 작전이 시작됐다.
이에 맞서 공주 우금치에서
운명의 혈전을 벌이는 동학농민군.

고개를 넘기 위해 하루에도
쉰 번이 넘는 결사 항전이 이어졌다.
하지만 일본군의 화력은 상상 그 이상이었다.

7일간의 대혈투.
산과 들은 농민군의 시체로 하얗게 뒤덮였고
개천에서는 여러 날 동안 핏물이 흘렀다.
나라를 위한 농민들의 외침이 끊기는 순간이었다.

쓰러지는 동학농민군

그날 나라를 지키겠다고 일어선 동학농민군이 진짜 참담하게 패하네요. 처음에는 기세가 좋았잖아요. 서면 백산, 앉으면 죽산이라고 할 정도였는데, 이제는 죽어서 시체로 하얗게 뒤덮였다니까 마음이 정말 아프네요. 그러면 한 번도 이길 수가 없었던 건가요?

신영우 일본군이 두 차례 후퇴한 적은 있습니다. 하지만 대개는 동학농민군의 일방적인 패배입니다. 이인 전투와 효포 전투, 우금치 전투 등 수많은 전투가 있었습니다. 문의와 증약, 승전곡, 홍주, 석성, 금산, 농산 등 여러 지역에서 최소한 수천 명에서 만 명 이상이 되는 동학농민군이 전투를 벌이고 패배했습니다.

최태성 『진중일기』를 보면 "일본군이 보이는 대로 총살하는데, 일본군 한 명이 200~300명의 동학군을 상대한다."라는 기록이 있어요. 참 가슴이 아프지요.

그날 일당백이라는 말은 들어 봤어도 한 명이 200~300명을 감당한다는 건 너무하잖아요.

최태성 비질하듯 쓸고 내려온 거예요. 실제로 이때 전투에 참여한 일본 부대 중 19대대에서는 딱 한 명밖에 죽지 않았습니다.

그날 수적 차이가 어마어마했다고 알고 있거든요. 우리 농민군이 훨씬 더 많았는데 어떻게 저렇게 몰살당할 수 있는지 믿어지지 않아요.

동학농민군 vs. 일본군

그날 패배한 원인을 한번 짚어 보겠습니다. 어떤 환경에서 동학농민군이 일본군에 맞서 전투를 치렀는지 말이죠. 박금수 박사님, 왜 이렇게 일방적으로 참패당하는 건가요?

박금수 일단 총의 성능 차이가 너무 컸습니다. 당시에 일본군은 주로 영

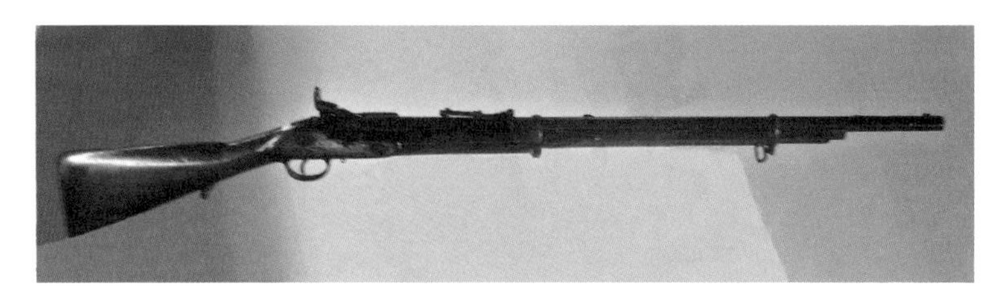

스나이더 소총

국산 스나이더 소총을 썼습니다. 이 총의 특징은 후장식이라고 해서, 탄환과 화약, 뇌관 같은 것이 일체형으로 되어 있다는 점입니다. 후장식 소총의 장점 중 하나는 바로 엎드려서도 연속적으로 사격할 수 있다는 거죠. 재장전이 간단해서 1분에 열다섯 발을 쏠 수 있습니다. 한 발 쏘고 나서 다시 쏘는데 4초 정도밖에 안 걸리죠. 반면에 동학농민군 대부분은 재래식 화승총을 썼습니다. 전장식이어서 탄환이나 화약 같은 것을 다 별도로 가지고 다니고요. 그래서 재장전을 하는 데 약 2~3분이 걸렸죠. 발사 속도만 비교해 보더라도 동학농민군이 한 발을 쏠 때 일본군은 약 서른 발에서 마흔다섯 발 정도를 쏠 수 있었던 거고요. 그 밖에 일본군의 소총은 유효사거리도 800미터였던 반면에, 동학농민군의 화승총은 120미터 정도였습니다. 게다가 동학농민군의 또 다른 치명적인 단점은 재장전을 하려면 반드시 몸을 일으켜야 한다는 거죠.

그날 엄폐가 안 되네요.

박금수 동학농민군이 한 발을 쏘면 거의 서른 발이나 마흔 발을 맞을 수 있는 상황, 즉 무기의 차이로 말미암아 일방적으로 패배할 수밖에 없었던 것입니다.

최태성 그러니 일본군 한 명이 300명을 상대할 수 있었겠네요.

이윤석 더 빨리 쏘고 더 멀리 쏘니 상대가 안 되지요.

동학농민군을 상대로 일본군이 사용한 탄환

신영우 대둔산에서 원광대학교 발굴팀이 조사해 실제로 일본군이 사용한 탄환을 확인했죠.

그날 탄환이 납작해진 걸 보면 누군가의 몸에 맞았던 총알인 것 같은데, 농민군의 몸속에 있던 것일 수도 있겠네요. 갑자기 답답해지면서 손이 떨려요. 농민군의 무기 보급이 너무나 열악했던 것 같아요. 양산 전투에서 마흔 명 정도 되는 농민군이 사살당했다는데, 지닌 무기가 화승총 두 자루와 창 스무 자루였다고 합니다.

최태성 일본군으로서는 조선에서 가장 위험한 세력을 동학군으로 파악했던 것이죠. 그래서 청나라를 상대로 전쟁을 벌이기 전에 자신들이 군사작전을 시행하려면 동학농민군을 먼저 진압해야 한다고 판단했던 거고요. 그래서 서둘러서 병력을 더 추가로 투입하는데, 바로 후비 보병 제19대대입니다.

그날 후비 보병 제19대대는 도대체 어떤 부대였던 겁니까?

박금수 동학농민군 토벌에 참여한 일본군은 2000여 명 정도입니다. 그 중에서 중추적 역할을 했던 후비 보병 제19대대는 719명 정도 투입됐고요. 이들은 현역 3년에 예비역 4년, 즉 7년간의 군 생활을 마친 베테랑으로 이루어진 부대입니다. 특히 대대장은 복무

경력이 30년이 넘는 베테랑 군인이었죠. 그리고 이들은 유럽에서도 군사 혁명이 거의 완성단계에 이른 독일을 통해 독일식 전법을 받아들였기 때문에 강력한 부대였습니다. 일본군이 구사한 작전도 매우 치밀했습니다. 주한 일본 공사관 기록을 보면 일본군은 서로, 중로, 동로의 세 갈래로 군사를 나누어서 동학농민군이 러시아 국경 쪽이나 경상도 또는 강원도 쪽으로 가는 것을 최대한 차단하고 서남 해안으로 몰아붙입니다. 즉 거의 토끼몰이를 하듯이 동학농민군을 밀어붙인 것이죠.

그날 죽음을 앞둔 동학농민군의 심정이 어땠을지 짐작이 안 됩니다.

최태성 무기도 열악했고요.

치밀하고 잔혹한 일본군의 학살

그날 마음이 정말 무겁고 소름까지 끼쳐요. 이 정도 되면 일본 본토에서 지령이 내려온 거겠죠?

신영우 "전체 학살하라."라는 지령이 내려왔습니다. 일본군 병참선을 지키는 수비병이 있는데, 이 수비병을 중심으로 동학농민군을 진압하다가 안 되겠다 싶으니까 대대 병력이 오는데, "동학농민군을 그대로 두면 안 된다. 전체를 초멸(剿滅)하라."라는 작전명령을 내립니다. 처음에는 한 명, 두 명, 세 명을 체포해서 처형하면 하나하나 보고하는데, 나중에는 100명, 200명 단위로 셉니다. 그리고 절반으로 줄여서 전투 보고를 하죠. 나중에 이 학살이 갖고 올 위험성을 인식했던 모양입니다.

그날 그러면 그때 일본 총리는 누구였고, 그런 명령을 내린 사람은 누구인가요?

신영우 총리인 이토 히로부미 외에 군부의 수장인 야마가타 아리토모 같은 사람들이 전체 책임을 져야 하고, 구체적으로 작전을 명령

이토 히로부미(왼쪽), 야마가타 아리토모(가운데), 가와카미 소로쿠(오른쪽)

한 인물은 참모차장인 가와카미 소로쿠입니다.

그날 "저항하든 저항하지 않든 무조건 학살하라."라는 공식적인 학살 명령을 내릴 수가 있는 겁니까?

신병주 일본으로서는 조선 침략에 방해가 되는 저항 세력들을 하나하나 다 제거해 나가는 겁니다. 1894년에 동학농민운동을 진압한 부대의 소속된 이들이 1년 후의 명성황후 살해 사건에도 참여하고요. 안타까운 건 조선 관군도 동학농민군의 편이 아니라 일본군의 편이었다는 거죠.

최태성 양반 유생들이 조직했던 민보군, 그리고 보부상들이 나름대로 조직을 만들어서 동학농민군의 이동 경로를 일본군에 제공하기도 했고, 토벌에 앞장서는 모습을 보이기도 한 게 또 한편으로는 가슴 아픈 단면이 아닌가 합니다.

그날 그 와중에도 내부에 적이 있었군요.

신영우 민보군은 각 지역에서 관군이 아닌, 양반과 유생 또는 향리들이 다른 농민들을 모집해서 무기를 주고 동학농민군을 진압하게 한, 어떻게 보면 일본군의 보조 역할을 하게 한 군대입니다. 왜 이런 일이 벌어졌는지 보면, 동학농민군이 무기가 없다 보니까

우지개를 쓴 모습

관청에 들어가서 무기를 빼앗아 옵니다. 그러면 조정에서는 무기를 지키지 못했다고 해서 처벌합니다. 또한 많은 동학농민군이 군사 활동을 하려다 보니까 먹을 양식과 돈이 필요합니다. 부자들을 찾아가서 헌납을 요구하는데, 부자들이 한 번은 주어도 두 번이나 세 번은 안 주죠. 자꾸 달라고 하니까요. 그럼 동학농민군이 강제로 뺏어 갑니다. 그래서 일본군을 앞에 두고 내부에서 대립하는 현상이 벌어지는 것이죠.

류근 나라를 뒤엎으려고 하는 것이 아니라 나라를 구하자고 일어난 농민군을 상대로 누가 적인지 아군인지도 구분을 못 하고 공격하는 상황이에요. 임진왜란 때 보면 일본이라는 외부의 적이 있는데도 선조와 조정 관료들이 권력과 기득권에 급급해서 의병들을 모함하고 해체해 버리잖아요. 그때와 똑같은 상황입니다.

그날 "동학농민군의 씨를 그야말로 말려라."라는 명령이 떨어지면서 본격적으로 학살이 시작되는 건데, 매우 잔인했다면서요.

최태성 살아남은 사람들의 증언을 보면 어떻게 이럴 수 있지 싶습니다. 혹시 우지개라는 말 들어 보셨어요? 짚으로 만든 머리 가리개인

목네미 샘

데, 동학농민군에게 씌우고 불을 붙입니다. 그럼 우지개가 바깥쪽으로 타는 게 아니라 안쪽으로 타들어 가서 사람을 죽이죠. 얼마나 잔인합니까?

그날 저렇게까지 해야 하는 이유가 도대체 무엇일까요?

류근 너무 잔인해서 전하기도 곤란한 얘기인데, 작두도 처형 도구로 사용되었다고 해요. 충남 태안에 가면 목네미 샘이라는 지명이 지금도 있다는데, 네 명을 세워 놓고 그중 한 사람에게 "네가 나머지 사람들 목을 치면 너만은 살려 주겠다."라고 한대요. 그래서 할 수 없이 세 명의 목을 치고 나면 "이제는 네 차례다."라고 하면서 또 목을 쳐 버린답니다. 그 목들이 굴러떨어져서 샘에 빠졌는데, 목이 네 개라고 해서 목네미 샘으로 부른다고 하고요.

신영우 갑오년에 일본군이 했던 짓이 얼마나 심했는지 눈 뜨고 볼 수가 없어서 심지어는 학살한 일본군도 정신병에 걸릴 정도로 큰 문제였다고 합니다.

압송되는 전봉준

동학농민운동, 그 후의 이야기

그날 동학농민군뿐만이 아니라 많은 양민도 학살되었을 거 아니에요? 그런데 전봉준 등 지도부들은 어떻게 되나요?

신병주 결과적으로 체포되죠. 재판받고 처형당합니다.

류근 전봉준이 압송될 때 수레를 타고 가는 이유가 다리가 부러져서라면서요. 안도현 시인의 신춘문에 당선작 제목이 「서울로 가는 전봉준」이에요. "봉준이 이 사람아/ 그대 갈 때 누군가 찍은 한 장 사진 속에서/ 기억하라고 타는 눈빛으로 건네던 말/ 오늘 나는 알겠네."

그날 죽는 순간까지도 강인한 눈빛을 잃지 않았다고 하잖아요.

신병주 김개남은 워낙 강경파이다 보니 그 지역 양반 지주들의 분노가 아주 커서 압송되어 가기도 전에 능지처참을 당하고 곳곳에 그 사체가 뿌려지는 안타까운 상황을 맞이하죠.

최태성 처형되고 나서도 역적으로 낙인찍히는 바람에 후손들은 족보도 바꾸고 뿔뿔이 흩어져 살아야 했다고 하네요.

그날 그 이후에 결국 나라를 뺏기잖아요. 그럼 누가 옳았는지도 판명되었을 텐데, 어떻게 두고두고 역적 취급을 받을까요?

최태성 동학농민운동이라는 용어가 교과서에 등장한 것도 근래의 일이고요, 그전까지는 동학란 같은 식으로 표기했습니다.

류근 저도 사실은 동학란으로 배웠습니다.

신병주 그런데 동학농민운동을 일어나게 한 발단이 된 인물인 조병갑은 어떻게 되었을 거 같아요?

그날 도망갔다고 했잖아요. 혹시 조병갑도 백낙신처럼 또다시 복직되는 거예요?

신병주 정말 백낙신의 전철을 그대로 밟아요. 나중에 재임용이 되어서 고등법원 판사로까지 출세하는데,† 1898년에 동학 교주 최시형에게 사형 판결을 내린 사람도 조병갑입니다.

그날 진짜 말도 안 되는 일이에요. 어떻게 이럴 수가 있습니까? 이러면 안 되는 거 아니에요? 우리 현대사를 봐도 친일파들이 나중에 독립군 출신들을 탄압하는 모습이 나오잖아요. 그런데 그런 일이 예전부터 그대로 반복돼 온 거였어요. 정말 안타깝습니다.

이윤석 저는 교수님께서 말씀을 거꾸로 하신 줄 알았어요. 최시형이 고등법원 판사가 되어서 조병갑에게 사형 판결을 내렸다고 말씀하셔야 하는데 말이죠. 하늘도 무심하네요.

그날 마음이 너무 무겁네요. 조선이 일본의 식민지로 넘어가는 크나큰 사건과 연결되는데도 그동안 동학농민운동에 관해서 우리가 배운 바가 없는 것 같아요. 저는 그게 가장 큰 충격으로 다가오거든요.

신영우 동학은 갑오년에 패배하고 난 뒤에 조선 왕조와 대한제국에서 탄압받았습니다. 일제 식민지 치하에서도 탄압받았고요. 광복 이후에는 교과서에서 반란으로 규정해서 오랫동안 매도당해 왔습니다. 그리고 그 큰 원인을 보면 일본 사람들이 교묘하게 만든 것도 있지만, 양반 지주층의 후손들이 계속해서 동학농민군을 '과거에 나쁜 짓을 했던 사람들'로 매도한 경향이 있었죠. 그런 인식이 오랫동안 풀리지 않다가 100주년이 될 때 명예를 회복하는 사업을 시작했습니다. 그리고 2004년에야 비로소 특별법에 의해서 명예 회복을 위한 법이 만들어졌습니다.

그날 법으로 규정한 공식적인 이름은 이제는 동학농민혁명인 거군요. 어떤 역사적 사실을 보면서 흥분하면 안 되는데, 좀 이상하게 감정 조절이 안 되네요. 후손으로서 대단히 미안하고 복잡한 심경이 듭니다.

† 4품 조병갑을 법부 민사국장에 임용하고 주임관 5등에 서임하였다.
—『고종실록』 35년(1898) 1월 2일

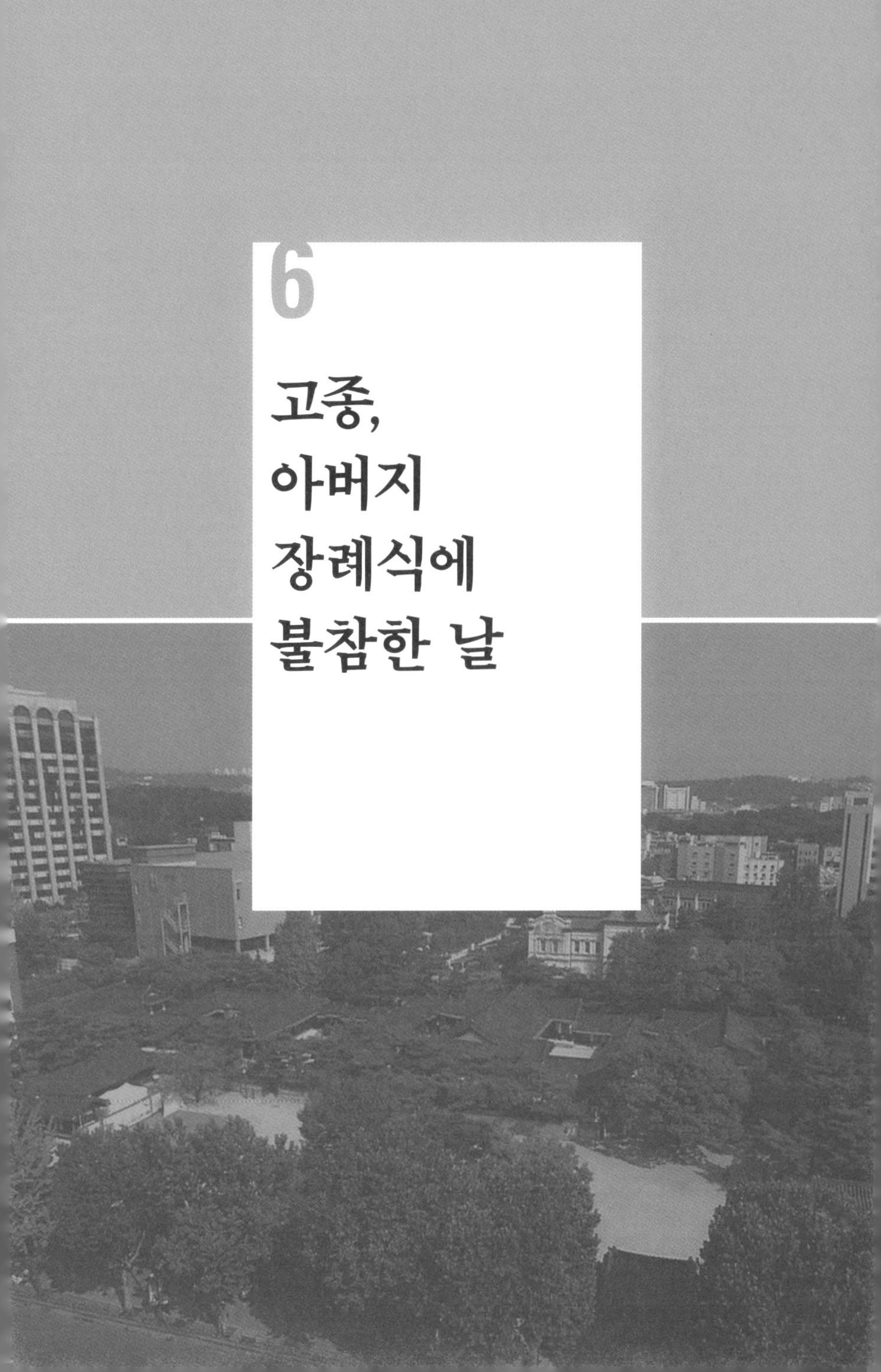

6

고종, 아버지 장례식에 불참한 날

조선의 왕들은 태종과 세종, 세종과 문종 정도를 제외하면 아버지와 아들의 사이가 좋은 적이 거의 없었다. 오히려 인간적·정치적 갈등 속에 서로가 제거 대상이 되기도 했다. 태조와 태종의 갈등을 비롯하여 선조와 광해군, 인조와 소현세자, 영조와 사도세자의 관계는 권력 앞에서 아버지와 아들이 핏줄이기 이전에 정치적 경쟁자였음을 잘 증명한다. 흥선대원군과 고종의 관계도 그러했다. 『매천야록』에는 고종이 흥선대원군의 장례식에 참석하지 않았다고 기록되어 있다.

1863년 12월에 철종이 후사 없이 사망하면서, 왕위는 흥선군 이하응의 아들인 고종에게로 계승되었다. 고종이 왕위에 오르는 데 결정적 역할을 한 인물은 아버지인 흥선대원군이었다. 흥선대원군은 철종에게 후사가 없는 상황에서 왕위 계승자를 지명할 권한을 지닌 신정왕후(조 대비)의 신임을 얻는 것이 아들을 왕위에 올리는 길임을 인식했다. 철종이 죽자 권력의 최정점에 선 신정왕후는 흥선대원군과 결탁해서 흥선대원군의 아들을 철종의 후계자로 지명하고, 흥선대원군에게 막강한 권력을 위임했다. 안동 김씨의 세도정치를 종식하는 데는 흥선대원군이 적임자라고 판단했기 때문이었다.

고종의 즉위로 조선 역사에서 최초로 살아 있는 대원군이 등장했다. 게다가 조정의 최고 실권자이기도 했다. 흥선대원군은 아들을 왕으로 만든 주역으로서 10여 년간 권력의 중심에 있었다. 먼저 19세기의 60년간 세도정치의 본산이라 할 수 있는 비변사를 폐지하고 의정부를 부활시켰으며, 삼군부를 설치하여 군부의 위상을 높였다. 안동 김씨의 좌장인 영의정 김좌근을 물러나게 하고, 호조판서 김병기는 광주 유수로 좌천시켰으며, 전영의정 김홍근에게는 정계 은퇴를 강요하였다. 흥선대원군은 인재의 고른 등용을 위하여 탕평 정치도 시행했다. 남인과 북인이 등용되었고, 서얼과 서북인들에 대한 차별도 완화되었다. 노론 중심의 소수 세도 가문에만 열려 있던 관리 임용의 길이 다수의 능력 있는 인재에게도 열렸다. 서원과 사우(祠宇)를 대대적으로 정리하는 사업에 나서기도 했다. 당쟁의 온상이라는 점을 부각하면서 1871년까지 전국에 있는 600여 개소의 서원과 사당을 철폐하였다. 사액서원 47개 소만이 서원 철폐령의 폭풍에서 겨우 살아남았다. 한편 호포법을 시행하여 양인들만 부담하던 군포(軍布)를 호포(戶布)로 개칭한 후 양반들에게도 군역을 부과하게 했으며, 고리대로 변질한 환곡제를 상당 부분 폐지하고 백성들의 공동 출자로 운영되는 사창제로 바꾸어 백성들이 저리로 곡식을 빌릴 수 있게 하였다.

그러나 흥선대원군에게도 정치적 위기가 찾아왔다. 1873년 10월, 최익현은 동부승지를 사직하는 상소문에서 집권자인 흥선대원군의 정책을 강하게 비판했다. 흥선대원군 쪽에서는 아버지와 아들을 이간질하는 흉악한 인물로 최익현을 규정했지만, 고종은 최익현의 상소문을 정직하다고 평가하면서 "그의 상소문을 가상하게 여기는 이유는 언로를 넓히기 위해서이다."라고 최익현을 지지하였다. 이제 고종은 아버지의 그늘 속에 있는 나약한 소년이 아니었다. 다급해진 흥선대원군이 고종을 직접 찾아가 10년간 자신이 이룬 업적들을 언급했지만, 고종은 별다른 대응을 하지 않고 아버지가 스스로 물러나기를 재촉했다. 결국 흥선대원군은 1874년 봄에 운현궁을 떠나 양주의 직동으로 낙향했다. 이후에도 두 사람은 1882년의 임오군란, 1884년의 갑신정변, 1895년의 을미사변과 같은 격동의 사건 속에서 계속 부딪쳤고, 해묵은 갈등과 불신은 부자의 사이를 영원히 갈라놓았다.

고종, 아버지 장례식에 불참한 날

홍선대원군으로 잘 알려진 석파 이하응이
향년 79세의 나이로 세상을 떠났다.

어린 아들을 왕위에 올리고 자신은 대원군으로서
한때 세상을 호령하던 최고의 권력가였지만,
생의 마지막 순간에 가장 각별한 한 사람을 만나고자 했다.

황현은 『매천야록』에서 죽기 직전까지
아들 고종을 보지 못했던 대원군의 애틋한 심정을 기록했다.

결국 흥선대원군은 아들을 보지 못한 채
쓸쓸한 죽음을 맞았다.
심지어 고종은 아버지의 장례식에도
얼굴을 보이지 않았다.

윤치호는 일기에서 아버지의 문상을 외면한 고종이
당시 비난의 대상이었다고 기록했다.

자식이 효도하는 것이 의무였던 조선 시대,
국왕이 저지른 불효는 충격적이었다.

아버지의 죽음을 외면한 고종.
대원군의 장례식이 있기까지
부자 사이를 갈라놓은 것은 무엇이었을까?

흥선대원군의 장례식

어긋나 버린 부자 관계

최원정 조선에서는 효를 대단히 중요시하는 분위기였을 텐데, 어떻게 아버지의 임종을 지키지 않은 것으로도 모자라 장례식에 참석하지 않을 수가 있는 거죠?†

주진오 고종은 왕이죠. 반면에 흥선대원군은 분명히 친아버지이지만, 왕의 신하이기도 합니다. 이런 사례가 처음 있는 거예요. 왕의 아버지가 살아 있었던 사례는 없었거든요. 처음이었기 때문에 매우 당혹스러운 상황이었을 것으로 이해되는데, 그래도 친아버지의 장례식에 가지 않았다는 것은 그만큼 두 사람의 사이가 대단히 나빴다는 것을 증명한다고 볼 수 있겠죠.

이해영 왕이라고 해도 여론이 신경이 쓰일 텐데 말이죠. 사람들이 뒤에서 수군댔을 거 아니에요?‡ 그런데도 안 갔다는 것은 뭔가 선언적인 의미가 있는 것도 같은데, 그 정도로 갈등이 깊었다고 볼

황현 초상 황현이 남긴 『매천야록』과 『오하기문』은 구한말의 역사를 생생하게 전하는 사료이다. 보물 제1494호.

수 있는 건가요?

신병주 그렇다고 봐야죠. 대비되는 사례 중 하나가 태조와 태종의 관계입니다. 고종과 흥선대원군 못지않게 부자 갈등이 심했죠. 결국에는 태종이 왕이 되니까 태조가 꼴 보기 싫다며 함흥으로 가잖아요. 그런데도 태종이 사신을 보내서 아버지를 계속 모시고 오려는 것은 아버지가 꼭 좋아서라기보다는 이른바 여론의 수군거림이 두렵다는 거죠. '늙은 아버지를 저렇게 멀리 떨어지게 해 놓고서는 무슨 놈의 왕이냐.' 그러니 태종 본인이 내켜 하지 않으면서도 여론을 의식해서 결국 모셔 오죠. 결과적으로 태종은 태조의 임종을 지켜보기는 합니다. 여기서 차이가 좀 나죠.

류근 고종이 어떤 생각으로 아버지 장례식에 안 갔는지는 모르겠으되, 인간적으로 봤을 때는 안타깝다는 생각이 드네요.

그날 정말 어긋날 대로 어긋난 부자 관계네요. 당사자들은 매우 힘들었겠지만, 호사가들에게는 대단히 좋은 소재잖아요. 이해영 감독님께서 두 인물을 소개해 주세요.

† 이하응은 "내가 주상을 알현하면 죽어도 여한이 없겠는데 어떻게 하면 좋겠냐?"라고 하였다. 잠시 후 그는 어가가 오지 않느냐고 물은 다음 긴 탄식을 하고 운명하였다.
—『매천야록』

‡ 고종 황제는 흥선대원군의 문상을 가지 않았기 때문에 많은 비난을 받았다.
—『윤치호 일기』 1898년 2월 26일

흥선대원군과 고종

이해영 그러면 두 인물을 소개해 드리겠습니다. 먼저 흥선대원군입니다. 본명은 이하응이고 1820년에 태어나서 1898년에 사망했습니다. 서자 두 명을 포함해서 3남 3녀를 뒀습니다. 키는 150센티미

이름	이하응	호	석파	거주지	운현궁 노안당
생년월일	1820년 11월 16일(음력)	사망일	1898년 2월 2일(음력)		
본관	전주	배우자	여흥부대부인 민씨	자녀	3남 3녀
교육 수준	한학(漢學) 수학	취미	난초 치기	어학	중국인과 필담 가능
외모	신장 5척(약 150센티미터), 강한 눈빛과 매섭고 날카로운 하관	성격	강한 카리스마 소유, 의도한 바를 관철하는 불굴의 투지(헐버트), 강철 같은 의지와 확고한 목표 의식(《코리아 리포지터리》)		

경력 사항	
1864년	섭정을 시작함
1865년 3월	만동묘의 철폐를 명함, 비변사를 의정부에 병합, 경복궁 중건을 명함
1871년 3월	양반도 평민과 똑같이 군포를 부담하는 호포제를 시행
1871년 4월	신미양요 승리 후 전국에 척화비를 세움
1873년 11월	고종의 친정 선포로 권좌에서 물러남
1882년 6월	임오군란 때 정계 복귀
1895년	을미사변 연루

흥선대원군 이력서

이름	이재황 → 이희	거주지	창덕궁, 경복궁 등	본관	전주
생년월일	1852년 7월 25일(음력)	사망일	1919년 1월 21일		
배우자	명성황후 외 후궁 일곱 명	자녀	9남 4녀(성인이 될 때까지 생존한 자녀: 순종, 의친왕, 영친왕, 덕혜옹주)		
교육 수준	역사와 전통 분야에 해박한 지식	취미	커피 마시기	어학	한문에 숙달
외모	신장 5피트 7인치(약 170센티미터), 온화한 표정의 소유자(버드)	성격	대단히 근면함, 세심한 주의력을 지님(버드)		

경력 사항	
1863년	12세에 조선의 제26대 왕으로 즉위
1866년	민치록의 막내딸과 결혼
1873년	친정을 선포함
1876년 2월	운요호 사건을 계기로 강화도조약 체결
1882년 5월	미국과 수교(조미수호통상조약)를 맺음
1886년 1월	사노비의 세습 혁파를 단행
1897년 10월	대한제국 선포
1907년 6월	이상설과 이준, 이위종을 선발하여 헤이그에 파견
1907년 7월	이토 히로부미가 퇴위를 공포

고종 이력서

「**이하응 초상 일괄**」**(금관조복본)** 보물 1499-2호. 국립중앙박물관 소장.

터로 좀 작은 편인데, 눈빛에 대한 묘사 등을 보면 다부진 사람이 아니었나 하는 생각이 들어요. 그런데 뜻밖에도 취미는 난을 그리는 것입니다. 다음으로 고종은 본명은 이재황이고, 아내는 여러분이 잘 아시는 명성황후입니다. 후궁은 일곱 명이 있었다고 합니다. 취미는 우아하게 커피 마시기고요. 열두 살 때 조선의 제26대 왕이 되었고, 이후에 대단히 많은 파란만장한 사건을 겪으면서 한 시대의 종착역에 섰던 비운의 왕이었습니다.

신병주 흥선대원군의 초상화를 보면 영조의 초상화가 떠올라요. 두 사람이 좀 닮았어요. 그런데 정책에서도 영조와 흥선대원군이 닮은꼴이라는 점이 주목됩니다.

주진오 한편으로 고종은 밤에 일하는 습관이 있었습니다. 낮에는 일하지 않고 저녁때부터 일해서 밤을 새워요. 그러니까 거기에 맞추려면 다른 사람들이 얼마나 힘들었겠어요. 갑신정변이 일어나던 날을 보면 개화파들로서는 고종이 평소처럼 밤에도 정신이 말똥말똥하면 안 되잖아요. 그래서 다른 사람들을 시켜서 고종이 낮에 계속 일하게끔 해서 일찍 잠들게 합니다. 덕분에 그날 개화파가 밤에 쳐들어가서 반란이 일어났다고 하니까 고종이 자다가 깨서 깜짝 놀라 비몽사몽간에 개화파가 하자는 대로 따라갑니다. 개화파가 의도한 대로 된 거죠.

고종은 어떻게 왕이 되었나?

그날 아버지의 장례에 가지 않은 아들의 속사정을 파헤쳐 봐야 할 텐데, 사건의 발단을 찾으려면 일단 고종이 왕이 된 때를 봐야 할 것 같아요. 아버지가 왕도 아닌데 어떻게 고종이 왕이 될 수 있었던 건가요?

신병주 흥선대원군이 철종 사후에 왕위 계승자를 지명할 권리가 있었던

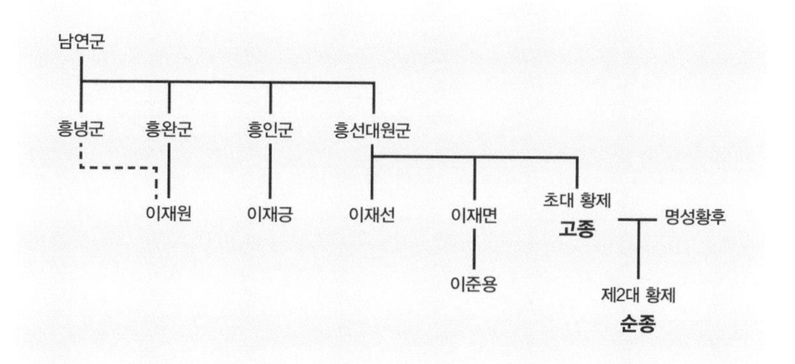

흥선대원군과 고종의 가계도

신정왕후와 합의해서 자기 아들 고종을 왕위에 올립니다. 여러 아들 중에서도 열두 살짜리 아들을 선택한 건 장기 집권을 노린 측면도 있고, 흥선대원군 자신이 일종의 섭정 역할을 하겠다는 야심 때문이기도 하겠죠.

그날 당시는 안동 김씨의 세도정치 시대였잖아요. 그런데 고종이 왕이 될 수 있었던 것은 안동 김씨가 차기 왕에 관해 준비가 안 된 상황에서 너무 급작스럽게 철종이 죽어서가 아닐까 하는 생각이 듭니다.

주진오 고종의 즉위로 우리나라 역사에서 처음으로 살아 있는 대원군이 등장합니다. 대원군이라는 호칭을 받은 건 흥선대원군만이 아니지만, 다른 대원군 세 사람은 아들이 왕이 되기 전에 이미 사망했죠. 그래서 아들이 왕이 됐을 때 왕권에 도전하거나 영향을 미칠 수가 없었습니다. 그런데 흥선대원군은 왕의 살아 있는 아버지로서 권한을 자꾸만 누리려고 해서 권력의 양극화 현상이 생길 가능성을 열어 놓습니다.

살아 있는 대원군이 등장하다

서울 도심 한복판에 자리한 흥선대원군의 저택 운현궁.
비록 역사의 흐름에 밀려 침묵하고 있지만,
한때는 궁궐보다 더 큰 위세를 자랑하던 격동의 공간이었다.

아들이 임금이 된 덕분에 좋은 집에서 편안하게 살게 됐다는
대원군의 흡족함이 묻어나는 운현궁의 사랑채 노안당.
대원군은 노안당에서 주로 손님을 맞았다.

대원군은 왕인 아들을 대신해
서원 철폐와 경복궁 중건 등 국가의 중요한 정책을
운현궁에서 고민하고 결정했다.

그런데 특이하게도 대원군이 거처하던 운현궁은
사방으로 문이 나 있다.

문을 열고 나가면 긴 통로가 나오는 구조.
대원군은 자신의 신변 안전을 위해
긴 통로에 많은 문을 만들어 두었다.

또한 대원군은 자기 뜻에 따라 거처인 운현궁에서
왕궁인 창덕궁까지 곧바로 드나들 수 있도록
궁궐에 전용문을 만들어 막강한 권한을 행사했다.

살아 있는 대원군의 등장은 또 다른 논쟁을 불러온다.

신분에 따라 가마가 정해지는 조선 시대.
가마꾼 여덟 명이 멘 8인여는 왕실의 대군용 가마다.

그리고 네 명의 가마꾼이 메는 교자는
종1품 이상의 정승급 대신들이 탔다.

원칙대로라면 8인여를 타야 했던 대원군은
대군의 예를 마다하고 교자를 택했다.
대원군은 무엇 때문에 교자를 선택한 것일까?

운현궁 노안당 대원군의 사저인 운현궁(사적 제257호)은 고종이 태어나 어린 시절을 보낸 잠저이기도 하다.

흥선대원군의 섭정과 개혁 정치

그날 아버지와 아들 사이에 핫라인[1]이 연결될 정도로 흥선대원군이 사실상 임금 노릇을 한 셈인데, 이왕이면 8인여를 타지 왜 초라한 4인여를 탔을까요?

주진오 8인여를 탄다는 것은 현실 정치에는 개입하지 않는 왕의 아버지로서만 살아야 한다는 의미가 있죠. 반면에 다른 대신들처럼 4인여를 탄다는 것은 현실 정치에 개입하겠다는 뜻을 드러낸 것으로 볼 수가 있고요.

그날 흥선대원군이 보내는, 뭔가 고도화된 정치적 메시지인 거예요. 머리 엄청 쓰는 것 같습니다. 대원군이 정사에 적극적으로 개입한 사례로 어떤 것들이 있나요?

신병주 교과서에도 많이 언급되지만, 당쟁의 온상이 된 서원을 정리하는 사업을 하고, 그 당시 세도정치 가문의 권력 기구로 전락한 비변사를 폐지한 다음 원래의 정승 회의 기구인 의정부를 부활

시킵니다. 그리고 환곡의 폐단에서 비롯된 고리대금 등을 막고자 국가에서 사창이라는 것을 설치해서 저렴한 이자로 농민들에게 곡식을 빌려주게 합니다. 또 하나 중요한 것으로는 호포법이 있지요. 요즘 군대 안 가는 사람을 가리켜 신의 아들이라고 하는데, 조선 시대판 신의 아들이 양반입니다. 조선 시대 양반들의 가장 큰 특권이 군역 부담이 없는 것이거든요. 그런데 이런 양반들에게도 군역의 의무를 부과한 게 흥선대원군입니다. 엄청난 개혁 조치죠.

그날 오늘날에도 하기 어려운 일들을 한 거잖아요. 이 정도면 대단한데요. 혁명적입니다. 그런데 양반들은 정말 싫어했겠어요.

주진오 조선 시대의 양반이 양반인 것은 조세 부담을 지지 않는다는 데 있거든요. 조세 부담을 진다는 것은 양반으로서 대접받지 못하는 것이라고 생각했고요. 사실은 조선 후기에 영조가 호포법을 시행해 보려고 했습니다. 그런데 신하들이 일종의 협박을 하죠. 왕실의 존립은 양반들의 지지를 기반으로 하는데, 호포법을 시행해서 양반들이 지지를 철회해 버리면 어떻게 나라가 살아남겠느냐는 얘기입니다.† 그러니까 영조도 뒤로 물러났었거든요. 그런데 이 어려운 개혁을 흥선대원군은 해냈다는 말이죠.

그날 참 대단하네요. 요즘도 과세나 증세는 쉽지 않은 일이잖아요. 그런데 그 당시에 기득권에게 과세를 했다는 것은 정말로 훌륭한 정책이 아니었나 하는 생각이 듭니다. 인정할 건 인정해야죠.

신병주 흥선대원군은 탕평 정치도 적극적으로 하려고 했습니다. 그 당시 최고의 정치 세력인 노론 세력을 억누르고 남인이나 북인, 소론, 심지어는 서북 출신까지 고르게 인재를 등용하려고 했죠.

그날 그런데 아버지와 아들의 사이가 안 좋아지기 시작하면서 이런 개혁 정책들도 후퇴하지 않았을까 싶어요. 정확하게 언제부터 부자 사이가 틀어지기 시작한 건가요?

† "이것은 나라를 망하게 할 술책이다. 어디로부터 이러한 의견이 나왔는가? 지금 국가가 유지해가는 것은 오직 명분을 정하고 유학을 숭상하는 데 힘입고 있는 것인데, 만약 이와 같이 한다면 명분이 무너지고 수치스러움과 원망을 부르는 결과가 될 것이니 진실로 행할 수가 없다. 그리고 모든 유생이 빈궁한 자가 많은데, 베를 바치지 않는 자는 반드시 가두어서 하민(下民)과 같이 형벌을 가하겠다는 말인가? 이와 같이 한다면 비록 베 1000만 필을 얻는다고 하더라도 유교를 무너뜨리고 국가의 명맥을 해치는 화를 구원하지 못할 것이다."
—『영조실록』 25년(1749) 8월 7일

고종, 홀로서기를 꿈꾸다

신병주 갈등 관계가 생긴 가장 큰 현실적 요인은 고종의 나이입니다. 요즘 식으로 표현하면 고종이 나이를 먹으면서 자아를 깨달은 거죠. 역대 왕의 사례를 보면 수렴청정을 받더라도 왕이 스무 살이 되기 전에는 대비가 철렴했거든요. 그래서 왕 본인이 친정을 했는데, 고종으로서는 '나만 왜 이렇게 아버지에게 계속 간섭을 받아야 하나?'라고 생각했던 거죠.

그날 충분히 이해되는 게 10대를 아버지 치하에서 숨소리 한 번 못 내고 눌려 왔잖아요. 그런데 스무 살이 되어도 아버지가 꿈쩍도 안 하고 있으면 정말 열받을 만한 일이죠. 친정을 할 나이인데 못 하게 하니까요.

주진오 고종이 스무 살이 되었을 때가 적기였습니다. 그때 흥선대원군이 물러나 주었어야 하는데, 권력이라는 게 한 번 맛을 보면 너무나 달콤하니까 놓기 싫은 거죠.

그날 스무 살 넘어서까지 아버지 말씀을 고분고분 잘 들었으니 효자 혹은 착한 아들로 불릴 수 있을 거 같아요.

신병주 이때 마침 청나라에서도 동치제[2]라는 황제가 섭정을 받고 있었어요. 어머니인 서태후[3]가 상당한 정치적 영향력을 행사할 때인

동치제(왼쪽)와 서태후(오른쪽) 동치제가 1875년에 20세의 나이로 급사한 뒤에도 서태후는 1908년에 사망하기 전까지 권력을 휘둘렀다.

데, 동치제가 1873년에 드디어 친정하게 됩니다. 그 소식을 들은 고종은 상당히 자존심이 상하죠. 열여덟 살인 동치제도 친정한다는데, 자기는 스물두 살이잖아요.

고종, 부국강병을 꿈꾸다

19세기 중엽은 서양 열강들이
동아시아로 몰려든 서세동점의 시기였다.
아편전쟁의 패배로 1842년에는 홍콩이 영국에 할양됐다.

일본은 미국에 의해 개항됐고,
영불 연합군은 청나라 수도인 북경까지 함락했다.

급박하게 돌아가는 국제 정세 속에서
조선 역시 자유롭지 못했다.

강제 문호 개방과 불평등한 교역 관계를 요구하는
열강들의 침략이 조선 땅에까지 자행되자
흥선대원군은 서양 세력을 배척할 뜻을 내세우며
전국 곳곳에 척화비를 세워 결사 항전을 촉구했다.

이때까지만 해도 고종은 대원군과 뜻을 같이했다.
그런데 신미양요가 일어난 지 1년 후,
청나라에 다녀온 연행사의 보고를 받을 때
고종은 이전과는 다른 모습이었다.

고종은 급박하게 돌아가는 국제 정세 속에서
조선도 고립에서 벗어나 근대화된 문물을 받아들여
부국강병을 이루어야 한다는 생각을 키워 나간다.

아버지와 아들의 대립이 시작되다

그날 고종이 격랑기 속에서 세상 돌아가는 것에 관심을 자주 보이기 시작하네요.[†]

주진오 개방하더라도 나라가 완전히 뒤집어지는 것도 아니고, 오히려 나라의 발전에 상당히 긍정적인 요소들이 있다고 본 겁니다. 세상을 바라보는 눈도 좀 달라지고, 무조건 무력으로 맞서 싸울 문제가 아니라 평화적인 교섭을 통해서 관계를 맺어 나가는 것이 더 바람직하다는 생각으로 변화하죠. 그러니까 고종이 친정하겠다고 나선 이면에는 단순히 자기가 마음대로 왕 노릇을 해 보겠다는 개인적인 욕망만이 아니라, 아버지가 지금까지 펼쳐 온 정책을 거부하고 수정하겠다는 문제의식이 있었다고 할 수 있죠.

그날 외부의 상황이 급박하게 돌아가는 가운데 고종이 성장하면서 문제의식도 품음으로써 아버지와 아들 사이가 점점 갈라지는 기운이 느껴져요. 그럼 결정적으로 대원군이 정치에서 물러나게 된 계기가 있었을 거 아니에요?

신병주 최익현의 유명한 상소문 때문에 결국 흥선대원군이 하야합니다. 최익현의 상소문을 보면 "친친의 반열에 속한 사람은 다만 지위를 높이고 녹을 많이 주되 국정에는 관여하지 말도록 하십시오."[‡]라는 대목이 가장 두드러집니다. 흥선대원군을 겨냥한 부분이죠. 고종은 상소문의 내용이 자기 아버지에 대한 모독일 수도 있는데, 오히려 매우 긍정적으로 평가하고 최익현을 상당히 인정해 줍니다. 흥선대원군이 항의하는데도 선을 긋고 상당히 매정하게 아버지를 물리치면서 독립해 나가는 기회로 삼죠.

그날 흥선대원군으로서는 정말 얼마나 허무했겠어요? 그녀가 자품으로도 나타난다면서요?

이해영 대원군의 취미가 난을 그리는 것이라고 말씀드렸는데, 실각한

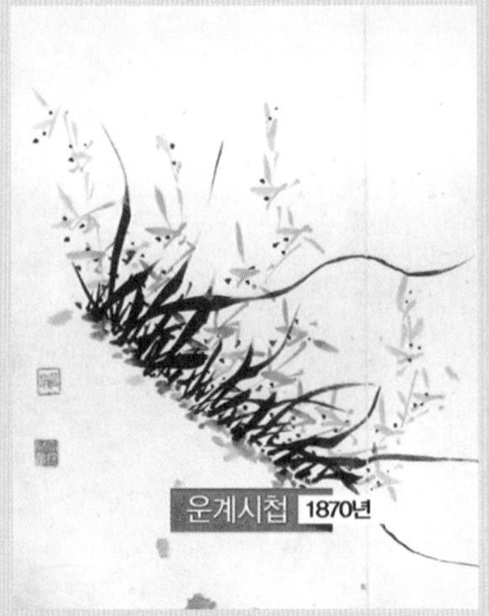

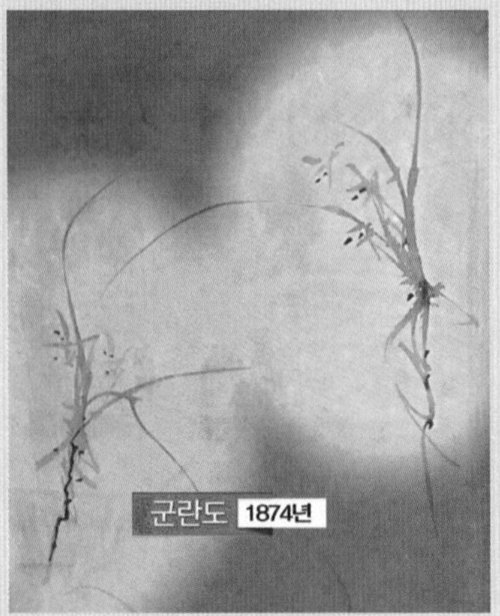

흥선대원군이 실각(1873년)하기 전과 후의 작품 비교

흥친왕 이재면(왼쪽)과 영선군 이준용(오른쪽)

후의 작품을 보면 이전의 작품과는 확실하게 차이를 느끼실 수 있을 겁니다. 허공에 난이 떠 있고 뿌리가 노출돼 있죠.

신병주 뿌리를 드러낸 난을 노근란(露根蘭)이라고 합니다. 뿌리를 노출한 난을 통해 권력을 잃은 자신의 처지를 빗댄 것으로 보죠.

그날 상소 하나 때문에 갑자기 아버지가 물러났어요. 아버지로서 가만히 있을 수 없잖아요. 사건이 없었나요?

신병주 흥선대원군도 정말 집요하게 아들을 공격하죠. '내 힘으로 왕 만들어 놨는데 나를 배신해?'라는 생각이 들잖아요. 그래서 대안을 찾죠. 자기 아들 중에 서자인 이재선을 충동질해서 왕으로 세워 보려는 움직임이 1881년에 있었습니다. 그다음에는 또 다른 아들인 이재면[4]의 아들, 그러니까 흥선대원군의 손자이자 고종의 조카인 이준용을 왕으로 추대하려는 사건이 1886년과 1894년 두 차례에 걸쳐 있었고요. 고종으로서는 '내 아버지가 맞나?' 싶을 정도로 계속 자식을 끌어내리려고 하는 거죠.

† "장차 왜와 중국이 교역을 한다는데 그게 정말로 사실인가?"
—『일성록』 1872년 4월 30일

‡ "종친의 반열에 속하는 사람은 그 지위만 높여주고 후한 녹봉을 줄 것이며 나라의 정사에 관여하지 못하게 하면서 『중용』에서 아홉 가지 의리에 대한 교훈과 직분에서 벗어나 정사를 논하는 데 대한 『논어』의 경계를 어기지 말고 잊지 말아 날로 새로워지고 또 새로워지도록 하소서."
—『고종실록』 10년(1873) 11월 3일

청으로 납치당한 대원군

1882년 서해, 중국 천진으로 향하는 군함 한 척에
온몸이 묶인 채 지친 모습을 한 조선인 한 명이 있었다.

놀랍게도 그는 흥선대원군이었다.
청나라가 치밀한 계획을 세워 대원군을 납치한 것이다.
어떻게 이런 일이 일어날 수 있었던 것일까?

1871년, 조선을 강제로 개항하겠다는 의도로
미국이 강화도를 침략하는 사건이 발생한다.
강력한 신식 화기로 무장한 미군에 의해
조선군은 큰 피해를 보았다.

두 차례의 양요를 거치며 부국강병의 필요성을 느낀 고종은
양반 자제들로 이루어진 별기군을 창설한다.

하지만 도시 하층민이었던
구식 군인들은 푸대접을 받아야만 했다.

1882년 6월, 결국 구식 군인들의 불만이 폭발했다.
13개월 동안 밀렸던 급료로 지급된 것은
양도 채 절반이 되지 않은 쌀로, 그마저도 썩어 있었다.

군인들의 분노는 점차 거세져 폭동으로 확대되었다.
이른바 임오군란이다.

고종의 개화 정책에 불만을 품은 사람들도 동조하기 시작했다.
봉기를 일으킨 사람들은 한마음으로
대원군의 재집권을 원했다.
고종은 결국 아버지에게 임오군란의 사태 수습을 부탁한다.

권좌에서 물러난 지 9년 만에 정치 전면에 나선 대원군.
아들이 펼친 주요 개화 정책들을 원점으로 돌리며
사건을 수습해 갔다.

하지만 정국 수습에 나선 지 33일째 되던 날,
대원군은 청나라에 의해 납치된다.
임오군란의 주모자라는 것이 이유였다.

대원군은 마산포로 이송되어
미리 준비되어 있던 청나라 군함에 태워져
중국 천진으로 강제 압송된다.

일국의 권력자로서 한 시대를 풍미한 대원군.
하지만 천진에 도착해 한낱 청의 포로 신세로 전락한다.
대원군은 당시에 겪었던 수모를 기록으로 남겼다.

낯선 이국땅에 유폐된 대원군은 그 후로 3년 1개월 동안
조선 땅을 밟지 못한 채 분노와 한을 삭여야만 했다.

신식 군대인 별기군의 모습

돌이킬 수 없는 부자간의 갈등

그날 어떻게 잡은 권력인데, 어떻게 아버지로부터 독립했는데 다시 아버지를 불러들여야 하는 고종의 심정은 어땠을까요? 도대체 임오군란이 얼마나 심각한 사태였기에 이런 상황까지 오게 된 거예요?

주진오 군사 대부분이 고종을 상대로 반란을 일으킨 셈이 된 거죠. 여러 가지 이유가 있겠지만, 하급 군졸들의 불만이라는 선에서 끝날 수도 있었는데, 대원군 세력이 개입하면서 하나의 반란이 되었습니다. 결국 고종은 강요에 못 이겨서 아버지에게 다시 정치를 맡기고 마는 거죠.

그날 음모론을 들이대자면, 임오군란은 민씨 일가를 몰아내려고 대원군이 사전에 계획하고 배후에서 조종하지 않았나 하는 생각도 할 수 있지 않을까요?

신병주 이 당시에 고종은 개화 정책을 적극적으로 폅니다. 1876년의 강화도조약 이후에 1881년에는 청나라로 영선사[5]를 파견하고 일본에는 조사시찰단[6]을 파견해 적극적으로 개화 정책을 추진합니다. 이 과정에서 불만을 품은 세력들이 대원군을 중심으로 결집했다는 견해도 있죠. 구식 군인들의 관점에서 보면 불만이 폭발하는 상황에서 믿을 수 있는 사람인 대원군을 추대한 것이고, 대원군도 이때를 기회로 보고 권력을 잡았다고 할 수 있고요.

그날 사전에 짜고 일으킨, 미리 정해진 각본대로 간 난이 아니냐는 말이 있어요.

주진오 우발적으로 일어난 사건을 대원군이 이용했다고 보는 게 맞지 않을까 하는 생각이 듭니다.

그날 그런데 납치라는 큰 사건이 있었어요.

주진오 한 나라의 최고 권력자가 허무하게 남의 나라로 납치되어 갔죠.

그날 너무 말도 안 되는 일 아닌가요? 이해가 안 가요. 왜 납치해 간 거예요?

주진오 청나라로서는 어느 쪽을 지지해야 하나 판단해야 했어요. 근데 청나라는 대원군이 집권하면 다시 옛날로 돌아갈까 봐 우려했습니다. 이미 조선은 개방되어서 서양과도 관계를 맺어 가고 있었는데, 다시 옛날로 돌아가면 갈등이 생기고 싸움이 생겨서 좋지 않다고 생각하죠. 거기다가 자신들이 개입할 수 있는 아주 좋은 기회를 잡았다고 보았고요.

신병주 결국 청은 대원군을 납치하면 자국이 조선에 미치는 영향력이 훨씬 더 커진다는 걸 고려했던 거죠. 그래서 위험부담이 큰데도 대원군을 납치해서 무려 3년간 억류했다고 합니다.

그날 3년 뒤에 대원군이 귀국했어요. 그동안 타지에서 고생하면서 얼마나 늙었겠어요. 주름도 깊어지고 몸도 다 병들었을 텐데, 이때 화해했으면 관계가 좋아졌겠죠? 그런데 아들은 아버지를 홀대해요.

신병주 대원군이 귀국한 후에 형식상으로는 대원군을 높이면서 받들어

흥선대원군 1883년, 중국 천진의 보정부에 감금되어 있던 시절의 사진이다.

줍니다. 그런데 의식과 절차의 내용을 보면 조정의 신하들은 왕명을 전하는 것 외에는 대원군을 사적으로 만날 수 없게 합니다. 또한 집에 일종의 울타리를 쳐놓는다거나 대원군을 접견하러 오는 사람들을 상대로 검문검색을 강화하죠.† 대원군을 완전히 정치적으로 고립되게 한 겁니다.

이해영 저는 고종이 보인 태도가 약간 이해돼요. 아버지를 감금했다는 엄청난 폭력적 선택이 이해되는 게 아니라, 정말 두려워서 그렇게라도 안 하면 아버지를 맞닥뜨렸을 때 자기가 어쩔 수 없이 무너질 걸 알기 때문에 스스로 다짐하듯이 그렇게 할 수밖에 없지 않았을까 하는 생각이 들거든요.

† 예조에서, "삼가 하교에 의거하여 대원군을 존봉하는 의식 절차를 대신들과 상의하고 별단(別單)에 써서 들입니다."라고 아뢰었다.
…… • 대문에 차단봉[橫杠木]을 설치할 것. • 대문은 습독관(習讀官)들이 윤번으로 입직할 것. …… • 조정의 신하들은 전명하는 일 이외에는 감히 사적으로 만나보지 못하게 할 것.
—『고종실록』 22년(1885) 9월 10일

아버지와 아들, 누구의 책임이 더 클까?

그날 인간적인 측면에서 말씀드린다면 둘 다 참 안됐고 가슴이 아픕니다. 누구 편을 들기가 참 곤란해요. 질문을 유치하게 드려 보면 학자들께서 보시기에는 누가 더 잘못했는지요?

주진오 따지기가 참 쉽지 않은데, 어떻게 보면 아버지가 분명히 자식에게 많은 것을 주잖아요. 그러니까 내가 준 만큼 대접받고 싶은 것은 인지상정이죠. 근데 아들에게 사랑만 줬다고 생각하지만, 따지고 보면 스트레스도 줬을 거예요. 그런 점을 통해서 봤을 때 대원군이 불행의 실마리를 먼저 제공했던 것이 아닌가 하고 생각해 봅니다.

신병주 아버지가 자식에게 믿음을 보여 줄 필요가 있어요. 이때 흥선대원군의 나이가 예순이 넘었거든요. 조선 시대 왕으로 치면 예순이 넘어서도 정치 일선에서 활약한 왕은 영조밖에 없거든요. 그런 사례를 보더라도 미련을 보이지 말았어야 했는데, 그러지 못한 흥선대원군에게 문제가 있었다고 생각합니다. 권력은 부자간에도 나눌 수 없는 것이라는 말이 있잖아요.

류근 아버지의 시대가 있고 아들의 시대가 있는 게 아닌가 하는 생각이 듭니다.

그날 아버지가 다른 나라로 잡혀갔는데도 왕은 아버지를 방치했습니다. 근데 아버지와 아들의 사이를 안 좋게 한 가장 결정적인 사건은 을미사변이 아니었나 싶어요.

신병주 을미사변으로 또 한 번 흥선대원군이 권력의 중심에 들어설 뻔했었죠. 이때 흥선대원군의 나이가 일흔이 넘었거든요. 일흔이 넘었는데도 권력에 변동이 있으면 기회를 포착하려는 권력 지향성이 있었다는 거죠.

이해영 을미사변은 고종으로서는 아내가 연관된 사건이잖아요. 이때 아버지와 아들의 관계는 돌이킬 수 없게 되지 않았을까 생각됩니다. 선을 벗어난 거죠.

빅 데이터를 통해 본 흥선대원군과 고종

그날 흥선대원군과 고종의 이야기가 오늘날을 살아가는 우리에게 분명히 뭔가 시사하는 바가 있을 거예요. 그래서 빅 데이터를 통해 현대인들은 흥선대원군과 고종을 어떻게 생각하는지 한번 확인해 보겠습니다.

송길영 먼저 고종은 어떤 이미지로 사람들의 마음속에 자리 잡았을까요? 첫 번째, 커피를 사랑하는 고종입니다. 두 번째, 비운의 고종입니다. 사랑하는 여인을 잃고 사랑하는 나라를 잃었던 비극 속의 주인공으로서 고종의 이미지가 깊게 남았었군요. 마지막으로 세 번째는 나약한 인간으로서 고종입니다. 외세 때문에 겪은 여러 가지 어려움을 피해 다시 외세에 의지하던 아관파천[7] 같은 사건들이 우리가 고종을 나약한 사람이라고 여기게 한 것 같습니다. 그렇다면 흥선대원군은 어떠한 이미지로 남아 있을까요? 첫 번째는 왕권 강화를 꿈꾸었던 강인한 인물의 이미지가 남아 있습니다. 척화비[8]를 세워 외세를 배척했고, 왕권을 강화하고자 경복궁 중건처럼 어려운 일들을 시도한 것이 흥선대원군의 이미지를 만든 것 같습니다. 두 번째는 갈등과 여러 가지 사건의 중심

이름	이미지	키워드
고종	커피를 즐겼던 고종	즐기다(커피), 좋아하다(커피)
	비운의 고종	전쟁, 비극, 재앙, 무릎 꿇다, 치욕, 빼앗기다(나라), 반대하다(쇄국정책)
	무능하고 나약한 고종	나약하다, 무능하다
흥선대원군	왕권 강화를 꿈꾸던 인물	꿈꾸다(왕권 강화)
	반발과 갈등의 중심	전쟁, 납치, 불만, 반발, 갈등, 거부하다(수교), 비판하다(실정)

고종과 흥선대원군은 어떤 이미지로 자리 잡았을까?

입니다. 며느리 명성황후와 정치적인 갈등이 있어 계속 사이가 안 좋았고, 죽는 순간까지 아들을 보고 싶어 했지만, 아들은 장례식장에도 오지 않았던 비극적인 갈등의 주인공으로서 우리는 흥선대원군을 기억합니다.

그날 현대인들의 생각을 들어 보셨는데 어떠신가요?

신병주 고종과 흥선대원군에 대한 관심이 많다는 걸 알 수 있네요.

그날 류근 시인께서는 어떤 점이 많이 와 닿으셨어요? 시사하는 점이 있나요?

류근 역사라는 것이 결국은 권력 쟁탈전이 아닌가 싶은데, 권력을 잡은 자나 권력을 잃은 자나 돌이켜 생각해 보면 다 죽었잖아요. 그걸 기억하면 어떨까 합니다.

비극의 원인은 무엇인가?

그날 아버지와 아들의 관계를 쭉 살펴봤는데, 애초에 아들을 왕으로 만들고자 했던 대원군의 의도는 무엇이었을까요?

신병주 흥선대원군은 왕이 아니었지만, 실질적으로는 자신이 왕이나 다름없다고 생각했을 거예요. 그 결과 아버지와 아들은 갈등하는 관계가 되어 버렸고요.

그날 두 사람이 꿈꿨던 조선의 모습은 달랐을까요? 알고 보면 같은 목표가 있지 않았을까요?

주진오 두 사람 다 조선의 부국강병과 자주독립을 바랐죠. 하지만 방법이나 과정에 관해서는 서로 생각이 달랐던 것 같고, 두 사람이 협력해서 자신이 잘할 수 있는 부분을 맡는 식으로 역할을 분담했으면 정말 좋았겠지만, 결국은 내가 아니면 안 된다는 태도가 파국을 낳고 불행을 가져오지 않았나 하는 생각이 듭니다.

그날 고종의 아버지 장례식 불참 사건에 관한 소회를 한번 말씀해 주시겠어요?

이해영 저는 아버지와 아들이 겪은 비극의 원인을 권력욕으로만 놓고 보면 석연치 않은 부분이 있는 것 같아요. 제가 보기에는 자기 존재를 증명하고 싶은 욕구 때문에 두 사람이 반목한 것 같아요. 아버지와 아들은 서로에게 자기 존재를 증명하려고 했고 인정받고 싶었던 거죠. 그런데 서로를 배려하지 않은 상태에서 자기 존재만 내보이고 과시하려 했기 때문에 모든 비극이 생기지 않았나 합니다.

류근 모 개그 프로그램의 코너 제목이 '대화가 필요해'였습니다. 이 부자의 비극이 대화의 부재에서 시작된 것이 아닌가 싶어요. 부자가 조금만 더 긴밀하게 대화했으면 우리 역사가 조금 더 다르게 진행되지 않았을까 하고 생각해 봅니다.

신병주 요즘 표현으로는 소통해야 한다는 거죠.

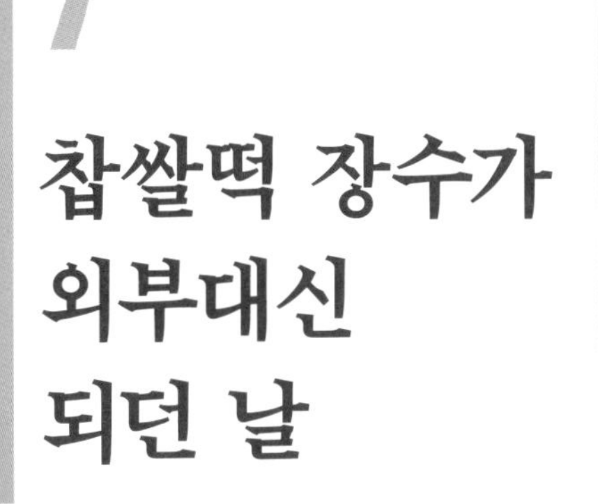

7

찹쌀떡 장수가 외부대신 되던 날

1904년 4월, 대한제국의 외교를 책임질 외부대신으로 당시 47세였던 이하영이 임명되었다. 그런데 이하영에게는 한때 찹쌀떡 장수를 한 적이 있다는 특이한 이력이 있었다. 찹쌀떡 장수가 어떻게 해서 최고위 외교관에 오를 수 있었던 것일까?

이하영은 1886년(고종 23) 외아문주사(外衙門主事)를 지내고 이듬해 사헌부 감찰을 거쳐 전환국위원(典圜局委員)이 되었다. 그해 9월에는 주미공사 박정양의 일행으로 미국으로 건너가 서기관이 되어 미국에 주재하였다. 1889년에 귀국할 때는 우리나라의 철도 건설에 관심을 보인 미국 정부로부터 철도 모형을 얻어 왔다. 이처럼 이하영이 출세할 수 있었던 바탕에는 뛰어난 영어 실력이 있었다. 그런데 대표적 친일파인 이완용 역시 영어 실력을 바탕으로 출세의 길을 걸었다는 점이 흥미롭다.

근대 제국주의 세력이 조선에 밀려오던 19세기 말에 조선이 최초로 조약을 체결한 나라가 미국이었다. 1882년에 조선과 미국은 조미수호통상조약을 맺었는데, 미국의 등장으로 영어에 대한 관심도 당연히 높아졌다. 당시에 배재학당을 세운 아펜젤러의 회고에는 조선 사람들이 영어에 관심을 품고 공부하는 목적이 출세를 위한 것이라고 나와 있다. 1886년에 설치된 최초의 근대식 공립학교인 육영공원에서도 영어 교육에 중점을 두었다. 영어를 가르치는 교수들은 모두 미국에서 초빙한 미국인들이었다. 이완용은 과거 합격자인데도 육영공원에 입학했고, 이때 익힌 영어 실력은 주미공사관으로 파견되는 데 도움이 되는 등 출세의 사다리 역할을 했다.

그렇다면 고종에게 미국은 어떤 나라였을까? 개화기의 조선에서 활약했던 미국인인 헐버트와 아펜젤러, 알렌과 같은 인물들은 근대식 학교와 근대식 병원의 건립 등에 공을 세우면서 좋은 인상을 남겼다. 덕분에 고종은 조선을 도와주는 나라라는 이미지로 미국을 바라보았고, 그 뒤에 숨은 제국주의라는 그림자를 쉽게 간파하지 못했다. 1905년 7월, 미국과 일본은 필리핀과 대한제국에 대한 서로의 지배를 인정한 협약인 가쓰라-태프트 밀약을 맺었다. 이 밀약은 미국의 승인 아래 일본이 한반도의 식민화를 노골적으로 추진하는 계기가 되었다.

미국의 부상과 더불어 영어라는 장기를 지닌 이하영이나 이완용 등은 출세의 길을 걸었지만, 지식인의 책무나 역사의식을 지니기는커녕 출세에만 급급한 모습을 보였다. 이하영은 1895년에 궁내부 회계원장이 되었으며, 이듬해 한성부 관찰사가 되었다가 주차 일본국 특명전권공사로 임명되었다. 1897년에는 일본 정부로부터 훈장을 받았으며, 이후 중추원 의장 등을 역임한 후 1904년에 현재의 외교부 장관에 해당하는 외부대신이 되었다. 재임 기간에 일본의 황무지 개척권 요구, 제1차 한일협약, 일본 헌병대의 경찰권 장악 등 주요 사건마다 각종 이권을 일본에 넘겨주는 데 주도적인 역할을 했다.

『매천야록』에는 "우용택이 이하영을 방문하여 그의 얼굴에 침을 뱉으며 말했다. '네가 나라를 팔아먹다 못 해서 내지 하천의 항행까지 허락했구나. 이제 하천은 끝났으니 앞으로 또 무엇을 팔아먹겠느냐?' 하면서 '역적을 죽이라.'고 크게 고함을 치고는 이하영의 가슴을 차고 뺨을 찼다." 라는 기록이 있어서, 이하영을 향한 당시 조선인들의 분노를 확인할 수가 있다.

이하영은 1910년에 한국과 일본의 강제 병합에 기여한 공로로 자작의 작위를 받았으며, 1929년 3월 1일에 사망할 때까지 조선총독부 중추원 고문으로 활동하는 등 뼛속 깊이 친일파로 살다가 생을 마감했다. 그러나 이하영의 친일 행적은 「친일반민족행위진상규명보고서」에 자세히 기록되어, 역사는 이하영을 친일파로 응징하고 있다.

찹쌀떡 장수가 외부대신 되던 날

1904년 4월, 대한제국의 외교를 책임질
외부대신이 새로 임명된다.

주인공은 당시 47세의 이하영.
이후 이하영은 대한제국의 핵심 요직에서
성공 가도를 달린다.

그런데 이하영에 관해 남겨진 묘한 기록이 있다.
과거에 이하영이 찹쌀떡 장수였다는 것이다.

한미한 가문의 찹쌀떡 장수가
어떻게 미천한 출신의 한계를 딛고
외부대신의 자리에까지 오를 수 있었을까?

윤치호

찹쌀떡 장수의 인생 역전

최원정 당시에 찹쌀떡 장수가 어떻게 대신이 될 수 있었을까요? 대단한 인생 역전이에요.

신병주 외부대신은 오늘날로 치면 외교부 장관입니다. 외교에 관한 모든 사무를 맡아보던 인물인 셈인데, 이하영은 관직을 외무아문[1]의 주사로 시작했거든요. 요즘으로 치면 외교부의 하위직 공무원으로 출발해 장관까지 오른, 그야말로 입지전적인 인물이죠.

이해영 찹쌀떡 장수였다는 얘기는 정말인가요?

한철호 이하영이 죽었을 때 윤치호의 일기를 보면 "찹쌀떡 장수였던 이하영이 죽었다."[†]라고 나옵니다. 그런데 그 외에는 다른 자료들이 없어서 과연 정말로 찹쌀떡 장수를 했을까 하는 생각도 들지요. 다만 이하영이 부산 기장 출신인데, 집안이 매우 빈한해서 먹고살기 위해서 많은 일을 했을 테고, 아마 찹쌀떡 장수가 나름대로 짭짤하게 수입을 올릴 수 있는 일이므로 찹쌀떡 장수를 했을 가능성은 있습니다.

† 이하영이 어제 죽었다는 소식을 들었다. 그는 부산 거리에서 찹쌀떡 장사로 인생을 시작했다.
—『윤치호 일기』 1929년 2월 28일

이하영의 성공 비결

그날 찹쌀떡 장사를 하다가 외교부 장관이 된 거면 대단한 출세잖아요. 성공 비결이 뭐였을까요?

한철호 전통적인 사회였으면 불가능했을 텐데, 이하영이 살았던 시대는 1876년에 개항이 되고 나서 전통 사회가 붕괴하고 근대사회가 시작되는 역사의 격변기였죠. 이하영은 당시 세계를 아는 수단 중에 가장 중요했던 영어에 남들보다 일찍 눈떠서 영어를 기반으로 출세할 수 있는 발판을 마련했다고 볼 수 있습니다.

그날 영어가 당시에도 성공할 수 있는 수단이었나 보네요. 그런데 이하영의 운명적인 만남이 메스와도 관련이 있다고 합니다. 메스를 든 사람을 만난 거죠.

신병주 이하영이 의사를 만나죠. 의료 선교사 출신으로 조선에 들어와서 나중에는 주한 미국 공사까지 지내는 알렌이라는 인물인데, 이 알렌이 조선에 들어올 때 우연하게도 이하영이 같은 배를 탔어요. 이 만남으로 두 사람 사이에 친분이 생기고, 이하영이 알렌 밑에서 배운 영어를 무기로 출세하죠.

그날 매우 극적인 만남인데, 지금 이야기하는 알렌이라는 사람이 갑신정변 때 민영익을 치료해 주고 10만 냥을 받았다던 그 알렌인 거죠?

한철호 10만 냥보다 더 중요한 것은 그 당시 최고의 권력자인 민영익의 목숨을 살려 줬다는 거죠. 높은 곳을 향해서 나아갈 수 있는 좋은 끈을 잡았다는 게 제일 중요한 것 같아요. 그리고 이때 민영익에게 한 수술이 우리나라에서는 처음으로 시행된 근대적 외과 수술이거든요. 그래서 모든 사람이 대단한 신의(神醫)가 왔다고 평했습니다. 그전에는 끊어진 동맥을 꿰매고 엮는다는 걸 상상하지 못했는데, 수술에 성공함으로써 알렌이 출셋길을 달리죠.

신병주 알렌이 "이제는 내가 조선에서 가장 영향력이 큰 인물이 되었다."라고 자부할 정도가 돼요. "왕의 신임도 나는 한 몸에 받고 있다."라고 말할 정도인데, 이하영이라는 인물도 바로 이 알렌의 적극적인 후원으로 출세 가도를 달릴 수 있게 되죠.

류근 제가 알기로는 이하영은 알렌의 요리사였다가 통역사가 된 건데, 왜 이하영에게 벼슬까지 줬나요?

한철호 이하영은 과거에 합격한 사람도 아니니 벼슬에 오를 자격도 안 됐습니다. 하지만 알렌이 고종의 주치의로서 궁궐을 드나들면서 이하영도 궁궐에 출입하는데, 그러려면 관직이 있어야 하니까 준 거죠.

그날 이하영의 성공 비결로 영어를 들었는데, 당시에 영어를 잘한다는 게 어떤 의미였을까요? 영어를 쓸 일이 많았을까요? 당시 조선은 외국과 교류도 거의 없었을 것 같은데 말이죠.

조미수호통상조약 체결

1882년, 조선은 서양 국가와 최초로 조약을 맺는다.
그 대상은 바로 미국.

조선을 대표해서는 신헌과 김홍집이 자리에 앉았고,
미국 측은 해군 제독 출신의 슈펠트가 전권을 맡았다.

그런데 이때 통역관의 자리에 앉은 인물은
청의 외교관인 마건충이었다.

당시 조선에는 영어를 할 줄 아는 사람이
한 명도 없었다.

조선 관리가 협상 내용을 한자로 써서
중국인 통역관에게 건네주면,
그 내용을 다시 영어로 통역하는 방식으로
협상이 진행됐다.

복잡한 이중 통역을 통해
최종 조율된 조선과 미국의 통상 조약.

조약의 첫머리에는 상대국이 어려움을 당하면
반드시 서로 돕는다는 조항이 자리 잡았다.

신헌(왼쪽)과 로버트 슈펠트(오른쪽)

조선, 미국을 만나다

그날 조미수호통상조약을 체결했네요. 조선이 서양 열강 중에서는 미국과 처음으로 조약을 맺은 건데, 왜 미국을 선택한 건가요?

한철호 중국의 영향력이 크게 작용했습니다. 청은 조선을 동쪽의 울타리로 생각했습니다. 다른 열강, 즉 일본이나 러시아가 조선을 점령할 경우 육로로 북경을 직접 공격할 가능성이 크니까요. 그래서 조선만큼은 식민지로 전락하지 않게 해야 했는데, 자기들 앞가림하기에도 힘이 부족하니까 어떻게 해서든지 조선이 다른 나라에 의해서 독점되는 것을 막고자 다른 서양 열강들을 끌어들여서 이해관계를 나눠 가지려 한 거죠. 그 대상으로 선택된 게 미국이고요.

그날 전통적인 이이제이(以夷制夷) 정책이죠.

한철호 맞습니다. 미국이라는 오랑캐를 끌어들여서 러시아와 일본이라는 오랑캐를 견제하고 방어하게끔 하려는 전략입니다.

신미양요 당시 미군에게 탈취당한 수자기 장기 대여 형식으로 2007년에 반환되었다.

그날 그런데 당시에 조선은 미국을 어떻게 보았나요?

신병주 인상이 안 좋았죠. 조선과 미국 사이에 일어난 대표적인 사건으로 신미양요가 있습니다. 1871년에 미국 함대가 강화도에 나타나서 병력을 상륙하게 합니다. 이때 상륙한 미군이 약 1200명인데, 해병대 병력이 반 정도를 차지합니다. 미국은 남북전쟁을 끝마친 지 얼마 안 된 시점인데, 이 해병대가 실전 경력이 풍부한 정예 부대이다 보니 조선군이 속수무책으로 당합니다. 그래서 기록을 보면 미군 전사자는 세 명 정도밖에 없는데 조선군 전사자는 300여 명에 달하죠. 그리고 이때 조선군을 지휘하던 어재연[2]이 전사합니다.[†] 그 과정에서 장수를 상징하는 깃발인 수자기(帥字旗)를 미군이 약탈해 가지요.

그날 그렇게 아픈 기억이 있는 건데, 왜 갑자기 생각을 바꾸어 미국과 조약을 맺은 걸까요? 트라우마 같은 게 있었을 텐데 말이죠.

한철호 청나라가 매우 조직적으로 권유했죠. 수신사로 일본에 갔었던 김홍집을 통해서 "조선이 자주독립을 보전하려면 기본적으로 중국과 친해야 하고, 심지어는 일본과도 결탁해야 하지만, 더 중요한 것은 미국과 연합해야 한다."라는 내용을 흘렸습니다.

신병주 『사의조선책략』[3]이라는 책에 나오는 "친중국, 결일본, 연미국"이라는 주장이죠. 중국이나 일본은 이웃 나라이니까 당연히 들어가겠지만, 미국을 넣었다는 게 상당히 이례적이잖아요. 러시아도 있고 프랑스도 있고 영국도 있는데 말이죠.

† 찰주소의 광진 보루에 달려가 보니, 보루는 텅 비었고 흙 참호는 모두 메워졌기에, 즉시 마을 사람들을 동원하여 흙을 파냈더니 중군 어재연과 그의 친동생 어재순, 대솔 군관(帶率軍官) 이현학, 겸종(傔從) 임지팽, 본영의 천총 김현경이 피를 흘리고 참호 속에 묻혀 있었습니다. 그 나머지 여러 시체는 몸과 머리가 썩어서 누가 누군지 분간할 수가 없었습니다.
—『고종실록』 8년(1871) 4월 28일

미국을 사랑한 고종

그날 고종은 미국을 영토 욕심이 없는, 배포가 아주 큰 나라로 생각했다면서요. 미국에 대한 이미지가 대단히 좋았던 것 같아요.

한철호 미국은 자국의 영토가 큰 데다 자본주의의 발전이 유럽보다 뒤떨어졌으므로 식민지의 필요성이 상대적으로 낮았어요. 스페인과 전쟁을 벌여서 1898년에야 비로소 필리핀을 식민지로 차지하거든요. 따라서 다른 나라와 달리 식민지를 추구하지 않는 나라라는 점이 고종에게는 아주 인상 깊게 다가왔을 겁니다.

이해영 그때도 일종의 아메리칸 드림 같은 게 작용한 거네요.

그날 그래서 조선의 많은 사람이 영어를 배우기 시작한 거예요. 그때는 정말 신분을 떠나서 너나없이 영어 열풍이 대단했다면서요?

신병주 그 당시에 배재학당[4]을 세운 아펜젤러[5]의 회고를 보면 이 무렵에

배재학당의 동관 1916년에 건립되었으며, 현재는 배재학당역사박물관으로 쓰이고 있다. 서울특별시 기념물 제16호.

조선 사람들이 상당히 영어에 관심을 보이며 공부해서 그 이유를 물어봤다고 해요. 다들 뭐라고 대답했겠어요? "출세하고 싶다."라고 대답했다고 합니다. 그 당시에도 출세하려면 영어를 해야 한다는 인식이 확고했죠.

그날　그런데 조약을 맺고 나서 고종이 아주 만족스러워했다면서요. 미국에 큰 매력을 느꼈다는데, 어떤 점 때문에 그렇죠?

한철호　청이 주도하긴 했지만, 조약을 맺었다는 것은 미국이 조선을 하나의 독립된 국가로서 인정해 준다는 의미가 있거든요. 그러니까 고종은 조선이 청의 속국이 아니라 자주독립국이라는 것을 국제사회에 영향력이 있는 미국이 인정해 줬다는 것 자체만으로도 매우 커다란 수확을 얻었다고 판단한 것입니다.

거중조정 조항이란?

그날　조약 내용에 한 나라가 다른 나라의 침략을 받으면 서로 도와준다는 조항이 있다면서요?

한철호 이른바 거중조정[6] 조항입니다. 영어로는 'good office'인데, 조약을 맺은 두 나라 중 한 나라가 위기에 처했을 때는 다른 나라가 반드시 도와준다는 조항이죠.

그날 고종으로서는 참 솔깃했겠는데요. 고종이 미국에 큰 기대를 걸었던 건 바로 거중조정 조항 때문이었군요. 자세하게 살펴보면 이런 내용입니다. "타국에 어떠한 불공평이나 경멸하는 일이 있을 때 일단 확인하고 서로 도와주며 중간에서 잘 조처하여 두터운 우의를 보여 준다."

이해영 그런데 문장을 읽어 보면 "우리 우정 변치 말자."처럼 애매한 느낌이 들어요. 해석하기 나름이겠는데요? 조선이 다른 나라와 조약을 맺을 때도 거중조정 조항이 들어갔나요?

한철호 조미수호통상조약을 근거로 해서 그다음에 영국이나 독일 등과 맺은 조약에도 들어갑니다. 그런데 그 조약들을 가만히 들여다보면 '반드시'라는 부분이 빠져 있어요.

그날 조미수호통상조약에는 '반드시'가 있는 데 말이죠. 외교적 수사라는 게 얼마나 참 허무한지 모르겠어요.

이해영 "우리 우정 변치 말자."와 "우리 우정 반드시 변치 말자."의 차이인 거죠.

초대 공사 푸트의 도착

서울시 중구 정동의 작은 한옥.
격동의 역사를 간직한 옛 미국 공사관이다.

미국과 수교를 맺은 바로 다음 해인 1883년,
미국은 조선에 공사관을 개설하고
상주 외교관을 파견한다.

초대 특명전권공사로 파견된 인물은 루시우스 푸트.
고종은 조약 체결 후 신속하게 외교관을 보낸
미국에 큰 신뢰를 보인다.

마침내 조선은 오랑캐로만 여겼던 서양 열강들과
새로운 관계를 맺는 출발점에 선 것이다.

가마를 탄 루시우스 푸트

미국, 특명전권공사를 조선으로 파견하다

그날 조선 사람들이 서양인을 처음으로 봤을 때 느낌이 어땠을까요? 여러분이 서양 사람을 처음 봤을 때 받은 느낌의 몇 배는 됐을 거 같은데 말이죠.

이해영 그렇죠. 굉장히 충격적이었겠죠. 놀랐을 겁니다.

류근 저는 어릴 때 깊은 시골에 살았는데, 외국 사람들 처음 보고 놀라서 동네 꼬맹이들과 함께 돌을 던지기도 했습니다. 아이들 눈에는 괴물처럼 보였던 거죠. 그러니 조선 시대에는 더 심했을 거고요.

그날 조선과 미국이 조약을 맺었으니 외교관이 올 거 아니에요? 특명전권공사[7]가 와요. 직위 이름에 특명이 들어간 걸 보면 대단히 높은 사람 같은데 얼마나 높은가요?

한철호 당시 외교관 관직은 몇 개 등급으로 나뉩니다. 하나는 두등 공사라고 해서 요즘 흔히 말하는 대사(ambassador)입니다. 그 당시에는 전반적으로 대사가 없었어요. 아주 특별한 경우를 빼고는 말이죠. 그래서 외국에 외교관을 파견할 때 가장 높은 직위가 특명 전권공사입니다. 그 밑에 변리공사[8]와 대리공사[9]가 있는데, 특명 전권공사와 변리공사에게는 최고 통치자가 위임장을 주고, 대리공사에게는 통치자보다 한 단계 급이 낮은 외무대신이 위임장을 줍니다.

그날 그럼 나름 우리나라를 높게 봤다는 거네요?

한철호 그렇죠. 일본이나 중국에 파견됐던 고급 외교관과 동일한 직급의 외교관을 파견했으니 고종으로서는 얼마나 기뻤겠습니까?

그날 높은 직함을 가진 사람이 왔기 때문에 고종으로서는 매우 흥분됐겠는데요?

강탈당한 주미 대한제국 공사관

신병주 이때 푸트[10] 공사 부부가 조선에 오니까 고종도 상당히 고무되어서 답례로 조선의 외교관들도 미국에 보내요. 그리고 지하 1층과 지상 3층이 있는 주미 공사관 건물을 그 당시로는 엄청난 거금인 2만 5000달러를 들여서 삽니다. 이 건물은 일제가 나중에 강탈이나 다름없는 엄청난 헐값에 사들이죠.

그날 헐값이라니 얼마에 산 거예요?

류근 제가 기사에서 본 기억이 있는데, 당시 돈으로 5달러를 주고 샀답니다.

그날 에이, 설마요. 2만 5000달러를 주고 샀는데요?

류근 그땐 돈 가치가 어땠는지는 모르겠는데, 5달러 준 건 맞아요. 그냥 뺏는 건 안 되니까 5달러라도 준 모양이에요.

신병주 5달러에 사서 미국인 풀턴에게 10달러에 팔았다는데, 자료 조사를 해 보니 실제로는 1만 달러에 팔았다고 해요. 1만 달러도 그 당시로 치면 저렴한 가격이죠. 우리나라가 샀던 가격보다 훨씬

워싱턴에 있는 옛 주미 대한제국 공사관

낮은 가격에 팔린 거고, 최근에 해외 문화재 환수 운동을 하는 과정에서 문화재청이 2012년 10월에 350만 달러를 주고 다시 사들였습니다.

그날　우리 돈으로 얼마에 다시 사들인 거죠?

신병주　약 40억 정도 되겠네요. 101년 만에 대한제국 주미 공사관을 우리 문화재로 등록하게 된 거죠.

그날　뭔가 아깝네요.

신병주　큰 의미가 있으면서도 조금은 씁쓸하죠.

그날　5달러에 뺏겼는데 40억 원을 주고 다시 산 거네요. 이거 소송 못 거나요? 진짜 억울한 일이에요. 부동산 투기도 이렇게 할 수는 없는 거예요.

신병주　아픈 역사를 겪으면 후손들이 기억해 내고 다시 찾는 작업이 항상 요구된다는 것을 환기해야 합니다.

제임스 먼로 미국의 제5대 대통령 제임스 먼로가 주창한 먼로주의는 유럽 열강을 상대로 신대륙에 개입하지 말라고 촉구하는 내용이었지만, 미국도 유럽에 간섭하지 않겠다고 주장함으로써 고립주의적 성격도 띠었다.

조선과 미국의 동상이몽

그날 조선이 당시에는 매우 작고 알려지지 않은 나라였을 텐데 왜 미국이 조선과 조약을 맺었을까요? 국제정치 전문가를 모시고 여쭤 보겠습니다. 김준형 교수님, 당시 미국이 조선과 수교를 맺었던 이유가 뭐였을까요?

김준형 그 이유를 이해하기 위해서는 당시 미국의 외교를 알아볼 필요가 있습니다. 1823년에 '먼로주의'[11]라는 것이 있었습니다. 고립주의[12]를 표방한 외교 방침이죠. 미국은 독립한 지 얼마 안 됐기 때문에 내부적으로 시간이 필요했습니다. 그러다가 19세기 말이 되어서야 어느 정도 국가 건설이 완료됩니다. 이때 다른 열강들은 제국주의 정책을 펼치는데, 미국은 우선 외부로 눈을 돌리되 군사력을 내세우기보다는 통상을 중심으로 하게 됩니다. 그리고 아시아를 주목하는데, 중국을 두고는 원래부터 열강 간에 경쟁이 워낙 많아서 시선을 돌리다 보니 조선이 눈에 띄게 됩니다. 조선에 주목한 이유는 두 가지가 있는데, 첫 번째, 중국으로 가는 길목에 있으므로 걸림돌로 두기보다는 디딤돌로 두는 것이 좋다고 생각했습니다. 두 번째, 당시에는 조선에 금광이 많다는 소문이 있었습니다. 미국 내부의 사정과도 연관이 있는데, 캘리포니아에서 금맥을 찾는 골드러시[13]가 거의 끝났기 때문에 새로운 금맥을 찾다 보니 조선이 눈에 들어온 겁니다.

그날 영국이나 프랑스 같은 다른 서양 열강들은 조선에 별로 관심이 없었나요? 왜 미국이 조선과 제일 처음 조약을 맺은 나라가 되었나요?

김준형 당시에 다른 서양 열강들은 이미 식민지를 가지고 있었고, 특히 아프리카에서 벌이는 각축이 매우 심각했습니다. 아시아에서는 중국을 놓고 각축했고요. 그에 비해 조선은 서양 열강의 관심 밖에 있었고, 미국은 다른 열강들과는 아직 상대가 안 된다고 생각되었습니다. 그래서 미국이 조선과 조약을 맺는 것에 별 반대가 없었지요. 특히 러시아는 자국의 남하 정책에 대해 미국이 무언가 역할을 해 줄 수 있지 않을까 하고 기대했던 것 같습니다.

그날 그렇군요. 미국에 그런 속사정과 외교적 분위기가 있는 줄은 몰랐습니다. 미국이 조선에 금이 많다고 알고 왔다는데, 금이 우리나라에 정말 그렇게 많나요?

한철호 그건 사실이었죠. 결국 나중에 미국이 차지하게 되지만, 동양 최대의 금광이 우리나라에 있었어요. 평안북도에 있는 운산 금광이죠.

신병주 실제로 그 당시에 외국인들의 견문록 같은 것을 보면 "조선은 금이 노출되어도 캐 가지 않는다."라는 기록이 있었어요.

한철호 하여튼 미국이 처음에 조선과 조약을 맺을 때는 금광도 기대했지만, 조선이 대단히 부유한 나라인 줄 알고 미국의 청년 실업마저도 해결해 줄 수 있겠다는 환상을 품고 왔어요. 그런데 와서 보니까 별 볼 일 없다는 게 드러났죠. 그래서 외교관도 전권공사급으로 했던 것을 한 단계 낮춰서 변리공사로 1년 만에 격하합니다.

그날 그런데 미국이 우리나라에서 금광뿐만 아니라 다른 이권을 엄청나게 가져갔다고 들었는데, 어떤 게 있나요?

신병주 철도 부설권이라든가 전기·수도 시설의 부설권까지 이른바 알짜가 되는 기간산업의 이권을 많이 가져갔죠.

그날 고종이 이권들을 계속 미국에 내줬다는 것은 조선과 미국의 관계가 좋아진다는 얘기인데, 그럼 친미파가 대거 나오는 계기가 됐겠네요.

류근 이때 친미파의 대표적인 인물로 등장하는 게 이완용[14]이잖아요.

그날 이완용이요? 이완용은 친일파의 상징이잖아요.

한철호 그렇게들 아시는데, 친일파로 변절하기 전의 이완용은 한마디로 친미파였습니다.

영어로 성공한 또 다른 인물, 이완용

몰락한 가문에서 태어나 열 살 때
세도가인 친척 집에 양자로 들어간 이완용은
스물다섯의 나이로 과거에 급제해 벼슬길에 오른다.

벼슬길에 오른 지 4년.
이완용에게 출세의 기회가 찾아온다.
이완용은 최초의 근대 교육기관인 육영공원에 입학해,
영어와 신식 학문을 배운다.

육영공원의 운영에 관한 기록인 『육영공원등록』.
학생 명부에는 이완용의 이름이 또렷이 기록되어 있다.
이완용은 육영공원에서 영어를 배운 지 4개월 만에
초대 주미 공사관의 외교관으로 워싱턴에 파견된다.

미국과 맺은 관계를 중시했던 고종은
미국에 외교관으로 다녀온 사람들을 중용했고,
이완용은 친미 개화파의 중심인물로 출세 가도를 달린다.

이완용

영어로 성공한 이완용

그날　이완용이 영어를 잘했을 줄은 몰랐어요.

한철호　당대의 명필로 알려질 정도로 글씨도 잘 썼지요.

그날　이완용의 과거 시험 성적은 어떤가요?

신병주　조선 시대의 문과 시험에서 갑과, 을과, 병과는 순위를 가리키는 말입니다. 성적순으로 갑과에 대략 세 명, 을과에 일곱 명 정도, 병과에 나머지 수를 뽑지요. 그런데 이완용은 병과에서도 18등으로 뽑혔으니까 갑과 세 명과 을과 일곱 명 다음입니다. 결과적으로는 총 28등이죠. 우수한 시험 성적은 아니에요. 이 정도 성적이면 대부분 최하위직인 9품을 받고, 잘 받아야 8품인데, 이완용은 바로 정7품을 받았다고 합니다. 이완용의 양아버지가 당대의 세력가인 이호준이라는 데 원인이 있었다고 하지요.

그날　이완용의 출세는 정확히 언제부터였나요?

육영공원의 수업 장면 왼쪽에 서 있는 헐버트의 모습도 보인다.

한철호　1866년에 영어를 비롯한 근대적 학문을 가르치는 육영공원[15]이 설립됩니다. 여기에 과거 합격자로서는 이완용이 유일하게 입학해요. 이때 배운 영어가 나중에 주미 공사관에 배속되는 데 도움이 되고 출세하는 데 기반이 되죠.

신병주　이런 배경을 통해서 이완용이 동부승지[16]와 이조참의 등의 직책을 거칩니다. 정3품 직책이에요. 조선 시대의 관직 생활을 보면 정3품 당상관이 되는 게 관료가 출세하는 기준점인데, 불과 5년이라는 짧은 시간 만에 정3품이 되었죠.

그날　5년이면 엄청나게 초고속인데요.

신병주　이완용의 영어 실력도 거든 거죠.

그날　넉 달 만에 영어를 배워서 미국 외교관으로 간 거잖아요. 넉 달 만에 외국어를 배우는 일이 있을 수 있나요?

한철호　조금 과장된 얘기입니다. 모든 것은 상대적이니까요. 미국에 사절단을 파견할 때 맨 위에 있는 직급으로 공사가 있고, 아래에는 참사와 참찬관이라는 직급이 있는데, 이완용은 참찬관으로 갑니다. 그런데 참찬관에 걸맞은 품계를 가진 사람 중에 영어를 한마디라도 할 수 있는 사람이 이완용밖에 없었어요. 상대적으로 우위를 점한 거죠.

이완용이 친미에서 친일로 갈아탄 까닭은?

그날 이완용이 원래는 친미파 성향이 있었다고 했는데, 어떻게 해야 친미파로 분류되는 거예요?

한철호 친미나 친일, 친중 같은 분류는 바람직하지는 않습니다만, 다른 나라들이 조선보다 먼저 근대화됐기 때문에 부국강병의 모델로 우선 어디로 삼을 것인지, 그리고 자주독립을 훼손당했을 때 과연 어느 나라를 중심으로 해서 이 난국을 타개할 것인지에 초점을 맞춰서 분류할 수는 있죠. 따라서 친미 개화파는 미국을 부국강병의 모델로서, 우리의 자주독립을 지원해 줄 나라로서 삼은 사람과 집단이라는 의미입니다.

신병주 이완용이 친미적 성향이었을 때는 일본과 철저하게 반대되는 태도를 보이기도 했어요. 을미사변 이후로 고종이 일제에 의해 고립된 상황에 빠지자 춘생문이라는 문을 통해서 고종을 몰래 빼낸 다음 거처를 옮기게 하려는, 이른바 춘생문 사건이 발생합니다. 그런데 그 사건의 주동자로 활약했던 사람도 이완용이에요.

그날 그렇군요. 이완용이 한때는 일본과 반대되는 쪽에 있었다는 것, 정말 새로운데요.

한철호 이완용의 기본 축은 친미이되, 조선에 강력한 영향력을 행사하며 억압하려는 나라들을 배척하는 대상으로 삼습니다. 시기별로 다른데, 1894년까지는 중국이 조선에 내정간섭을 많이 했기 때문에 친미·반중, 그리고 청일전쟁이 벌어지고 나서 아관파천까지는 일본이 조선을 억눌렀기 때문에 친미·반일, 환궁 이후엔 러시아가 조선을 억제했기 때문에 친미·반러 같은 식으로 가죠.

그날　그럼 왜 친일로 돌아선 건가요?

한철호　친미 세력이 사실상 사라져 버렸어요. 이완용으로서는 나름대로 출세욕이 없진 않았는데 근거가 될 세력이 없어져 버린 겁니다. 이런 상황에서 일본이 접근해 오니까 넘어가 버린 거고요.

신병주　이완용은 시대의 흐름에 맞추어 자기에게 가장 적당한 자세를 취한 거예요. 철저하게 자신만 생각한 거죠. 그렇게 때에 따라 태도를 달리하다 보니까 불행하게도 마지막에는 나라를 팔아먹었고요.

류근　이른바 대세 순응주의라는 것이 친일파들의 방어 논리 아닙니까? 그러니 이완용이야말로 확실히 친일파의 거두인 거네요.

이해영　시대의 흐름에 따라서 탄력적으로 기민하게 움직이는 사람들이 실제로 출세하기도 하고, 그런 자세가 때로는 필요하기도 하죠. 하지만 이렇게 지킬 것과 안 지킬 것을 다 버려 가면서 앞장서서 나라를 팔아먹는 수준까지 가면 안 되죠.

그날　이완용은 고종의 외교정책에서 핵심적인 인물인데, 결국에는 나라까지 팔아먹는 것으로 봐서는 고종의 외교정책이 지닌 한계를 여실히 보여 주는 인물인 것 같기도 해요.

신병주　이완용도 그렇고 이하영과 같은 인물도 그렇고, 국내에서 자기의 지지 기반을 확실히 마련하지 못한 인물들에게는 상대적으로 외세의 힘을 빌리는 게 쉬웠겠죠. 그러다 보니까 외세 지향적으로 가는 모습을 계속 보이지 않았을까 생각합니다.

김홍륙 독다 사건

1898년 9월, 평소 커피를 즐기던 고종은
황태자와 커피를 마시기 위해 마주 앉았다.

잔을 든 순간, 커피에서 이상한 냄새를 맡은 고종은
커피를 마시지 않는다.

하지만 이미 커피를 마신 황태자는
피를 토하며 쓰러진다.
누군가가 커피에 독을 넣은 것이다.

황제를 노린 대담한 범죄.
범인은 과연 누구일까?

서울의 옛 러시아 공사관 터 현재는 3층 전망탑만 남아 있다. 사적 제253호.

고종의 외교 정책이 지닌 한계

그날 교수님, 범인이 누군가요?

한철호 그 당시에 러시아어 통역관으로 이름을 날렸던 김홍륙입니다.[†] 아관파천 시절에는 통역관으로서 온갖 총애를 받고 권력을 휘둘렀는데, 환궁하면서 러시아 세력이 사라져 버리니까 존재 가치가 없어져 버렸죠.

그날 그래도 그렇지, 일개 통역관이 군주를 암살하려고 했다는 게 놀라워요. 이 사건이야말로 고종의 외교정책이 지닌 한계를 제대로 보여 주지 않나 하는 생각도 들고요. 군주가 중심을 잡지 못하고 외세에 늘 의존하다 보니까, 신하들조차 군주를 섬기기보다는 외세와 자꾸 결탁해서 권력을 잡으려는 현상이 나타나는 겁니다. 김홍륙 같은 인물이 또 생겨날 가능성이 있고요.

이해영 저는 당시에 고종이 외세에 의지했다기보다는 스스로 일어날 힘이 없어서 외세를 이용할 수밖에 없었다고 생각하거든요.

그날 고종이 대한제국을 선포한 이후에 신식 군대를 만들었다고 해요. 그때 군인의 총수가 3만 명이었다고 하고요. 그런데 그 당시에 일본은 육군만 따져도 100만 명에 달했다고 합니다. 국제 정세가 이런데, 외교만 가지고 문제를 해결할 수 있었을까 하는 생각도 들죠.

신병주 고종이라는 군주는 전통 시대에서 근대로 가는 과도기의 인물이었죠. 전통적으로 조선의 외교는 사대교린이 방침이었어요. 따라서 중국이나 일본 정도만 신경을 쓰면 되었는데, 이제는 상황이 바뀌어서 미국과 러시아, 일본, 청, 영국, 프랑스 등 여러 나라가 다 오는 상황이 되어서 감당하기가 어렵게 되었죠. 따라서 저는 고종 탓으로만 돌리기는 어렵다고 봐요. 결국은 외교 인력을 제대로 키워야 하는 과제가 주어진 건데 그 부분에서 한계를 보였고요.

그날 고종이 그렇게 외세에 의존했던 것은 그만큼 절박했다는 것 아니겠습니까?

신병주 그렇죠. 1895년의 을미사변 이후에 일제를 완전히 배척할 수밖에 없는 상황에서 아관파천을 한 거고, 러시아 공사관을 나와 환궁할 때도 조선을 상징하는 궁궐인 경복궁으로 가는 게 아니라 경운궁으로 갑니다. 경복궁으로 가는 것은 위험하다고 판단한 거죠. 대신 경운궁을 정궁으로 삼자고 하는데, 가장 큰 이유가 경운궁 주변에는 러시아와 영국, 미국의 공사관이 주변에 있다는 점입니다. 고종으로서는 다른 나라들과 좀 더 연결되어서 일본의 간섭에서 벗어나고자 하는 바람이 분명히 있었겠지만, 결국 성공하지 못했고요.

그날 경운궁은 지금의 덕수궁이잖아요. 그런데 경운궁의 풍수가 별로 안 좋다고 해요. 실제로 경운궁에서 나라가 망했고 고종도 죽은 거 아닙니까?

신병주 조선 시대에 궁궐 자리로 가장 좋은 곳은 북악산 자락에 있는 경복궁이죠. 그리고 두 번째로 꼽을 수 있는 곳이 제2청사로 만든 창덕궁입니다. 운봉의 산자락을 배경으로 제일 좋은 자리를 차지하고 있지요. 그런데 경운궁은 월산대군[17]의 사저를 개조해서 만든 곳입니다. 원래는 왕자의 집이었으니까 황궁으로는 적합하지 못했을 겁니다.

그날 다른 나라를 의지하려고 각국 공사관이 주변에 있는 경운궁으로 갔는데, 미국 공사관도 가까이 있었잖아요. 고종이 미국을 그렇게 믿고 호의적으로 대했는데, 미국이 고종을 도와주지는 않았나요?

한철호 형식적으로는 도와주는 척은 하죠. 그러나 공식적으로는 그렇지 않습니다.

✝음력으로 올해(1898) 7월 10일 김홍륙이 유배 가는 것에 대한 조칙을 받고 그날로 배소(配所)로 떠나는 길에 잠시 김광식의 집에 머물렀는데, 가지고 가던 손 주머니에서 한 냥의 아편을 찾아내어 갑자기 흉역의 심보를 드러내어 친한 사람인 공홍식에게 주면서 어선(御膳)에 섞어서 올릴 것을 은밀히 사주하였다. 음력 7월 26일 공홍식이 김종화를 만나서 김홍륙에게 사주받은 내용을 자세히 말하고 이 약물을 어공하는 차에 섞어서 올리면 마땅히 1000원의 은으로 수고에 보답하겠다고 하였다. 김종화는 일찍이 보현당의 고지기[庫直]로서 어공하는 서양 요리를 거행하였었는데, 잘 거행하지 못한 탓으로 태거(汰去)된 자였다. 그는 즉시 그 약을 소매 속에 넣고 주방에 들어가 커피 찻주전자에 넣어 끝내 진어(進御)하게 되었던 것이다.

—『고종실록』 35년(1898) 9월 12일

불발된 미관파천

1904년, 고종은 정치적 힘을 잃고
한직으로 밀려나 있던 이완용을 다시 불러들인다.

당시 조선에는 러시아와 일본 사이에
전쟁이 일어날 것이라는 소문이 파다했다.

러시아와 가깝게 지내던 고종은
전세가 러시아에 불리해질 상황에 대비해
이완용을 통해 미국 공사관으로
몸을 피할 계획을 세운다.

하지만 당시 미국 공사였던 알렌은
고종의 요청을 일언지하에 거절한다.

오히려 미국은 러일전쟁이 일본의 승리로 끝나자
조선의 운명을 결정할 비밀 협약을 일본과 맺는다.

조선에 대한 일본의 지배권과
필리핀에 대한 미국의 지배권을 인정한
가쓰라-태프트 밀약으로부터 4개월 뒤,
일본은 을사늑약으로 조선의 외교권을 박탈한다.

가쓰라-태프트 밀약의 존재를 몰랐던 고종은
미국인 선교사인 헐버트를 통해 미국에 도움을 요청한다.

조미수호통상조약의 거중조정 조항을 철저히 믿었던 고종.

하지만 돌아온 것은 미국의 싸늘한 거절뿐이었다.

가쓰라 다로(왼쪽)와 윌리엄 하워드 태프트(가운데), 시어도어 루스벨트(오른쪽) 태프트는 훗날 미국의 대통령이 되었다. 시어도어 루스벨트는 러일전쟁을 종식하는 데 기여한 공로로 노벨 평화상을 받기도 했다.

미국과 일본이 손잡다

그날 을사늑약을 체결할 당시에 미국에 도움을 요청했는데, 도와줄 수 없다며 한마디로 거절하는 서신이 옵니다. 진짜 섭섭하네요.

한철호 미국으로서는 한반도에 와서 보니까 자신들이 생각했던 것보다 중국의 영향력이 대단히 강했고, 경제적으로도 크게 부강한 나라가 아닌데 괜히 조선 문제에 개입했다가 다른 열강과 마찰을 빚을지 모르겠다는 생각에 조선 정치에 개입하지 않으려 합니다. 거중조정이 아니라 엄격한 중립을 표방하죠.

그날 이해관계가 얽힌, 힘과 힘의 긴장감이 분명히 존재하는 외교의 세계를 고종이 매우 순진하게 바라보지 않았나 하는 생각이 들어요. 호의가 외교의 해결책이 될 수 있다고 믿었던 거거든요. 미국이 비협조적인 자세를 취한 배경이 좀 궁금해지는데요. 김준형 교수님, 미국은 거중조정 조항 때문에라도 고종을 좀 도왔어야 했는데, 왜 일본의 조선 침략을 쉽게 용인하는 건가요?

김준형 고종은 거중조정 조항을 동맹조약으로 생각했지만, 국제법적으로는 중재 조항입니다. 그러니까 미국으로서는 책임을 다해야 한다는 생각도 없었던 것 같고요. 조선과 수교는 했지만, 조선의 이권은 챙기면서도 중국이나 일본에 보인 만큼의 관심을 보여 주지는 않았죠. 또 하나 중요한 변수는 당시 대통령이었던 시어도어 루스벨트[18]가 일본에 큰 호감을 품었었다는 점입니다. 반면에 대한제국은 문제가 매우 많은 나라로 생각하고 멸시했고요. 그러다가 일본이 점점 강해지니까 러시아보다는 차라리 일본이 한반도를 지배하는 것이 낫다는 생각마저 합니다. 특히 러일전쟁이 일본의 우세로 진행될 때 "조선은 자기 방위를 위해서 한주먹도 내밀 수 없는 나라인데, 우리가 어떻게 돕겠느냐?"라는 말도 하죠.

그날 그런데 교수님, 나라와 나라 간에 맺은 국제적인 조약을 이행하지 않으면 법적인 제재를 받아야 하는 것 아닌가요? 미국이 조약을 어긴 거잖아요.

김준형 그게 고종의 마음이고 우리의 마음이겠죠. 하지만 국익을 놓고 세력을 다투는 냉철한 국제정치에서는 너무 천진난만하고 낭만적인 생각이라고 할 수 있습니다.

그날 타국의 속내를 알기는 어렵겠지만, 조금이라도 알아내려는 노력이 없었다는 게 아쉽네요. 이렇게 번번이 거절당했으면 눈치를 좀 챘어야 했는데 말이죠.

한철호 답답하긴 하지만, 고종의 처지도 이해가 갑니다. 미국 행정부와 달리 한반도에 와 있던 헐버트,[19] 아펜젤러, 알렌 같은 미국인들은 우호적으로 고종에게 헌신했거든요. 그러니 고종이 헷갈리는 거죠. 물론 고종이 미국의 공식적인 태도를 정확하게 알아냈어야 했겠지만 말이죠.

신병주 선교사 출신 미국인들이 세워 준 많은 근대 학교나 광혜원[20] 같은 서양식 병원을 본 고종의 눈에 비친 미국은 조선을 도와주는 고마운 나라였을 거예요. 그 뒤에 숨은 제국주의라는 그림자를

© Schlarpi

헨리 아펜젤러(왼쪽)와 아펜젤러의 묘(오른쪽) 추모비에는 배가 침몰하던 당시 학생을 구하려다 사망했다는 내용이 적혀 있다.

고종이 파악하기는 어려웠을 것 같고요.

한철호 가쓰라-태프트 밀약에 관한 문서가 발견된 게 시어도어 루스벨트가 죽고 난 다음인 1920년입니다. 타일러 데넷이라는 역사가가 루스벨트의 문서를 정리하는 데 나온 거예요. 그전에는 미국 행정부 내에서도 이 문서의 실체를 모를 정도였죠.

그날 결국에는 미국도 일본에 배신당한다고 할 수 있잖아요.

이해영 그렇죠. 부메랑처럼 돌아옵니다. 가쓰라-태프트 밀약을 맺고 을사늑약을 묵인하면서 미국이 일본 제국주의에 힘을 보태 준 꼴이 돼 버렸잖아요. 결국 우리나라에만 나쁜 영향을 준 게 아니라, 미국도 진주만에서 뒤통수를 얻어맞습니다.

류근 맞아요. 미국이 그 당시에 한반도를 일본에 넘기지 않았다면 비단 우리 역사뿐만이 아니라 세계사의 흐름도 많이 달라졌을 것 같아요. 일본이 진주만을 습격하지 않았다면 미국이 제2차 세계대전에 참전했을까 하는 의문이 남습니다.

외부대신이 된 이하영은 어떻게 되었을까?

그날 찹쌀떡 장수에서 외부대신이 된 이하영은 어떻게 됐나요?

이하영

류근 이하영이 아주 영민했던 사람인가 봐요. 고종의 밀명을 받아 불과 1년 6개월 만에 차관 200만 달러를 얻어냅니다. 이 200만 달러가 어디에 쓰일 돈이냐면, 미군 20만 명을 얻어 조선으로 데리고 와 청나라를 치는 데 쓸 자금이었다고 합니다. 하지만 미국 상원에서 파병안을 부결하면서 실패하죠. 어쨌든 능력은 대단했던 사람 같아요.

한철호 차관을 받아 미군 20만 명을 데리고 오는 것은 고종이 초대 주미 공사에게 준 임무였습니다. 알렌과 초대 주미 공사인 박정양[21]이 시도하다가 청의 압력을 받아 돌아와 좌절된 것을 이하영이 이어받아 지속해서 펼쳐 나갔던 것이죠.

그날 이하영 혼자서 했군요. 대단한 사람이에요. 일종의 로비 능력도 있었던 거네요.

한철호 그리고 결국 이하영은 찹쌀떡을 팔지 않아도 잘살게 되었습니다. 1910년에 일본이 한반도를 병탄했을 때 친일파로서 작위를 받죠. 미국도 발을 뺀 상황에서 자기가 기댈 곳이 없다고 생각했기 때문에 이완용과 마찬가지로 친일의 길을 걸으면서 정치에 관여하기보다는 고무 공장을 만들어서 막대한 부를 축적합니다. 만주까지도 진출하죠. 일제의 보이지 않는 특혜를 받았을 거고요.

신병주 고무 공장에서 생산되는 대표적인 품목이 고무신인데, 당시에 고무신은 엄청난 상품이었습니다.

한철호 지금의 IT 산업 이상이죠.

그날 일본 쪽에서 주는 특혜와 권한을 받았다면 친일파로 확실히 변신했다고 볼 수 있겠네요. 이하영도 이완용처럼 변절했군요. 찹쌀떡에서 고무신까지 보여 준 행적을 보면 결국 변절이라고밖에 볼 수 없어요.

8

고종 황제의 비자금이 사라진 날

1909년, 고종 황제의 명을 받은 미국인 헐버트는 상해의 덕화은행을 찾았다. 비자금을 찾아오라는 고종의 명을 받았기 때문이었다. 고종이 예치해 놓은 것은 금과 은, 현금 17만 달러로, 현재 가치로 환산하면 500억 원이 넘는 큰 액수였다. 고종이 엄청난 비자금을 찾아서 하려고 했던 일은 무엇이었을까?

1897년 2월 20일, 고종은 러시아 공사관을 나와 거처를 경운궁으로 옮겼다. 경운궁으로 돌아온 고종은 '구본신참(舊本新參)'에 입각하여, 근대 국가 수립에 필요한 기구들을 설치해 나갔으며, 1897년 8월 16일에 연호를 '광무(光武)'라 하여 자주국의 면모를 보였다. 10월 12일에는 문무백관을 거느리고 이미 건설해 놓은 환구단에서 대한제국의 황제 즉위식을 거행하였다. 국호를 '대한제국'으로 한 것은 삼한의 옛 영토와 역사를 계승하는 황제국의 의미를 지닌 것이었다.

황제국을 선포한 고종은 본격적인 개혁 작업에 착수하였다. 이 개혁은 광무 연간에 진행되었다고 하여 '광무개혁'으로 부른다. 1899년 8월 17일, 고종은 대한제국의 헌법이라 할 수 있는 「대한국 국제」 아홉 개 조항을 발표하였다. 「대한국 국제」의 핵심 내용은 육군과 해군의 통수권, 입법권, 행정권, 관리 임면권, 조약 체결권 등 주요 권한을 모두 황제에게 집중하게 한 것이었다. 1899년 7월에는 원수부를 설치하고 황제가 대원수를 겸임했으며, 황제를 호위하는 부대인 시위대와 지방의 진위대를 증강하여 배치했다. 경제 분야에서는 종래 탁지부에서 관리하던 재정을 황제 직속의 궁내부 내장원에서 관리하게 했으며, 미국인 측량사를 초청하여 근대적인 토지조사 사업을 시행하고 근대적인 토지 소유 증서인 지계(地契)를 발급

하였다. 식산흥업(殖産興業)이라는 이름으로 추진된 상공업 진흥 정책도 큰 성과를 거두었다. 근대적인 기예 학교, 상공 학교, 외국어학교 등이 설립되고, 황실 스스로 방직·제지·유리 공장 등을 설립하여 산업 발전의 기반을 조성했다. 철도와 전차, 전화 가설 등 교통과 통신 시설의 발전을 추진했으며, 1900년 파리에서 열린 만국박람회에도 참여하는 등 대한제국은 국제사회와 긴밀히 교류하는 데도 힘을 기울였다. 1902년에는 국가(國歌)를 만들고, 어기(御旗: 태극기)를 제작했다. 태극 문양은 대한제국의 깃발과 훈장으로 널리 사용되었고, 지금의 대한민국으로도 계승되고 있다.

고종은 대한제국을 선포하면서 부국강병을 추진해 나갔지만, 일제의 침략은 더욱 가속화되었고 1905년에는 을사늑약까지 체결되었다. 을사늑약에 대한 전 국민의 저항이 이어지는 가운데 고종 또한 이 조약의 불법성을 알리는 데 적극적으로 나섰다. 《대한매일신보》에는 친서를 발표하여 황제가 이 조약에 서명하지 않았음을 선언하였다. 1907년 6월에는 네덜란드 헤이그에서 열리는 만국평화회의에 대한제국의 사절을 보내 세계에 을사늑약의 부당성을 알리고자 하였다. 이상설은 황제의 신임장을 들고 이준과 이위종을 부사로 대동하고 장도에 올라 러시아의 수도 상트페테르부르크를 경유하여 헤이그에 갔다. 특사를 보내는 비용 대부분은 황실의 개인 자금인 내탕금에서 나왔다. 황제의 전폭적인 지원 속에서 특사가 파견된 것이었다. 그러나 특사들은 회의장에 들어가지조차 못하고 좌절을 맛보았다. 이 과정에서 이준은 울분 속에서 분사(憤死)하였다. 헤이그 특사 사건은 고종의 강제 퇴위로도 이어졌다. 고종이 황제 자리에 머무는 한 한반도를 식민지로 삼기가 어렵겠다고 판단한 일본은 고종에게 압박을 가하여 1907년 7월, 강제로 물러나게 했다. 그리고 통감부에서는 고종의 비자금을 철저히 조사하여 강탈했는데, 일부 비자금의 존재는 지금도 미스터리로 남아 있다.

대한제국 시대의 동전

희귀한 주화의 정체는?

최원정 오늘은 희귀한 동전을 관찰하면서 시작해 보겠습니다.

이해영 하프 달러라는 영어가 적혀 있어요.

그날 영어, 한글, 한자가 다 적혀 있네요.

이해영 원반으로 읽는 건 아니겠죠? 원반이 아니라 반원(半圜)이군요.

그날 꽃도 그려져 있어요. 무궁화 같기도 하네요. 밑에는 리본이 그려져 있고요.

신병주 대한 광무 3년이라는 표기로 보건대, 우리가 흔히 구한말로 부르는 대한제국 시대의 동전입니다.

그날 자세히 보면 새 문양 같은 게 있네요. 독수리가 같은데, 보통 독수리 문양은 서양에서 주로 사용하지 않나요?

이윤상 러시아 화폐에 독수리 문양이 있는데, 광무 3년이라면 우리나라에 러시아의 영향력이 막강할 때입니다. 1896년에 고종이 러시아 공사관으로 피신했다가 1897년에 돌아오죠. 그때로부터 얼마 안 지났을 때니까, 새로운 화폐를 주조하면서 이 독수리 문양이 들어간 화폐를 기획했다고 해요.

그날 그러면 일본이 우세했을 때는 다른 무늬가 들어갔겠네요?

이윤상 1905년부터는 일본 오사카 조폐국에서 화폐를 만들어 옵니다. 특이한 것은 용 문양과 봉황 문양이 같이 들어간다는 점이에요. 용과 봉황 모두 군주를 상징하는 것이기는 한데, 봉황은 조금 격이 떨어진다고 인식되었습니다. 따라서 일본이 우리나라 화폐를 주조하면서 격이 조금 떨어지는 봉황 무늬를 같이 넣은 것은 어떤 의도가 있지 않았나 하는 생각도 드네요.

잊힌 나라, 대한제국

그날 대한제국에서도 이 화폐를 발행하면서 새로운 역사를 꿈꿨을 텐데, 대한제국의 역사를 간단하게 환기해 주시겠어요?

신병주 우리가 흔히 조선 시대라고 하면 대부분 1910년까지로 생각합니다. 1392년부터 1910년까지 조선 왕조가 이어진 것으로 생각하는 거죠. 그런데 고종이 1897년에 대한제국, 즉 황제의 나라를 선포했습니다. 그래서 이 대한제국이 1897년 10월 12일에서 1910년 8월 29일까지 이어집니다. 다시 말해 경술국치로 일제에 강제로 병합당할 때까지 약 13년의 역사는 조선의 역사라기보다는 엄밀하게 따지면 대한제국의 역사라고 할 수 있습니다.

그날 돈으로 이야기를 시작해 봤는데, 이제 살펴볼 역사적 그날이 바로 돈과 관련이 있다고 합니다.

고종 황제의 비자금이 사라진 날

1909년, 중국 상해 땅을 밟은 미국인 헐버트.
헐버트가 상해를 방문한 이유는 무엇이었을까?

상해에 오기 한 달 전,
헐버트는 중요한 전갈을 받는다.
고종 황제의 밀명이었다.

고종은 상해에 있는 덕화은행에서
자신의 비자금을 찾아와 달라고 한다.

고종이 은행에 예치한 것은 금과 은,
그리고 현금 17만 달러.
현재 가치로는 500억 원이 넘는 큰돈이었다.

밀명을 수행하기 위해 덕화은행을 찾은 헐버트.
그러나 지급할 수 없다는 황당한 대답을 듣는다.

이미 누군가가 찾아갔다는 것인데,
고종 황제의 비자금, 대체 어디로 사라진 것일까?

덕화은행

고종의 사라진 비자금

그날　덕화 은행이 상해에 있는 독일계 은행인 거죠? 거기에 예치되었던 고종의 돈이 얼마였나요?

신병주　그 당시에 독일을 한자로 덕국이라 했습니다. 중국 사람들이 자기 나라를 가리켜 중화로 부르는데, 중국에 있는 독일계 은행이라고 해서 한 글자씩 따와서 덕화은행이라 한 겁니다. 예치된 금액은 기록으로는 약 100만 마르크입니다. 기획재정부 국고부 추정에 따르면 약 500억 원 이상이라고 하지요.

그날　고종이 왜 갑자기 헐버트에게 돈을 찾아오라고 밀명을 내린 건가요? 어떤 상황이었죠?

이윤상　당시는 일본의 감시가 철저했을 때죠. 황실 자금이 부족해 은행에서 단기적으로 돈을 빌리기도 하는 상황이었고요. 돈을 왜 찾으려고 했는지는 정확히 알 수 없습니다. 독립운동에 고종의 비자금이 사용된 흔적들은 보입니다. 근데 어디까지나 비자금이라

호머 헐버트(왼쪽)와 헐버트의 묘(오른쪽) 묘비에는 "나는 웨스트민스터 성당보다도 한국 땅에 묻히기를 원하노라."라고 적혀 있다.

서 사실상 그 전모를 밝혀낼 수는 없다고 봐야겠죠.

그날 그러면 덕화은행에 맡겼는데 사라졌다는 돈은 누가 가져간 것으로 봐야 하는 건가요?

이윤상 통감부와 관련이 있습니다. 헤이그 특사 사건 이후에 고종의 자금줄을 차단하고자 통감부에서 고종의 비자금을 조사합니다. 그때 여러 비자금이 드러나면서 덕화은행에 예치된 자금도 발각되었죠.

신병주 고종이 덕화은행에 돈을 예치하면서 독일 총영사에게 고종 자신의 동의 없이는 절대 돈을 내주지 말아 달라고 부탁했는데, 결과적으로 인출돼 버렸죠. 일본이 서류를 위조했는지는 알 수 없지만, 어쨌든 절도 내지는 강탈을 한 겁니다.

한국을 사랑한 외국인, 헐버트

그날 근데 고종의 밀명을 받았던 헐버트라는 사람이 왠지 익숙하기는 한데 정확하게 누군지는 모르겠거든요. 설명 좀 부탁드릴게요.

신병주 고종에게 크게 신뢰받았던 대표적인 미국인입니다. 1905년에 우리의 외교권을 박탈당한 을사늑약이 체결되기 전에도 대한제국의 위급한 상황을 미국에 전하고자 상당히 애썼던 인물이죠. 헐버트의 삶이 대단히 극적이었던 게, 이후 40여 년간 사라진 비자금의 행방을 계속 찾으려고 합니다. 해방 이후인 1949년에도 방한해서 비자금을 꼭 찾아야 한다고 주장했는데, 안타깝게도 1949년의 광복절 행사에 참석하러 왔다가 8월 5일에 사망했어요. 지금은 본인이 원했던 대로 대한민국에 묻혀 있죠.

그날 그 누구보다도 우리나라를 사랑했던 사람인 것 같아요.

또 다른 비자금은 어디에?

이해영 근데 500억이면 정말 엄청난 액수인데요.

이윤상 덕화은행에 예치된 것 말고도 고종의 비자금으로 알려진 것은 아주 많습니다. 로청은행에 현상건 명의로 예금된 자금이 30만 엔 정도 있었던 것 같고, 고종의 측근인 이용익[1] 명의로 일본 제일은행에 맡겨진 것도 20만 엔이 있었다고 합니다. 또한 그 밖의 외국계 은행에도 고종이 예금했다는 풍문이 많이 돌았습니다.

신병주 황실에 금괴도 매우 많았다고 해요. 황실 금괴가 약 85만 냥, 그러니까 현재의 금액으로 대략 환산하면 거의 4000억 원 이상이라는데, 항아리 열두 개에 담아서 묻었다고도 전합니다.

그날 어디에 묻었대요?

이윤상 독립운동을 한 선우훈이 쓴 『덕수궁의 비밀』이라는 책이 있는데, 1910년에 고종이 작성한 비밀문서라며 나오는 게 있습니다.

이용익(왼쪽)과 보성전문학교의 체육 수업 모습(오른쪽) 이용익이 고종의 지원을 받아 설립한 보성전문학교는 우리 민족이 세운 최초의 근대적 고등교육기관이다.

이용익을 시켜서 금 85만 냥을 항아리 열두 개에 담아서 모처에 묻어 뒀다는 거예요. 그래서 만주에 있던 김좌진 장군이 사람을 보내서 서대문 부근에 있는, 황금이 묻혔다고 추정되는 집 한 채를 사서 파 보기도 했습니다.

왕의 재산, 무엇에 쓰였을까?

그날 교수님, 고종 황제의 비자금은 내탕금[2]과는 성격이 좀 다르죠?

이윤상 고종의 비자금은 본래는 1904년의 러일전쟁 이전에는 왕실 자금이었겠죠. 그런데 러일전쟁 이후 일본의 간섭이 심해진 다음부터는 비자금의 성격을 강하게 띤다고 볼 수가 있습니다. 조선 시대에는 왕들의 비자금이 있었습니까?

신병주 있었다고 볼 수 있죠. 조선 시대에는 왕실 재산을 관리하는 기관으로 내수사가 있었습니다. 그 시작은 조선이 건국된 후 인수한 고려 왕실의 재산과 태조 이성계 자신이 지역을 기반으로 형성한 재산을 관리하는 기구로 설치한 내수소입니다. 세조 때는 내수사로 이름을 고쳐 공식적으로 왕실 자금을 관리하는 관청으로 존속했고요. 관리들도 함부로 관여할 수 없는 자금이었죠.

이윤상 왕 말고 왕비나 대비도 개인적인 자금이 있었죠?

신병주 분명히 어느 정도는 있었죠. 왕비라 하더라도 자기에게 도움을 주는 궁녀나 내시들을 챙겨 줄 경제력이 있어야 밑의 사람들이 잘 따르죠.

류근 내수사라는 관청까지 설치해 관리할 정도라면, 왕들의 자금은 도대체 어떤 곳에 쓰였을까요?

신병주 왕실의 위상과 존엄을 과시하고 강화하는 데 쓰였겠죠. 특히 대한제국은 행사가 많았어요. 1902년은 고종 황제의 즉위 40주년이었고, 고종의 생일도 때마다 챙기고, 대비들을 위한 잔치도 했거든요. 긍정적으로는 흉년이 들거나 기근이 발생했을 때 돈을 풀기도 했던 것 같아요. 붕당 간의 당쟁이 심할 때 쓰이는 정치 자금도 분명히 있었던 것 같습니다. 다양한 용도로 쓰였죠.

그날 고종의 비자금 행방을 쫓다 보니까 대한제국 설립도 중요한 결단의 차원이 아니었을까 하는 생각이 듭니다.

조선, 황제의 나라가 되다

을미사변 이후 서울 정동의 러시아 공사관에 머무른 고종.
1년 뒤 경운궁(덕수궁)으로 환궁해 또 다른 시대를 연다.
아관파천 이후 조선이 황제의 나라가 된 것이다.

고종은 수많은 사람이 지켜보는 가운데
대대적으로 환구단(원구단)에서 황제 즉위식을 거행했다.

오늘날의 환구단에는 황궁우만이 남아 있지만,
고종은 환구단에서 황제만이 올릴 수 있는 제사를 거행한다.

또한 황제만이 입을 수 있는 황룡포를 입고
국호를 조선에서 대한제국으로 바꾼다.

> "우리나라는 곧 삼한의 땅인데,
> 국초의 천명을 받고 하나의 나라로 통합됐다.
> 지금 국호를 대한이라고 정한다고 해서 안 될 것이 없다."

고종 황제는 사대주의의 상징이었던
영은문을 헐고 그 자리에 독립문을 세우는 한편,
청나라와 한청통상조약을 체결해 대등한 관계를 맺는다.

명실상부한 자주독립국이자 황제의 나라인
대한제국의 시대가 열린 것이다.

대한제국이 탄생하다

그날 고종은 왜 500년 넘게 이어진 조선 왕조를 버리고 황제국으로 바꾼 걸까요?

이윤상 무엇보다도 자주독립 의지를 보이려고 한 것이 컸겠죠. 그전까지는 우리나라가 청의 제후국이었습니다. 독립국이 아니었죠. 다른 나라들과 동등한 지위에 있지 못했습니다. 따라서 다른 나라와 동등한 지위에 올라서고자 하는, 자주독립국임을 천하에 과시하고자 하는 의미가 있었죠. 그리고 고종 개인으로서도 권력을 키우고 위상을 높이는 데는 황제가 되고 제국을 선포하는 것보다 좋은 일이 없었을 겁니다.

그날 하늘에 제사를 지내는 제천단인 환구단[3]에서 황제국을 선포한 것은 다른 목적이 있었을 것 같아요.

신병주 황제를 상징하는 가장 큰 것 중 하나가 하늘에 직접 제사를 지내는 것입니다. 그러다 보니까 중국에는 천단이라는, 하늘에 제사를 지내는 원형의 공간이 있는데, 조선은 토지신과 곡물의 신에게 제사를 지내는 사직단[4]만 있거든요. 그런데 이제 환구단에서 하늘에 직접 제사를 지냄으로써 제후국이 아닌 황제국의 위상을 만천하에 알린 겁니다.

그날 동그라미와 네모의 차이가 있군요. 사직공원에 가 보면 사직단이 네모나게 되어 있거든요. 의미가 있는 거였네요.

신병주 천원지방[5]이라는 말을 따른 거죠.

이윤상 땅이 네모나다고 생각했으니까 땅에 제사 지내는 사직단은 네모나게 만들고, 하늘은 둥글다고 생각했으니까 하늘에 제사 지내는 환구단은 둥글게 만들었습니다.

환구단의 옛 모습(위)**과 황궁우**(아래) 일제가 환구단을 헐면서 오늘날에는 황궁우만이 남아 있다. 사적 제157호.

천단(위)과 사직단(아래) 중국의 베이징에 있는 천단(유네스코 세계 문화유산)은 명의 영락제 때 완공되었으며, 서울의 사직단(사적 제121호)은 조선의 태조가 건립했다.

황제와 왕의 차이는?

그날　황제와 왕은 확실히 많은 차이가 있지요?

신병주　신하가 왕을 지칭하는 용어는 전하인데, 황제를 지칭할 때는 폐하가 되지요. 그리고 왕이 내리는 문서를 교서 또는 교지라고 하는데, 황제가 내리는 문서는 칙서로 불렀습니다. 왕이 자신을 부를 때는 과인이라고 하는데, 황제는 자신을 짐으로 부르고요. 또한 조선이 제후국일 때는 만세라고 부르지 못하고 천세라고 했어요. 오늘날 우리가 흔히 외치는 만세는 원래 황제에게만 외칠 수 있었죠.

그날　그럼 한마디로 국격이 상승한 거네요. 고종이 우리도 중국과 대등한 독립국이라는 걸 선언한 셈이 되는 거예요. 열강들과 동등하다고 선포하는 것인데, 중국은 대단히 싫어했겠네요?

이윤상　당연히 싫어하죠.

신병주　이때의 국제 정세를 보면 청나라가 청일전쟁에서 패배하면서 위상이 약해진 시점입니다. 고종이 황제국임을 선포한 것도 국제적인 정세를 읽고 이용한 측면이 있지요.

그날　고종이 과인에서 짐이 되면서 옷도 달라졌어요. 황룡포를 입기 시작했죠? 이제 중국의 황제와 같은 색의 옷을 입으면서 너와 나는 같다는 것을 확실히 보여 주는 거네요.

신병주　황제를 상징하는 색깔이 외우기도 좋게 황색이에요. 한자는 다르지만 말이죠. 그래서 고종 황제도 황색 곤룡포를 입습니다. 조선 시대 다른 왕의 초상화를 보면 붉은색 곤룡포를 입고 있지요. 특이하게 태조 이성계가 예외적으로 청룡포라고 해서 청색 곤룡포를 입었지만, 왕일 때는 곤룡포의 색이 기본적으로는 붉은색이에요.

그날　나중에 박물관에 가면 세세히 봐야겠네요. 그런데 국호를 대한제국이라고 한 이유가 있었을까요?

역사의식을 반영하는 국호

신병주 큰 한이라는 뜻이지요. 우리 역사를 거슬러 올라가면 고조선에서 역사가 시작되는데, 고조선에서 남하한 이주민 일부가 한을 세웠다고 국사책에 나옵니다. 마한, 진한, 변한인데, 당시의 역사 인식을 보면 삼한을 통합한 나라가 고려라는 인식이 아주 굳건히 지속됩니다. 그래서 조선이라는 국호를 대신할 새로운 국호를 찾다 보니까 역사적으로 조선 다음에는 한이라는 국호가 있었다는 것을 떠올린 거죠.† 그래서 삼한을 계승한다는 의식을 이어받아서 그 한 중에서도 더 큰 한, 즉 대한을 나라 이름으로 정했는데 황제의 나라라서 대한제국이 됩니다.

이윤상 우리나라에서 가장 먼저 수립된 국가가 고조선이죠. 앞선 시대의 조선이라고 해서 고조선으로 부르는 거고, 본래의 국호는 조선이죠. 그래서 이 조선이라는 국호는 만주 지방과 한반도의 북부 지방을 아우르는 의미가 있고, 한이라는 국호는 한반도의 남부 지방을 상징하는 의미가 있습니다. 그런데 지금 우리가 대한민국이라는 국호를 사용하고 북한은 조선이라는 국호를 사용하지 않습니까? 조금은 연관이 있지 않을까 하는 생각이 드네요.

신병주 그래서 남북이 통일되면 국호를 무엇으로 할지 고민을 좀 해야 해요. 조선과 한이라는 국호가 양립하니까, 양쪽을 적절하게 잘 조화해 주는 국호도 생각해 볼 만하죠. 우리 역사에서는 국호가 역사의식을 반영한다는 것도 흥미롭게 볼 만합니다.

† 심순택이 아뢰기를, "우리나라는 기자의 옛날에 봉해진 조선이란 이름을 그대로 칭호로 삼았는데 애당초 합당한 것이 아니었습니다. 지금 나라는 오래되었으나 천명이 새로워졌으니 국호를 정하되 응당 전칙(典則)에 부합해야 합니다."

하였다. 상이 이르기를, "우리나라는 곧 삼한의 땅인데, 국초(國初)에 천명을 받고 하나의 나라로 통합되었다. 지금 국호를 '대한'이라고 정한다고 해서 안 될 것이 없다. 또한 매번 각국의 문자를 보면 조선이라고 하지 않고 한이라 하였다. 이는 아마 미리 징표를 보이고 오늘이 있기를 기다린 것이니, 세상에 공표하지 않아도 세상이 모두 다 '대한'이라는 칭호를 알고 있을 것이다." 하였다.
—『고종실록』 34년(1897) 10월 11일

현대인이 생각하는 대한제국

그날 대한제국이 우리 역사 속에 분명히 버젓하게 존재했던 나라에요. 그런데도 뭔가 낯설게 느껴지는 감이 있지 않나요? 오늘날 우리 현대인이 대한제국을 어떻게 생각하는지 송길영 교수님 통해 알아보겠습니다. 우리나라 사람들이 대한제국이라고 하면 무엇을 많이 떠올리나요?

송길영 먼저 대한이라는 말이 나올 때 같이 나오는 표현들을 보면 유독 일본이 많이 나옵니다. 따라서 우리 근대 역사가 일본과 뗄 수 없는 관계라는 것을 알 수가 있고, 아무래도 항일의 이미지가 내재화된 것은 아닐까 하고 생각해 볼 수 있습니다. 그리고 우리가 스포츠 경기의 한일전에서 대한민국이라는 구호를 외칠 때 느끼는 벅차오르는 감정은 대한이라는 키워드 내부에 내재한 것이 아닌가 하는 생각도 듭니다. 두 번째는 제국이라는 표현입니다. 보통 우리가 많이 아는 제국은 대영제국과 로마제국 같은 제국들인데, 긍정적인 인상과 부정적인 인상들이 일정한 비율로 표현됩니다. 하지만 유독 대한제국은 불법, 비극, 강압, 치욕처럼 부정적인 정보가 매우 많이 나옵니다. 따라서 우리가 실제로는 근대적인 형태의 제국을 꿈꿨지만, 실상은 그렇지 못했다는 걸 볼 수 있지요. 그렇다면 고조선을 시작으로 지금까지 우리나라 역사 속에 수많은 국가가 있었는데, 그 국가들이 어떠한 순서로

순위	1	2	3	4	5	6	7	8	9	10
국가	조선	고려	신라	백제	고구려	가야	대한제국	고조선	발해	후백제

우리는 한반도에 있었던 국가들을 어떠한 순서로 인식할까?

우리 머릿속에 남아 있을까요?

그날　1위는 조선일 테고, 2위는 고려나 신라, 고구려가 아닐까요? 대한제국은 순위 밖에 있나요?

류근　아니에요. 7~8위권에는 있지 않을까 싶어요.

송길영　네, 놀랍게도 맞추신 분이 계시네요. 첫 번째는 당연히 조선입니다. 그다음이 고려, 신라, 백제, 고구려의 순서입니다. 아무래도 통일이 있었기 때문에 신라의 인지도가 높은 것 같고요. 잊힌 왕국으로 불리는 가야가 오히려 대한제국보다 한 단계 높은 6위를 차지했습니다.

그날　대한제국이 7위예요? 류근 시인이 정확하게 맞추셨네요. 생각보다 높은 순위에 대한제국이 있어요. 놀랍네요. 고조선보다 높은 순위입니다. 아마 대한제국이 품었던 희망에 관해서 요즘 다시 인식하기 때문이 아닌가 싶은데요. 격동기 속에서 13년이라는 짧은 시간이었지만, 대한제국의 역사 속에는 놀라운 변화와 성장이 있었습니다.

고종 황제의 근대도시 만들기 프로젝트

서울의 중심 광화문.
경복궁의 정문인 광화문에서 남대문에 이르기까지
직선으로 곧게 뻗은 도로는 오늘날 서울의 중심 거리다.

이 도로가 지금의 모습을 갖춘 건 100년 전.
대한제국의 고종 황제가 야심 차게
도시 개조 사업을 시작하면서부터다.

19세기에 제작된 지도를 확인해 보면
광화문에서 종로까지만 길이 나 있었을 뿐,
오늘날의 광화문 광장에 있는,
육조 거리와 남대문을 잇는 남북 간 도로는 없었다.

대한제국의 황궁이었던 덕수궁을 중심으로
서울의 주요 도심을 연결하는 방사선 도로를 만든 것이다.

고종은 당시에 가장 선진적인 도시였던
미국의 수도 워싱턴 D.C.를 모델로 삼아
서울을 근대적인 도시로 바꾸려 했다.

근대 도시로 개조하기 위한 노력은 서울 곳곳에서 펼쳐졌다.
종로에는 우리나라 최초의 공원인 탑골공원이 들어섰으며,
경복궁 안 건청궁에는 최초로 전등이 켜졌다.
미국의 에디슨이 백열전등을 발명한 지 8년 만의 일이었다.

그뿐만 아니라 첨단 문명의 상징이었던 전차가
아시아에서는 두 번째로 도심을 달렸다.
전차가 질주하는 서울의 모습은
외국인의 눈에도 놀라운 일이었다.

> "신발명품을 거침없이 받아들여
> 서울 시내를 바람을 쫓는 속도로 달리는 전차를 타고
> 구경할 수 있으니 어찌 놀랍지 않으랴."

서울과 인천을 오가는 경인선 철도가 개통되고
한강엔 최초로 철교가 가설됐다.

대한제국의 의욕적이고 신속한 도시 개조 사업은
불과 3년 만에 이뤄 낸 결실이었다.

전차 개통식 1899년 5월, 우리나라 최초로 도입된 전차의 개통식이 동대문에서 열렸다.

대한제국, 근대화를 향해 나아가다

그날　서울에 전차가 달리기 시작한 게 도쿄보다 무려 3년이나 더 빠르데요. 굉장히 빨리 이루어진 편이네요? 저는 이 사실만 해도 대단히 뿌듯한데요?

이윤상　전차가 서울에 놓인 게 1899년입니다. 일본 교토보다는 늦었지만, 도쿄보다는 빨랐죠. 처음에 운행되기 시작한 전차 노선은 동대문에서 서대문까지입니다. 당시 서울의 중심인 운종가[6]와 종로를 연결하는 전차가 다니기 시작했고, 그 뒤에 남대문, 그다음에는 마포까지 연결되었죠.[†]

그날　꽤 길게 연결됐네요.

류근　궁에 전기도 도입했다고 하네요. 엄청 빠른 거잖아요.

그날　다른 나라보다 빨리 도입한 거죠. 나중에는 경운궁에도 전기가 들어왔다고 하고요.

류근　근데 지난번에도 들었지만, 고종이 원래 늦게 자고 늦게 일어나는 사람이라면서요?

그날　야행성인 거죠.

류근　그래서 '개인적인 사정 때문에라도 전구가 더 필요하지 않았을까?'라는 생각이 들기도 해요.

이윤상　고종이 거의 아침이 되고 나서야 잠들었다는 기록이 많지요. 에

광화문의 광장과 거리 광화문에서 남대문으로 이어지는 거리는 고종 때 형성되었다.

디슨이 백열전구를 발명한 지 몇 년 안 되었을 때 우리 쪽에서도 에디슨 상회에 등을 설치해 달라고 주문합니다. 그랬더니 에디슨 상회에서 시범 사업 삼아서 고급 시설을 원가 이하로 적자를 보면서까지 건청궁에 설치해 줍니다.

그날　대한제국 시절의 근대화를 상징하는 것이 참 많네요. 서울 광장의 방사선 도로도 고종 황제 때 정비된 거라면서요?

신병주　그렇죠. 고종 때는 덕수궁이 정궁 역할을 했으니까, 덕수궁을 중심에 놓고 방사선 도로를 만들었습니다. 이때 계획된 기본 틀이 지금까지도 이어지고 있고요. 예전에는 제대로 된 거리가 광화문 광장에서 종로까지밖에 형성되어 있지 않았는데, 이때를 계기로 중심축이 경복궁 쪽에서 덕수궁 쪽으로 넘어왔습니다.

그날　안 그래도 빠듯할 땐데 왜 그렇게 도시 정비에 신경을 썼던 걸까요? 그냥 생각 없이 투자했던 걸까요?

신병주　우리도 이제 자주국이자 독립국이라는 것을 보여 주고, 수도 서울이 서양의 여러 나라에 있는 도시에 못지않은 모습을 갖추었다는 것을 과시하는 거죠. 지금도 그렇지만, 외국에 갔을 때 그 나라의 수도가 가지는 이미지로 그 나라의 위상을 평가하기도 하잖아요.

† "동대문과 남대문은 황성 큰 거리와 연결되어 있으므로 사람들이 붐비고 수레와 말들이 복잡하게 드나듭니다. 게다가 또 전차가 그 복판을 가로질러 다니기 때문에 서로 간에 피하기가 어려워 접촉 사고가 많습니다. 그러므로 교통 운수의 편리한 방도를 특별히 강구하지 않을 수 없습니다. 문루의 좌우 성첩(城堞)을 각각 여덟 칸씩 헐어버림으로써 전차가 드나들 선로를 만들고 원래 정해진 문은 전적으로 사람만 왕래하도록 한다면 매우 번잡한 폐단이 없을 것 같습니다. 삼가 도본(圖本)을 가져와 성상께서 보실 수 있도록 준비하였습니다. 삼가 성상의 재결을 기다립니다."
—『고종실록』 44년(1907) 3월 30일

독일인이 작곡한 대한제국 애국가

그날 대한제국 시대에도 애국가가 있었다면서요?

이윤상 대한제국의 애국가죠. 제가 악보를 가지고 있습니다.

그날 가사가 어떻게 되죠?

이윤상 가사가 좀 어렵습니다. "상제는 황제를 도우사 성수무강하사 해옥주(海屋籌)를 산같이 쌓으소서."

신병주 지금의 애국가와도 흐름이 이어지는 부분이 있는데요.

그날 "하느님이 보우하사 우리나라 만세." 말씀하신 가사를 요즘 식으로 바꾸면 비슷하겠네요.

이윤상 그렇죠. 사실상 같은 뜻입니다.

신병주 대한제국의 애국가를 작곡한 사람은 프로이센 왕실에서 활약했던 음악가인 프란츠 에케르트[7]로 알려져 있죠.

그날 교수님, 그 에케르트라는 사람이 일본의 국가인 기미가요도 작곡했다면서요?

프란츠 에케르트(왼쪽)과 양무호(오른쪽) 대한제국 최초의 군함인 양무호는 일본의 미쓰이 물산이 9년간 석탄 운반선으로 쓰던 배를 인수해 개조한 것이다.

이윤상 본래 에케르트가 프로이센[8]의 해군 군악대장이었어요. 근데 일본에 초청되어 가서 군악대장으로 생활하다가 일본 국가인 기미가요를 작곡했습니다. 그리고 그 뒤에 한국에 와서 또 군악대장으로 지내면서 1902년에 대한제국의 애국가를 작곡했죠.

그날 듣기로는 이 작곡가에게 들어간 돈이 엄청났다고 합니다. 당시에 대한제국 최초의 군함을 빌리는 비용이 한 달에 5000원이었데요. 근데 에케르트에게 준 돈이 한 달에 300원이었다고 합니다. 이렇게까지 많은 돈을 주면서, 파격적인 대우를 하면서까지 왜 애국가를 만들었을까요?

이윤상 나라를 상징하는 것으로 국가와 국기는 필수적이라고 봐야 합니다. 근데 당시까지 공식적인 국가가 없어서 새로 만든 겁니다. 고종은 서양에 관심이 많았던 것 같고, 개인적인 호기심도 많았던 것 같아요.

계획이 부재했던 근대화 노력

그날 고종이 선글라스를 쓴 사진을 보면 표정이 정말 인상적이에요. 대단히 흐뭇해해요. 이를 드러내고 웃잖아요.

선글라스를 쓴 고종의 모습 고종의 어가 행렬을 알렌이 촬영했다.

이해영 하지만 전차도 그렇고 전기도 그렇고, 산업화까지 연결됐으면 좋았을 텐데, 실질적인 발전은 이루어지지 못했다는 게 안타깝긴 하네요.

이윤상 그런 점이 저도 참 아쉽습니다. 많은 성과를 내지 못한 이유가 여러 가지 있겠죠. 하지만 가장 큰 이유는 대한제국의 개혁 사업을 전체적으로 어떻게 끌고 나갈지에 관한 종합 계획이 제대로 만들어지지 않았던 것이라고 생각합니다.

그날 대한제국은 이렇게 빠른 속도로 근대화를 추진했지만, 나라의 운명이 위태로워지면서 고종의 비자금이 긴밀하게 움직이기 시작합니다.

헤이그 특사 파견

1904년 2월, 러시아와 일본 간에 전쟁이 시작된다.
한반도와 만주의 지배권을 두고 벌인 두 나라의 전쟁은
예상을 깨고 일본이 승리하면서 한반도 침략이 본격화된다.

일본은 대한제국의 외교권을 박탈하기 위해
강제로 조약을 체결하고,
이대로 주권을 빼앗길 수 없었던 고종은
헤이그에서 열리는 만국평화회의에 특사를 파견한다.

고종의 명을 받은 이준, 이상설, 이위종.
그러나 정식 초청장이 없다는 이유로
헤이그 특사들은 회의장에 참석조차 거부당했다.

국제질서의 냉혹함에 분노하며
헤이그 특사들은 세계 언론을 향해
을사늑약의 불법성과 무효를 알리고,
대한제국이 처한 현실을 적극적으로 호소한다.

> "일본인들은 항상 평화를 말하지만,
> 어찌 사람이 기관총구 앞에서 평화롭게 살 수 있겠는가?
> 한국의 독립과 한국민의 자유가 이뤄지지 못하는 한
> 극동의 평화는 있을 수 없다."

그러던 중 특사의 한 사람이었던

이준의 갑작스러운 사망 소식이 전해진다.

이준의 죽음은 다시 한 번 세계의 주목을 받았으나,
그것이 전부였다.

뒤늦게 헤이그에 특사를 파견한 사실을 안 일본은
그 책임을 고종에게 물어 밤새워 갖은 회유와 협박을 하며
결국 고종을 퇴위시킨다.

고종의 실낱같은 희망이었던
헤이그 특사 파견이 실패로 돌아가며
13년간에 걸친 대한제국의 막이 내려진다.

제2차 만국평화회의 헤이그에서 두 차례(1899년과 1907년)에 걸쳐 개최된 만국평화회의는 제1차 세계대전이 발발하면서 더는 열리지 못했다.

마지막 승부수, 헤이그 특사

그날 대한제국이 자주독립국임을 알리고자 헤이그 특사를 보냈는데, 안타깝게 실패했어요. 매우 화가 나는 일인데, 우리나라는 왜 초청을 못 받은 거예요?

신병주 초청장을 받기는 했습니다. 1906년에 러시아 외무부 장관이 초청장을 배포했고, 그 원본이 네덜란드 문서 보관소에 지금도 남아 있습니다. 그런데 헤이그 특사들이 입장을 거부당한 건 그 당시에 국제적으로 힘이 있었던 일본이 영일동맹[9]을 통해 영국의 힘을 빌려서 국제적으로 대한제국을 고립시켰기 때문이죠.

이윤상 일본으로서는 아픈 경험이 있습니다. 청일전쟁에서 승리해 청으로부터 많은 대가를 얻어 냈는데, 바로 러시아와 독일, 프랑스가 개입한 삼국간섭[10]으로 요동반도를 내놓거든요. 이후에 고종은

헤이그 특사들 왼쪽부터 이준, 이상설, 이위종.

외교력을 강화하고 열강을 상대로 외교적인 교섭을 하고자 많이 노력합니다. 따라서 일본은 삼국간섭과 같은 사태가 다시 벌어질까 봐 우려했죠.

그날 헐버트가 고종에게 거액의 금품을 받아서 움직이는 걸 일본이 예의주시했다는 얘기를 들은 적이 있어요. 거액의 금품이라는 건 우리가 궁금해하는 고종의 비자금을 가리키는 것일까요?

신병주 헐버트가 헤이그에서 신문을 통해 헤이그 특사단의 호소문을 실어요. 세계 각국이 우리 대한제국의 어려운 상황에 관심을 두어 달라는 내용이죠. 그런데 헐버트가 외교 활동을 하려면 당연히 자금이 필요하지 않겠습니까? 그래서 고종의 비자금을 활용했다는 이야기가 있는 거죠.

그날 그러니까 고종이 훗날을 도모하고자 어렵게 비자금을 쌓아 뒀는데, 대한제국이 사활을 걸고 헤이그 특사를 보낸 일로 말미암아 일본이 비자금의 흐름을 포착한 거예요. 그럼 일본이 고종의 비자금을 어떻게 관리하나요? 자금줄을 옥죄나요?

이윤상 일본이 그렇게 고종을 감시했는데도 헤이그 특사 사건이 터지죠. 그러니까 일본이 더 깜짝 놀라서 사람들을 못 만나게 하면서 고종의 비자금을 광범위하게 조사했습니다. 그래서 처음에 얘기가 나왔던, 덕화은행에 예치되어 있던 비자금도 이때 발견된 것이고요. 그 밖에 현상건이나 이용익 등 고종의 측근 명의로 저금돼 있던 자금도 꽤 많이 드러났습니다.

고종의 비자금이 긴요하게 쓰였다면?

그날 어렵게 모아 놓은 비자금을 일본에 발각당하는 바람에 써 보지도 못한 셈이네요. 근데 만약에 비자금이 잘 보존돼서 훗날에 독립운동을 하는 데 긴요하게 쓰였다면 우리 독립운동의 양상이 많이 바뀌었을까요? 나라의 운명도 좀 바뀌었을까요?

신병주 고종이 궁극적으로 지향했던 것은 각국을 상대로 한 외교 활동을 통해 일본의 간섭에서 확실히 벗어나 자주적 근대화의 길로 나아가는 것이었습니다. 그런 분명한 목표가 있었기 때문에 독립운동을 위해서도 어느 정도는 활용했을 가능성이 있고요.

그날 이쯤 되면 비자금이라는 용어를 다시 정의해야 할 것 같아요. 고종의 비자금과 요즘 세상에서 말하는 비자금은 의미가 다르다는 걸 말이죠.

신병주 지금은 비자금이라는 말이 부정적으로 많이 쓰이죠. 주로 정치자금이나 통치 자금으로 인식한단 말이에요. 근데 고종의 자금은 그래도 긍정적인 면이 분명히 있었던 거예요.

그날 헐버트가 사라진 비자금을 찾고자 40년간 백방으로 노력하면서 유서에는 다음과 같이 남겼다면서요. "이걸 찾으면 한국 국민에게 돌려줘야 한다." 비자금을 찾으려는 노력을 외국인인 헐버트도 하는데, 우리는 어떤 노력을 했는지 반성하게 돼요.

고종과 순종 프랑스 신문에 게재된 고종과 순종의 초상 사진. 고종의 퇴위로 순종이 대한제국의 제2대 황제가 되었다. 국립고궁박물관 소장.

신병주 헤이그 특사 사건에서도 보이듯이 고종이 비자금을 의미 있게 쓰려고 상당히 노력했는데도 대한제국의 역사가 부정적으로 인식되는 과정에서 역사 속으로 묻혀 버린 거죠. 비자금의 존재 자체를 잘 몰랐던 겁니다.

고종, 어떻게 평가할 수 있을까?

그날 헤이그 특사 사건이 결과적으로 고종의 퇴위를 부른 거잖아요.† 그러니 대한제국의 멸망을 운명이라고, 어쩔 수 없었다고 평가해 버리면 고종으로선 참 서운할 것 같아요.

이윤상 사실 고종에 관한 평가는 극과 극을 달립니다. 일본이 우리나라를 식민지화한 직후에는 책임을 전부 고종에게 덮어씌우려고 고종을 무능하고 우매한 군주로 매도한 경향이 있지요. 대한제국이 망하는 것은 당연하고, 일본이 한반도를 발전하도록 돕겠다는 명분을 내세웠었죠. 그리고 최근에 와서는 고종에 관한 잘못된 평가 대신 새롭게 평가해야 한다면서 고종을 지나치게 긍정하고 미화하는 사례들도 나오고 있습니다.

그날 대한제국이 짧은 기간에 많은 발전을 이루긴 했지만, 열강들의 간섭이라는, 대한제국이 절대 넘지 못한 벽이 하나 있었습니다. 오늘의 소회를 부탁드릴게요.

이해영 "단언컨대 대한제국은 많은 것을 담았던 맹아, 즉 씨앗이었다."

류근 "단언컨대 대한제국은 석양 아래 서 있는 외로운 성이었다." 대한제국도 그렇고 고종도 헤이그 특사들까지도 그렇고, 정말 딱 고성낙일[11]의 처지가 아니었나 하는 생각이 듭니다.

그날 망국의 역사로 외면하기보다는, 희망의 씨앗을 품었던 대한제국의 진면목에 집중할 수 있는 소중한 시간이었습니다.

† 조령을 내리기를, "이상설, 이위종, 이준의 무리들은 어떤 흉악한 성품을 부여받았으며 어떤 음모를 품고 있었기에 몰래 해외에 달려가 거짓으로 밀사라고 칭하고 방자하게 행동하여 사람들을 현혹시킴으로써 나라의 외교를 망치게 하였는가? 그들의 소행을 궁구하면 중형[重辟]에 합치되니 법부에서 법률대로 엄히 처결하라." 하였다.
—『순종실록』 즉위년(1907) 7월 20일

1 효명세자, 세도정치에 칼을 겨누다

1 잠룡(潛龍): 아직 하늘에 오르지 않고 물속에 숨어 있는 용. 왕위를 잠시 피해 있는 임금이나 기회를 아직 얻지 못하고 묻혀 있는 영웅을 비유적으로 이르는 말이기도 하다.

2 유리걸식(流離乞食): 정처 없이 떠돌아다니며 빌어먹음.

3 춘앵무(春鶯舞): 봄 꾀꼬리를 흉내 낸 춤.

4 여염(閭閻): 백성의 살림집이 많이 모여 있는 곳을 가리키는 말.

5 당백전(當百錢): 조선 시대에 경복궁 중건으로 말미암은 재정적 궁핍을 해결하고자 흥선대원군이 만든 화폐. 법정 가치는 상평통보의 100배였지만 실제 가치는 크게 미치지 못하여 화폐 가치가 폭락해 1867년(고종 4)에 폐지되었다.

2 강화 도령 이원범, 왕이 되다

1 이하전(1842~1862): 조선 말기의 왕족. 헌종이 1849년에 후사 없이 사망하자, 왕위 계승권자로 물망에 올랐으나 당시 세도가인 안동 김씨들의 반대로 좌절되었다. 뒤에 무고(誣告)를 입고 제주도에 유배되어 사사(賜死)되었다.

2 종친부(宗親府): 조선 시대에 역대 왕의 계보와 초상화를 보관하고, 왕과 왕비의 의복을 관리하며 종반(宗班)을 다스리는 일을 맡아보던 관아. 1433년(세종 15)에 재내제군부(在內諸君府)를 고친 것으로, 1864년(고종 1)에 종부시를 합하여 그 사무를 아울러 맡았으며, 1894년(고종 31)에 종정부로 고쳤다.

3 이항로(1792~1868): 조선 고종 때의 유학자. 초명은 광로(光老). 자는 이술(而述). 호는 화서(華西). 벼슬은 동부승지, 공조 참판, 경연관(經筵官)을 지냈다. 주리론(主理論)과 이원론(二元論)을 주장하였으며, 존왕양이(尊王攘夷)의 대의(大義)를 내세웠다. 저서로 『화서집』이 있다.

4 면류관(冕旒冠): 제왕(帝王)의 정복(正服)에 갖추어 쓰던 관. 거죽은 검고 속은 붉으며, 위에는 긴 사각형의 판이 있고 판의 앞에는 오채(五彩)의 구슬꿰미를 늘어뜨린 것으로, 국가의 대제(大祭) 때나 왕의 즉위 때 썼다.

5 철릭: 무관이 입던 공복. 직령(直領)으로서, 허리에 주름이 잡히고 큰 소매가 달렸는데, 당상관은 남색이고 당하관은 분홍색이다.

6 규(圭/珪): 옥으로 만든 홀(笏). 위 끝은 뾰족하고 아래는 네모졌다. 옛날 중국에서 천자가 제후를 봉하거나 신을 모실 때에 썼다.

7 정원용(1783~1873): 조선 후기의 문신. 자는 선지(善之). 호는 경산(經山). 헌종이 죽자 영의정으로서 원범의 영립(迎立)을 주장하여 철종으로 즉위하게 하였다. 암행어사 제도의 부활을 건의하여 삼정의 문란을 다스리고자 노력하였다.

8 『일성록(日省錄)』: 1760년(영조 36) 1월부터 1910년 8월까지 조정과 내외의 신하에 관해 기록한 일기. 임금의 일기 형식을 갖추고 있으나 실질적으로는 정부의 공식적인 기록이다. 정조의 세손 시절에 시작되어 즉위 후 규장각 존속 기간에는 각신(閣臣)에게 편찬하도록 하였다. 2329권의 인본(印本). 국보 제153호.

9 세초(洗草): 조선 시대에 『실록』을 편찬한 뒤 그 초고를 없애 버리던 일. 자하문 밖 조지서에서 그 사초(史草)를 물에 씻고, 그 종이를 제지 원료로 다시 사용하였다.

10 삼정이정청(三政釐整廳): 삼정의 문란으로 말미암아 1862년(철종 13) 5월에 민란이 일어나자 이를 바로잡기 위하여 설치한 임시 관아. 성과를 거두지 못하고 그해 윤8월에 없앴다.

11 사액서원(賜額書院): 임금이 이름을 지어서 새긴 편액을 내린 서원. 흔히 서적, 토지, 노비 등도 동시에 하사하였으며, 조선 명종 때 주세붕이 세운 백운동 서원에 '소수서원'이라 사액한 것이 시초다.

3 명성황후 실종 사건

1 홍계훈(?~1895): 조선 고종 때의 무신. 자는 성남(聖南). 호는 규산(圭珊). 동학농민운동 당시 양호 초토사(兩湖招討使)가 되어 관군 800명을 이끌고 전주성을 수복하였으며, 이후 을미사변 때 훈련대장으로 광화문을 지키다가 순직하였다.

2 민승호(1830~1874): 조선 고종 때의 문신. 자는 복경(復卿). 명성황후의 오빠로 벼슬이 병조판서에 이르렀으며, 대원군이 실각한 후 일시적으로 권력을 장악하고 있다가 선물을 가장하여 온 폭약으로 죽었다.

3 최익현(1833~1906): 구한말의 문신·학자·애국지사. 자는 찬겸(贊謙). 호는 면암(勉菴). 대유학자로 대원군을 탄핵하였으며 갑오개혁 때 단발령에 반대하였다. 을사조약을 반대하여 의병을 일으켰으며 유배지 쓰시마 섬에서 단식하다 사망하였다. 저서로 『면암집(勉菴集)』 등이 있다.

4 민영익(1860~1914): 조선 고종 때의 문신. 자는 우홍(遇鴻)·자상(子相). 호는 운미(芸楣)·죽미(竹楣)·원정(園丁)·천심죽재(千尋竹齋). 전권대신으로 미국에 다녀온 후 개화당을 탄압하였고, 고종 폐위 음모로 홍콩에 망명하였다. 글씨와 그림에 능하였다.

5 알렌(1858~1932): 미국의 선교사·의사. 우리나라 이름은 안연(安連). 중국을 거쳐 우리나라에 들어와 최초의 장로교 선교사가 되었다. 고종 황제의 시의 및 외교 고문으로 있었으며 광혜원과 관립 의학교를 창립하였다.

6 페이드아웃(fade-out): 영화나 텔레비전에서 화면이 처음에는 밝았다가 점차 어두워지는 일.

7 시너지(synergy): 분산 상태에 있는 집단이나 개인이 서로 적응해 통합되어 가는 과정.

4 삼일천하 갑신정변, 그들은 무엇을 꿈꾸었나

1 우정총국(郵征總局): 구한말에 체신 사무를 맡아보던 관아. 1884년(고종 21)에 두었다가 갑신정변 이후에 없앴다. 사적 정식 명칭은 '서울 우정총국'이다. 사적 제213호.

2 병인양요(丙寅洋擾): 흥선대원군의 가톨릭 탄압으로 1866년(고종 3)에 프랑스 함대가 강화도를 침범한 사건. 병인박해 때 중국으로 탈출한 리델 신부가 천진에 와 있던 로즈 제독에게 진상을 보고함으로써 일어났는데, 프랑스 함대는 약 40일 만에 물러갔다.

3 신미양요(辛未洋擾): 1871년(고종 8)에 미국 군함이 강화도 해협에 침입한 사건. 대동강에서 불탄 제너럴셔먼호 사건에 대한 문책과 함께 조선과의 통상 조약을 맺고자 하였으나 격퇴되었다.

4 을사늑약(乙巳勒約): 1905년에 일본이 대한제국의 외교권을 빼앗고자 강제적으로 맺은 조약. 고종 황제가 끝까지 재가하지 않았기 때문에 원인 무효의 조약이다.

5 박영효(1861~1939): 구한말의 친일 정치가. 자는 자순(子純). 호는 춘고(春皐)·현현거사(玄玄居士). 정치적 혁신을 부르짖어 김옥균 등과 개화당을 조직하여 갑신정변을 일으켰으나 사대당에 패하여 일본으로 망명하였다. 귀국하여 김홍집 내각의 내무대신, 이완용 내각의 궁내부대신을 지냈다. 국권 강탈 후 일본으로부터 후작(侯爵)을 받고 중추원 고문에 임명되었다.

6 서재필(1864~1951): 독립운동가·정치가. 호는 송재(松齋). 김옥균 등과 일으킨 갑신정변의 실패로 일본과 미국에서 망명 생활을 하였다. 후에 귀국하여 독립협회를 조직하고, 우리나라 최초의 민간 신문인 ≪독립신문≫을 발간하였다.

7 박규수(1807~1877): 조선 고종 때의 문신. 자는 환경(桓卿/瓛卿)·정경(鼎卿). 호는 환재(瓛齋·桓齋)·환재거사(瓛齋居士). 1866년(고종 3)에 평안도 관찰사로 있을 때 대동강에 들어와 소란을 피우던 미국 상선 셔먼호를 불살랐다. 후에 판중추부사가 되어 일본과의 친교를 주장하여 강화도조약을 맺게 하였다. 저서로 『환재집』이 있다.

8 홍영식(1855~1884): 구한말의 문신. 자는 중육(仲育). 호는 금석(琴石). 박영효, 김옥균 등과 독립당을 조직하고, 이듬해 우정총국의 낙성식을 계기로 갑신정변을 일으켜 혁신 내각의 우의정이 되었으나, 삼일천하로 끝나고 대역 죄인으로 몰려 처형되었다.

9 김윤식(1835~1922): 조선 고종 때의 학자·정치가. 자는 순경(洵卿). 호는 운양(雲養). 온건 개화파로 갑오개혁 이후 외무대신을 지냈으며, 김가진과 흥사단을 조직하였다. 저서로 『운양집』과 『속음청사』 등이 있다.

10 김홍집(1842~1896): 구한말의 정치가. 초명은 굉집(宏集). 자는 경능(敬能). 호는 도원(道園)·이정학재(以政學齋). 임오군란 뒤에 한국 전권 부관(全權副官)으로 제물포조약을 체결하였다. 내각 총리대신이 되어 「홍범 14조」를 발표하였으며 갑오개혁을 단행하였다. 과격한 개혁과 아관파천으로 친러파 내각에 밀려났고 광화문에서 폭도들에게 피살되었다. 저서로 『이정학재일록(以政學齋日錄)』이 있다.

11 묄렌도르프(1848~1901): 독일의 외교관. 중국 천진 영사로 있다가 이홍장의 추천으로 대한제국의 통리기무아문 협판으로 부임하여 친러시아 정책을 폈다. 저서로 『만주어 문전』이 있다.

12 원세개(1859~1916): 중국의 정치가. 자는 위정(慰亭). 호는 용암(容庵). 조선의 임오군란·갑신정변, 중국의 무술정변에 관여하였으며, 의화단 사건 후 총독, 북양(北洋) 대신이 되었다. 신해혁명 때는 전권을 장악하여 선통제를 퇴위시키고, 1913년에 대총통에 취임하였으며, 1916년에 제위에 오르겠다고 선언하였으나 반대에 부딪쳐 실각하였다.

13 청불전쟁: 1884년에 프랑스가 베트남에 대한 종주권을 얻으려고 청나라에 대하여 일으킨 전쟁. 1885년에 프랑스가 승리하여 인도차이나 반도를 식민지로 삼았다.

14 경우궁(景祐宮): 궁정동 칠궁의 하나. 조선 순조의 생모인 수빈 박씨의 사당.

15 능지처참(陵遲處斬): 대역죄를 범한 자에게 과하던 극형. 죄인을 죽인 뒤 시신의 머리, 몸, 팔, 다리를 토막 쳐서 각지에 돌려 보이는 형벌이다.

16 세인트헬레나 섬: 남대서양, 아프리카 대륙의 먼바다에 있는 영국령의 화산섬. 나폴레옹의 유형지였다. 아마실과 레이스 등이 난다. 중심 도시는 제임스타운으로, 면적은 122제곱

킬로미터.

17 홍종우(1854~?): 구한말 수구파의 정객. 김옥균을 중국 상해로 유인하여 암살하고, 황국협회를 조직하고 보부상을 동원하여 독립협회의 활동을 방해하였다.

18 갑오개혁(甲午改革): 1894년(고종 31) 7월부터 1896년(고종 33) 2월 사이에 추진되었던 개혁 운동. 개화당이 정권을 잡아 세 차례에 이르는 개혁을 통하여, 재래의 문물제도를 근대식으로 고치는 등 정치·경제·사회 전반에 걸쳐 혁신을 단행하였다.

5 났네, 났어, 난리가 났어! 동학농민운동

1 권귀(權貴): 지위가 높고 권세가 있는 사람.

2 안핵사(按覈使): 조선 후기에 지방에서 발생하는 민란을 수습하기 위하여 파견하던 임시 벼슬.

3 별기군(別技軍): 1881년(고종 18)에 조직한 근대식 군대. 일본인 교관을 채용해 근대식 군사훈련을 시키고 사관생도를 양성했다.

4 좌고우면(左顧右眄): 이쪽저쪽을 돌아본다는 뜻으로, 앞뒤를 재고 망설임을 이르는 말.

5 김개남(1853~1895): 구한말의 동학 접주. 자는 기선(箕先)·기범(箕範). 전봉준 다음가는 남접의 지도자로, 한때 남원을 점거하여 동학 군정(軍政)을 시행하였다. 일본군과 합세한 관군에게 잡혀 처형되었다.

6 집강소(執綱所): 조선 후기 동학농민운동 당시 동학농민군이 전라도 지방에 설치한 자치적 개혁 기구. 집강 한 명과 서기, 집사, 동몽(童蒙) 등의 임원이 행정 사무를 맡아보았다.

7 최시형(1827~1898): 동학의 제2대 교주. 초명은 경상(慶翔). 자는 경오(敬悟). 호는 해월(海月). 경전을 간행하여 교리를 확립하고 교단의 조직을 강화하였다. 1892년(고종 29)에 동학 탄압에 분개하여 교조(敎祖)의 신원(伸寃)을 상소하였고, 1897년 손병희에게 도통을 전수하였다. 1898년 3월 원주에서 체포되어 서울로 압송, 6월 2일 교수형을 당하였다.

8 군국기무처(軍國機務處): 조선 후기에 정치·군사에 관한 일체의 사무를 맡아보던 관아. 청일전쟁 직후 일본의 강압으로 관제를 개혁할 때인 1894년(고종 31)에 설치한 것으로, 갑오개혁의 중추적 역할을 하였다.

9 강화도조약(江華島條約): 운양호 사건을 계기로 1876년(고종 13)에 조선과 일본 사이에 체결한 조약. 군사력을 동원한 일본의 강압에 의하여 맺어진 불평등 조약이었으며, 이 조약에 따라 당시 조선은 부산 외에 인천과 원산의 두 항구를 개항했다.

10 공초(供招): 조선 시대에 죄인이 범죄 사실을 진술하던 일 또는 그 진술.

6 고종, 아버지 장례식에 불참한 날

1 핫라인: 미국의 백악관과 러시아의 크렘린 사이에 개설한 직통 전화. 사고나 오해로 말미암은 우발적 전쟁을 방지하고자 1963년 8월에 개통하였는데, 긴급 비상용으로 쓰는 직통 전화를 가리키는 용어로 쓰이기도 한다.

2 동치제(1856~1875): 중국 청나라 제10대 황제. 묘호는 목종(穆宗). 6세에 즉위하여 생모인 서태후가 섭정하였으며 태평천국운동과 이슬람교도의 난을 평정하고 열강과 화친하는 정책을 통하여 동치 중흥(同治中興)으로 불리는 일시적인 안정기를 이루었다. 재위 기간은 1862~1875년이다.

3 서태후(1835~1908): 중국 청나라 함풍제의 황후. 함풍제가 죽자 동치제와 광서제의 섭정을 하였다. 무술정변을 탄압하였고, 의화단운동이 일자 이를 선동하여 배외(排外) 정책을 취하였다.

4 이재면(1845~1912): 구한말의 정치가. 자는 무경(武卿). 호는 우석(又石). 흥선대원군의 장남으로 이조판서와 예조판서를 지내고 임오군란 때에는 무위 대장으로 사태 수습에 힘썼다. 1894년 대원군이 다시 집정하자 보국숭록대부로 궁내부대신이 되었다.

5 영선사(領選使): 조선 고종 때 신문화(新文化)를 받아들이기 위하여 천진에 파견한 사절. 김윤식을 대표로 한 청년 학도 예순아홉 명이 신식 무기의 제조와 사용법을 배우고 돌아왔다.

6 조사시찰단(照査視察團): 1881년(고종 18)에 새로운 문물제도의 시찰을 위해 일본에 파견한 시찰단. 시찰단은 전문 위원인 열두 명의 조사(朝士)와 그 수행원을 합쳐 모두 60여 명으로 구성되었다.

7 아관파천(俄館播遷): 1896년 2월 11일에서 1897년 2월 20일까지 친러 세력에 의하여 고종과 세자가 러시아 공사관으로 옮겨서 거처한 사건. 일본 세력에 대한 친러 세력의 반발로 일어난 사건으로, 이로 말미암아 친일 내각이 붕괴되었으며 각종 경제적 이권이 러시아로 넘어갔다.

8 척화비(斥和碑): 1871년(고종 8)에 흥선대원군이 척양(斥洋)을 결의하며 서울과 지방 각처에 세운 비석. 침범하는 양이(洋夷)와 화친할 수 없다는 뜻을 새겨 넣었다.

7 찹쌀떡 장수가 외부대신 되던 날

1 외무아문(外務衙門): 구한말에 외국을 상대로 교섭 및 통상에 관한 일을 맡아보던 관아. 1894년(고종 31)에 통리교섭통상사무아문의 후신으로 두었다가 이듬해 외부(外部)로 이름을 고쳤다.

2 어재연(1823~1871): 구한말의 무장. 자는 성우(性于). 병인양요 때 우선봉(右先鋒)으로 광성진을 수비하고, 신미양요 때 순무(巡撫) 중군(中軍)으로 다시 광성진을 수비하던 중 전사하였다.

3 『사의조선책략(私擬朝鮮策略)』: 1880년(고종 17)에 주일 청나라 외교관인 황준헌이 지은 책. 당시 국제 정세에 대한 자신의 견해를 적어 수신사로 일본에 가 있던 김홍집에게 준 책으로, 제정 러시아의 남하 정책에 대비하기 위하여 조선과 일본, 청나라가 장차 펴야 할 외교정책을 논술하였다.

4 배재학당(培材學堂): 1885년(고종 22)에 미국의 북감리회 선교사인 아펜젤러가 서울에 세운 우리나라 최초의 근대식 사립학교. 지금의 배재 중·고등학교의 전신이다.

5 아펜젤러(1858~1902): 미국의 선교사·교육가. 한국 최초의 감리교 목사로 내한하여 배재학당을 세우고, 기독교 잡지 및 성경 번역 사업에 참여하였다.

6 거중조정(居中調停): 국제기구, 국가, 개인 등의 제삼자가 국제분쟁을 일으킨 당사국 사이에 끼어 분쟁을 평화적으로 해결하는 일.

7 특명전권공사(特命全權公使): 국가를 대표하여 파견되는 외교 사절. 외교부 장관의 감독과 훈령을 받아 조약국에 상주하는 외교 사절로, 대사에 버금가는 계급이다.

8 변리공사(辨理公使): 예전에 외교 사절 가운데 셋째 번 계급. 전권공사의 아래, 대리공사의 위였다.

9 대리공사: 공사의 하나. 한 국가의 외무부 장관이 다른 국가의 외무부 장관에게 보내는 신임장을 가지고 파견되는 정식 외교 사절로서, 특명전권공사 다음인 제3계급이다.

10 푸트(1826~?): 미국의 외교관. 초대 주한 미국 공사로 부임하여, 민영목과 조미수호통상조약을 비준하고 교환하였으며, 갑신정변 때에는 변란의 조정에 힘썼다.

11 먼로주의: 1823년에 먼로 대통령이 처음 제창하여 미국의 전통적 정책이 된 외교 방침. 또는 외교상의 불간섭주의 일반을 이르는 말. 미국에 대한 유럽의 간섭이나 재식민지화를 허용하지 않는 대신 미국도 유럽에 대하여 간섭하지 않겠다는 내용으로 되어 있다.

12 고립주의(孤立主義): 외교 방침에서 국제 관계에 참여하거나 간섭하지 아니하려는 태도. 일정한 국제 체제 아래에서 국가가 다른 국가와의 정치적·군사적 동맹을 피하여 대외 활동의 자유를 확보하고, 국가이익을 지키려는 외교 성향이나 감정을 이른다.

13 골드러시: 새로운 금 산지를 발견해 많은 사람이 그곳으로 몰려드는 현상. 특히 1848년 미국 캘리포니아에서 금광이 발견되면서부터 1870년대까지 이어진 금광 붐을 이른다.

14 이완용(1858~1926): 조선 고종 때의 친일파. 자는 경덕(敬德). 호는 일당(一堂). 1910년에 총리대신으로 정부의 전권 위원이 되어 한일병합조약을 체결하는 등 민족을 반역하였으며, 일본 정부로부터 백작을 받고 조선 총독부 중추원 고문을 지냈다.

15 육영공원(育英公院): 구한말의 교육기관. 1886년(고종 23)에 나라에서 세운 최초의 현대식 학교로, 미국인 교사를 초빙하여 수학, 지리학, 외국어, 정치경제학 등을 가르쳤는데, 한국 현대식 공립학교의 효시다. 1894년(고종 31)에 폐지되었다.

16 동부승지(同副承旨): 조선 시대에 승정원에 속한 정3품 벼슬. 1405년(태종 5)에 왕명의 출납을 전담하는 기구로서 승정원이 다시 설치되면서 승정원에서 형조의 사무를 관장하기 위하여 새로 설치한 동부대언을 고친 것이다.

17 월산대군(1454~1488): 조선 성종의 형. 휘는 정(婷). 자는 자미(子美). 호는 풍월정(風月亭). 문장이 뛰어나 그의 시작(詩作)이 중국에까지 애송되었다. 작품집으로 『풍월정집』 등이 있다.

18 루스벨트(1858~1919): 미국의 제26대 대통령. 트러스트를 규제하고 국가 자원 보존 등의 혁신적인 정책을 취하였다. 먼로주의를 확대해 해석하고 베네수엘라 문제, 카리브 해 문제, 파나마 운하 건설 등의 강력한 외교를 추진하였다. 또한 러일전쟁 강화의 알선 및 모로코 문제의 해결 등 적극적인 대외 정책을 전개하여 1906년에 노벨 평화상을 받았다. 재임 기간은 1901~1909년이다.

19 헐버트(1863~1949): 미국의 선교사. 1886년(고종 23)에 조선에 와서 육영공원에서 외국어를 가르쳤으며, 을사늑약 이후 대한제국의 주권 회복 운동에 적극 앞장섰다. 저서로 『사민필지(士民必知)』, 『한국사』 등이 있다.

20 광혜원(廣惠院): 1885년(고종 22)에 일반 백성의 병을 치료하기 위하여 통리교섭통상사무아문의 아래에 두었던 한국 최초의 근대식 병원. 지금의 서울 재동에 미국인 선교사 알렌의 주관 아래 세웠으며, 같은 해에 제중원으로 이름을 고쳤다.

21 박정양(1841~1904): 조선 고종 때의 대신. 자는 치중(致中). 호는 죽천(竹泉). 1882년(고종 18)에 조사시찰단의 일원으로 일본을 시찰하였다. 진보적인 개화사상을 가진 온건 중립파로, 이상재 등의 개화파 인사를 돌보았다.

8 고종 황제의 비자금이 사라진 날

1 이용익(1854~1907): 구한말의 정치가. 궁중의 내장원경(內藏院卿)이 되어 국가 재정을 맡았다. 제정 러시아 정부가 용암포의 조차권을 요구하였을 때에 이를 승인하도록 적극 활동하였으며, 1904년에 고려대학교의 전신인 보성학원을 설립하였다.

2 내탕금(內帑金): 조선 시대에 내탕고에 넣어 두고 임금이 개인적으로 쓰던 돈.

3 환구단(圜丘壇): 고려 시대부터 하늘과 땅에 제사를 드리던 곳. 또는 제사를 드리던 단. 현재 남아 있는 것은 1897년에 고종이 황제로 즉위하면서 다시 제사를 드리기 시작한 곳으로, 이곳에서 황제 즉위식을 거행하였다. 서울 조선호텔 안에 일부가 남아 있다. 사적 제157호.

4 사직단(社稷壇): 임금이 백성을 위하여 토신(土神)인 사(社)와 곡신(穀神)인 직(稷)에게 제사 지내던 제단. 현재 사직공원으로 남아 있는 서울 사직단은 조선 시대에 태조가 종묘와 함께 지은 것이다. 사적 제121호.

5 천원지방(天圓地方): 하늘은 둥글고 땅은 네모남을 이르는 말. 중국 진(秦)나라 때의 『여씨춘추전(呂氏春秋傳)』에 나오는 말이다.

6 운종가(雲從街): 조선 시대에 서울의 거리 가운데 지금의 종로 네거리를 중심으로 한 곳. 육주비전이 있었다.

7 에케르트(1852~1916): 독일 출신의 음악가. 1901년에 우리나라 군악대의 대장으로 초빙되어 우리나라의 서양 음악 발전에 공헌을 하였다. 작품으로 「대한제국 애국가」, 「대한민국 행진곡」 등이 있다.

8 프로이센: 독일 동북부, 발트 해 기슭에 있던 지방. 1701년에 프로이센 왕국이 세워졌으나 제2차 세계대전 이후 소련과 폴란드에 점령되었으며 이름도 없어졌다.

9 영일동맹(英日同盟): 1902년에 영국과 일본이 맺은 동맹 협약. 러시아의 동진(東進)을 견제하기 위한 것으로, 1905년에 공수동맹으로 발전하였고 1910년에 인도의 영토 보전을 규정하였으나 1921년에 워싱턴 회의에서 폐기하였다.

10 삼국간섭(三國干涉): 1895년에 러시아와 프랑스, 독일이 간섭하여, 일본이 청일전쟁의 결과로 얻은 요동반도를 청나라에 돌려주게 한 일.

11 고성낙일(孤城落日): 외딴 성과 서산에 지는 해라는 뜻으로, 세력이 다하고 남의 도움이 없는 매우 외로운 처지를 이르는 말.

김문기 부경대학교 사학과 교수. 부산대학교 사학과를 졸업하고, 기후변동과 명청 교체를 주제로 부경대학교에서 박사 학위를 받았다. 소빙기라는 기후변동이 근세 동아시아의 역사에 끼친 영향을 연구해 왔는데, 최근에는 한·중·일 삼국의 물고기 문명과 박물학 역사를 즐겁게 연구하고 있다.

김문식 단국대학교 사학과 교수. 서울대학교 국사학과와 같은 학교 대학원을 졸업하고, 서울대학교 규장각에서 학예연구사로 근무했다. 조선 시대의 경학 사상, 왕실 교육, 국가 전례, 대외 인식에 대해 연구해 왔다. 저서로 『조선 후기 경학 사상 연구』, 『정조의 경학과 주자학』, 『조선의 왕세자 교육』, 『정조의 제왕학』, 『조선 후기 지식인의 대외 인식』, 『조선 왕실 기록문화의 꽃, 의궤』, 『왕실의 천지 제사』 등이 있다.

김준형 한동대학교 국제지역학과 교수. 연세대학교 정치외교학과를 졸업하고 미국 조지 워싱턴 대학교에서 석사 학위와 박사 학위를 받았다. 현재 통일부 정책자문위원이며 한반도평화포럼 기획위원장으로 활동하고 있다. 주요 신문에 칼럼을 기고하고 방송에 출연하고 있으며, 저서로는 『국제정치』, 『미국이 세계 최강이 아니라면?』, 『언어의 배반』(공저) 외 다수가 있다.

노대환 서울대학교 국사학과와 같은 학교 대학원을 졸업했다. 동양대학교 교수를 거쳐 현재 동국대학교 사학과 교수로 재직 중이다. 저서로 『고전 소설 속 역사여행』, 『조선의 아웃사이더』, 『문명』 등이 있다.

박금수 사단법인 선농부예십팔기보손회 사무국장 및 서울대학교 체육교육과 강사. 서울대학교 전기공학부 및 같은 학교 대학원 체육교육과를 졸업했다. 「조선 후기 무예와 진법의 훈련에 관한 연구」로 박사 학위를 받았으며, 주요 논문에 「조선 후기 공식무예의 명칭 십팔기에 관한 연구」 등이 있고, 저서로 『조선의 武와 전쟁』이 있다.

박은숙 전북대학교 사학과를 졸업하고, 고려대학교 대학원에서 석사 학위와 박사 학위를 받았다. 서울특별시사편찬위원회 연구원과 고려대학교 연구교수를 거쳐 현재 고려대학교 강사로 활동하고 있다. 근대로 이행하는 격변기, 한국의 정치적·사회적 변화와 시대의 폭력 앞에 던져진 사람들의 이야기를 그려 내는 데 주력하고 있다. 저서로 『갑신정변 연구』, 『시장의 역사』, 『김옥균 역사의 혁명가 시대의 이단아』, 『시장으로 나간 조선백자』 등이 있다.

송길영 다음소프트 부사장, 한국BI데이터마이닝학회 이사 및 이화여자대학교 경영학과의 겸임교수. 고려대학교 컴퓨터학과에서 박사 학위를 받았으며, 오피니언 마이닝 워킹 그룹(Opinion Mining Working Group)을 개설하여 기업에서의 데이터 마이닝 활용 연구를 이끌고 있다. 저서로 『여기에 당신의 욕망이 보인다: 빅데이터에서 찾아낸 70억 욕망의 지도』가 있다.

신영우 충북대학교 명예교수. 연세대학교 사학과를 졸업했다. 한국 근대사를 공부하면서 1980년부터 경상북도와 충청북도의 동학농민혁명 유적지를 집중 조사했으며, 동학농민군 후손의 증언과 새로 발굴한 자료를 근거로 지역 사례 성격의 논문을 썼다. 동학농민혁명기념재단 설립에 참여하였고, 최근 발표한 논문은 「1894년 일본군 노즈(野津) 제5사단장의 북상 행군로와 선산 해평병참부」(《동학학보》 제39호(2016. 6))이다.

이민주 복식 연구자. 성균관대학교 의상학과를 졸업했다. 같은 학교 대학원에서 석사 학위와 박사 학위를 받았으며, 고려대학교 민족문화연구원 연구교수, 성균관대학교 생활과학

연구소 책임연구원을 거쳐 현재 한국학중앙연구원 왕실문헌연구실 선임연구원으로 재직 중이다. 저서로 『용을 그리고 봉황을 수놓다』, 『치마저고리의 욕망』 등이 있다.

이윤상 서울대학교 국사학과와 같은 학교 대학원(한국 근대사 전공)을 졸업했다. 서울대학교 한국문화연구소 조교 및 선임연구원을 지내면서 서울대학교, 가톨릭대학교, 숙명여자대학교, 덕성여자대학교, 한국외국어대학교, 울산대학교, 서울여자대학교 등에서 강의했다. 창원대학교 사학과 교수로 부임하여 박물관장과 경남학연구센터장 등을 지냈고, 현재 인문대학장과 열린인문학센터장을 겸하고 있다. 공저로 『대한제국은 근대국가인가』, 『한국 근대사회와 문화』, 『고종시대 공문서 연구』, 『일제의 창원군 토지조사와 장부』 등이 있다.

이윤석 개그맨. 연세대학교 국문학과를 졸업하고, 중앙대학교 신문방송학과에서 박사 학위를 취득했다. 경기대학교 엔터테인먼트경영대학원 겸임 교수를 거쳐 현재 서울예술전문학교 학부장을 맡고 있다. 1993년 MBC 개그 콘테스트에서 금상을 받으며 개그계에 입문한 뒤 그해 MBC 「웃으면 복이 와요」에서 개그맨 서경석과 콤비를 이룬 코너로 전 국민의 사랑을 받았다. 이후 MBC 간판 예능 프로그램인 「일요일 일요일 밤에」, KBS 「쾌적 한국 미수다」 등에 출연하였다. 1995년 MBC 방송연예대상 신인상, 2004년 MBC 방송연예대상 쇼 버라이어티 부문 우수상, 2005년 MBC 방송연예대상 코미디 시트콤 부문 최우수상을 받았다.

이해영 영화감독 및 시나리오 작가. 서울예술대학교 광고창작학과를 졸업했다. 「품행제로」, 「아라한 장풍 대작전」, 「26년」 등의 각본을 썼으며, 연출한 작품으로는 「천하장사 마돈나」, 「페스티발」, 「경성학교: 사라진 소녀들」 등이 있다.

주진오 상명대학교 역사콘텐츠학과 교수. 연세대학교와 같은 학교 대학원을 졸업했다. 최근에는 역사 소재의 콘텐츠화와 역사 교육에 관심을 가지고 있다. 주요 논문으로 「독립협회의 주도세력과 참가계층」, 「갑오개혁의 새로운 이해」, 「개화론의 논리와 계보」, 「한국 근대국민국가 수립과정에서 왕권의 역할」 등이 있고, 공저로 『한국 여성사 깊이 읽기』, 『한국 근대사 1』 등이 있다.

최창석 명지대학교 정보통신공학과 교수. 일본 가나자와 대학교에서 공학박사 학위를 취득했다. 박사과정부터 28년간 얼굴을 연구해 왔다. 그동안 몽타주 시스템을 우리나라 최초로 개발하여 경찰청에서 사용했으며, 그 외에도 얼굴과 관련한 여러 가지 연구를 하여 논문 200여 편으로 발표했다. 최근에는 얼굴과 직업, 대학 학과, 사업 아이템의 관계를 연구하여 진로를 예측하고 있다. 저서로 『얼굴은 답을 알고 있다』가 있다.

한철호 동국대학교 역사교육과 교수. 고려대학교 사학과를 거쳐 한림대학교 사학과에서 박사 학위를 받았다. 한국 근대 개화파를 중심으로 정치 개혁 운동과 외교 활동을 전공하고 역사 교육에도 관심을 쏟아 왔으며, 한국근현대사학회 회장을 지냈다. 『친미개화파 연구』, 『한국 근대 개화파와 통치기구 연구』 등의 저서가 있으며, 중학교와 고등학교 검인정 『역사』와 『한국사』의 대표 저자이다.

8권

순조에서 순종까지

1판 1쇄 펴냄 2017년 1월 13일
1판 3쇄 펴냄 2020년 12월 18일
지은이 KBS 역사저널 그날 제작팀
발행인 박근섭, 박상준
책임편집 이황재
펴낸곳 (주)민음사
출판등록 1966. 5. 19. (제16-490호)
주소 서울특별시 강남구 도산대로1길 62
강남출판문화센터 5층 (우편번호 06027)
대표전화 02-515-2000 | 팩시밀리 02-515-2007
홈페이지 www.minumsa.com

ISBN 978-89-374-1708-5 (04910)
978-89-374-1700-9 (세트)